公元787年，唐封疆大吏马总集诸子精华，编著成《意林》
意林：始于公元787年，距今1200余年

意林 轻文库

青春最美，梦想出发
中国式好看轻小说优鲜品牌

意林
轻文库

美少年系列 002

辰荒学院的美少年

Chenhuang Xueyuan De Mei Shaonian

美少年

② 正统之争

雪初音 著 / XUE CHUYIN WORKS

北方妇女儿童出版社
·长春·

图书在版编目（CIP）数据

辰荒学院的美少年. 2, 正统之争 / 雪初音著. --

长春：北方妇女儿童出版社, 2017.9

（意林·轻文库. 美少年系列）

ISBN 978-7-5585-1474-6

Ⅰ.①辰… Ⅱ.①雪… Ⅲ.①长篇小说—中国—当代

Ⅳ.①I247.5

中国版本图书馆CIP数据核字(2017)第227995号

辰荒学院的美少年②正统之争
CHENHUANG XUEYUAN DE MEI SHAONIAN②ZHENGTONG ZHI ZHENG

出 版 人	刘　刚
总 策 划	阿　朱
特约策划	师晓晖
执行策划	张　星
责任编辑	吴　强　周　丹
图书统筹	朱　颜
特约编辑	曹爱云
绘　　图	阿飘　团子
书籍装帧	胡静梅
美术编辑	王　春
开　　本	700mm×1000mm　1/16
字　　数	300千字
印　　张	13
版　　次	2017年9月第1版
印　　次	2017年9月第1次印刷
印　　刷	河北鹏润印刷有限公司
出　　版	北方妇女儿童出版社
发　　行	北方妇女儿童出版社
地　　址	长春市人民大街4646号
	邮编：130021
电　　话	0431-85678573
定　　价	23.80元

如发现印装质量问题，请与印务部联系退换，电话：010—51908584

Contents

目录
Contents

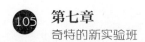

第一章

奇异的独眼吊坠

柳澄迅速地回头看了看，又更加迅速地收回了视线。

回头所见让柳澄打了个寒战，刚刚那一丁点儿的悲春伤秋瞬间被她抛到了九霄云外。不远处图书货架旁那几个学生柳澄是认识的，从前在学校里，她没少在他们那里吃苦头。

"今儿个够开眼的，原来有钱人家的大小姐，也自己出来买东西！"

"我还以为这种便宜的漫画杂志，入不了你的眼呢！"

"你家保姆呢？哦哦，也对，大过年的谁不回家团圆呀？"

"那可说不准，有人爸妈就没回家，是吧？"

原本战战兢兢打算溜走的柳澄像被踩了尾巴的野猫一样跳起来，尖声反驳道：

"你们管不着！"

学生们沉默了几秒钟，柳澄尴尬地僵住了表情，觉得自己找骂的行为蠢透了——很明显，他们之前的话根本不是对自己说的。

他们语言攻击的对象是佟筱晓。想来柳澄确实听说过，佟筱晓的父母常年外出经商，连过年都鲜少回家。

至于佟筱晓本人，是个温和秀气的矮个子女生，齐刘海波波头，笑起来十分腼腆。在转学之前，佟筱晓跟柳澄并不是同班，但她们彼此知道对方的名字，毕竟"全校受气包一号"和"全校受气包二号"还是有一些同病相怜的战友情谊的。

短暂的沉默后，那群顽劣的学生们爆发出一阵笑声。

"还以为是谁，半学期不见，柳澄你也长本事了，学人多管闲事了？"

"你以为你在跟谁说话？有胆子再说一遍！"

柳澄干巴巴地"呵呵"一声，心里却是很没底气。通过之前在辰荒学院所经历的事情，柳澄本以为自己已经不再怯懦，可……可她的勇气建立在倚靠超能力而成为强者的基础上，而现在，她已经失去了强大的资本。

难不成，我的所谓勇敢，只因为拥有超能力吗？柳澄暗自咬了咬嘴唇。这个世界上到底还是普通人居多，别人不倚靠超能力便敢做的，没理由自己不敢，开弓没有回头箭，左右自己多嘴，这误会是解不开了，不如硬着头皮把英雄做到底。她走上前，一把拉住佟筱晓的手将她挡在身后，目光坚定，一字一顿道："我说，别人家的事你们管不着！"

为首的高个子男生愣住了，他从没见过柳澄这种气势，面对往日的受气包，露怯是万万不成的。可若是真跟一个女生动手打架，又实在丢脸。

两个人像掐架的小公鸡一样气势汹汹地对峙着，心里却都在祈求：拜托快点儿来个人随便转移下话题，大家当什么都没发生，就这么算了好不好？

"喂！你们是多没事做，欺负她们赢了也很没面子吧？"一个声音插进来。

柳澄闻声望去，不禁缩了缩脖子。"救世主"竟然是上学期被她坑过的韩晓松。

记得那是她和百里澜风等人第一次近距离接触，百里澜风硬拉着手足无措的她一起离校逛夜市，遇到了韩晓松和景云。双方一言不合起了矛盾，后来百里澜风发飙了，为了防止事态失控，冥幽和冥邪两兄弟替他出手，把韩晓松和他的伙伴景云整治得很惨。

柳澄本以为，凭韩晓松当时的心理阴影面积，他这辈子都不会想看见自己了。

事实上，韩晓松看似跟那个找佟筱晓麻烦的高个子男生关系不错，两人打闹玩笑了几句，高个男生便离开了。

柳澄和佟筱晓相互看了一眼，她们不明白平时最爱欺负人的韩晓松为什么突然转了性子，但却只用了半秒钟便瞬间统一了思想，认为趁机逃走才是当下最佳方案。

"喂，柳澄，你站住，我有话跟你谈谈。"韩晓松皱着眉，带着一脸的不耐烦说道。态度却比柳澄预想的好很多，他看了看柳澄身后的佟筱晓，补充道："单独谈谈。"

柳澄可以感觉到佟筱晓用力握紧了她的手，像是不放心她。

"没事的。"柳澄对佟筱晓笑笑，可这样的安慰连她自己都没法信。

她跟着韩晓松来到超市中相对人少的家居用品区，站在一堆瓶瓶罐罐、锅碗瓢盆中间，柳澄干巴巴地笑了笑，心里说不出的紧张，很怕韩晓松会随时暴怒，把她和旁边的易碎品一起砸个稀巴烂。可柳澄很快发现，韩晓松比她还紧张得厉害。只几秒钟的时间，他的脸上便阴沉了起来，额角甚至见了汗。

缓缓地，韩晓松开了口："我知道你是怎么回事，你，还有你那几个奇怪的朋友。"

柳澄一惊，她没想到韩晓松的开场白这么直白，这种不按套路出牌的脾气跟谁学的？

"你……你说什么呢，我怎么听不懂呢？呵呵……"

"少装傻。"韩晓松立即戳穿了柳澄那烂到让人看不下去的演技，"你明明跟我们不一样，可……可你竟然任由大家欺负这么久却没有报复，真不知道该说你是懦弱还是蠢。"

柳澄撇着嘴在"懦弱"和"蠢"两个词之间取舍了一会儿，不满道："就不能说我点儿好话吗？好歹发我一张好人卡或者夸我一句心地善良也行啊。"

韩晓松嗤之以鼻，显然他从没想过在柳澄身上浪费任何一个美好的词汇。

"不管怎么说，上次的事很抱歉。"柳澄低声道，"我也没想到他们会做得那么过火……准确地说，我那时压根不知道他们的本事。"

"'他们'做得过？明明最过火的是你！"韩晓松一时没搞清柳澄的意思，顿了顿才道，"你不会是在为夜市玩具店那次道歉吧？我说柳澄，你避重就轻也不能这么不要脸吧？"

柳澄被骂得莫名其妙，不禁愣住了。

"算了，看来问你也是白问。"韩晓松强忍着不悦，脸色一阵红一阵白，差得厉害，"一群人合起伙来装神弄鬼。"说完，他看也没看柳澄一眼，便转身向出口方向离开。

柳澄叫了他几声，韩晓松的步子却迈得越来越大，躲避瘟疫似的逃开。柳澄只好满心疑惑地走向一直在原地等着她的佟筱晓。

"柳澄同学，你……你还好吧？"佟筱晓的声音里满是焦急。她偷偷瞄了一眼韩晓松离开的方向，因为韩晓松还没完全走出视线，所以她把声音压得很低。"他找你做什么呀？"

"没事，就是说之前的误会，"柳澄摆摆手，"只是……"

"只是什么？"

柳澄猛然意识到，韩晓松愤怒的原因很可能是他们两人刚刚说的不是同一件事。站在韩晓松的角度来看，他认为柳澄是在故意隐瞒着什么。按照她以往的性子，别人不愿提的事她绝不会在意，更不会去刨根问底，可这一次她却隐约觉得事情比自己想象的要复杂得多。

"不行，"柳澄拍拍自己的脸颊，像是为自己鼓劲儿，"我得去找他问清楚！你慢慢逛啊，我先走一步！"

"哎！柳澄！你买的东西！"

"放那吧，反正也没付钱呢！"

柳澄来不及解释，便丢下佟筱晓，向韩晓松离开的方向追去。她冲开人群，跑得飞快，引得路人纷纷侧目。

一路追到超市一楼出口处，那里人来人往，声音嘈杂。柳澄一时间看花了眼，失去目标，左右张望时，正好与一个小女孩的视线对上。

那是一个10岁左右的小女孩，遮住全身的连帽斗篷红得像燃烧的火焰，那火光隐

隐流动，明亮刺眼。她的齐刘海遮住额头，眼睛很大，睫毛很长，皮肤白嫩，像陶瓷做的玩具娃娃，美丽却没有丝毫生气。她注意到柳澄发现了自己也并没有害羞或是移开视线，而是俏皮地眨眨眼，像极了童话故事里走出来的小红帽。

柳澄在心里不禁惊叹于这个小女孩的独特气质，一时间连自己的目的都快要忘了。在她想清楚该说些什么前，已经情不自禁地走上前搭话："小妹妹……嗯，那个，你看到一个大哥哥没有？个子很高，挺壮，穿着黑色外套，头发鬓角特短，一脸凶相，一看就不是好人……"

小女孩诡异地沉默了一会儿，半晌，她微微一笑，却没有发出声音，只伸出手指了指不远处的长椅。

柳澄顺着小女孩手指的方向望去，韩晓松正坐在那里，拿着手机打电话。

"谢谢你。"柳澄点点头，临走又多看了小女孩几眼，才跑向长椅。

柳澄走近韩晓松，后者抬眼见是她，并不意外，反瞪了她一眼，继续打着电话。柳澄没有打断他，而是静静地站在他面前。

"我没问，她不想说我能怎么问。

"不是，我有什么不敢的……

"你也不相信我！你……你说你信我，那还问那么多干吗？

"我又没疯！上什么医院？"

韩晓松最后一句话几乎是吼出来的，而后，他狠狠地挂断了电话，没好气地看向柳澄："你又来干吗？"

"我……"柳澄语塞。她也不知道该怎么表明自己的来意，索性先说些别的。"你没事吧？"

韩晓松瞪着柳澄干生气，终于收起手机，泄气地说："他们都忘了，为什么？是不是你做的手脚？"

"忘了什么？"

韩晓松彻底火了，声音提高了八度，连原本短短的头发都竖了起来："你费力追上来，就是为了跟我继续装傻吗？"可很快，他意识到柳澄应该没那么无聊。而且，她被吓到的表情实在不像是装的，火气多少小了一些，"或者，你也忘记了？"

"也？"柳澄有点儿吓到了，战战兢兢地给出了个关键词。

柳澄的态度让韩晓松冷静了下来。他深呼吸，表情严肃，仿佛做了一个很重要的决定，说："我不想在这里说这些，明早7点，你来塔南花园湖心亭找我。"

塔南花园离柳澄家不远，名字叫得响亮，实际上规模却很小，几乎对不起"花园"两个字。

但柳澄此刻被另一件事惊呆了。

"7点？天刚亮啊！我一个小姑娘……"

"正好人少不是吗？大放假的你当我乐意早起啊？与睡懒觉相比，我更不想被人看见和你在一起！"韩晓松并没有理解柳澄的言外之意。

"然后被人当成异类？"柳澄苦笑着将他没说出口的后半句说完。

"我没那么说。"韩晓松很生硬地说。他瞥了一眼柳澄，受不了地翻了个白眼，"行了行了，别演了，我没有瞧不起你的意思。毕竟欺负了你那么久，却没被你狠狠报复，我还是心存感激的。想想真是后怕，被你们这些人盯上真是怎么倒的霉都不知道……"

"别开这种玩笑嘛，我这么温和无害的一个女生……"柳澄捧着脸，一副不好意思的样子。

"呵呵。"韩晓松的假笑充满了嘲讽，"从前没听过你说笑，柳澄……你好像和原来不一样了。"

"其实变化不大，只是从前你们没有人在乎我到底是个什么样的人而已。"柳澄摇摇头，"反倒是你，我从没想过你会这么容易就接受了我们的存在。"

韩晓松沉默了一会儿，似乎在考虑是否要将接下来的话讲出来，说："我爷爷曾经对我说过一些……算了，明天别迟到。"说完，他便起身离开了。

在他走后，柳澄坐在韩晓松之前坐过的长椅上，呆呆地出神。从之前的对话可以看出，让韩晓松紧张兮兮的并不是夜游那次意外地发现了他们的超能力，那她便有理由怀疑，整件事与上学期返校参加竞赛期间大家失去的那段记忆有关。毕竟他和他们，只有这两次接触。

现在想来，柳澄后知后觉地想起，经历了失忆事件后，大家在教室里清醒时，韩晓松并不在场。会不会正因为如此，韩晓松逃过一劫，拥有那段时间的完整记忆呢？

柳澄越想越紧张，甚至有些期待明早快一些到来。

"柳澄？"

突如其来的一声招呼吓了柳澄一跳，她慌忙掩饰住自己兴奋得发光的眼神，发现佟筱晓正笑吟吟地站在自己面前。

"佟筱晓？你怎么……"

　　"这是你的。"佟筱晓将手中购物袋里的东西放在柳澄怀里,正是柳澄之前堆放在购物车里没来得及结账的方便面。

　　"这怎么好意思……一共多少钱,我买的东西应该我来付账。"柳澄慌忙站起来,从外套口袋里拿出钱包。

　　"不用不用,刚刚你救了我啊,这些东西算我请客吧。"

　　"可是……我也并没有帮上你什么忙,你没嫌我添乱就好了。"

　　"别客气啦,我是真的想谢谢你。"

　　柳澄执意付钱,可佟筱晓坚持不肯要。两人争执了许久,柳澄只得无奈作罢。

　　天色还早,两人在长椅上坐下来,随意聊起来。

　　"可是柳澄,你为什么买这么多速食品啊?总吃这个不健康的。"

　　"我……哦,我爸妈最近不在家,我笨,只会白水煮鸡蛋,所以偶尔吃点儿就当换换口味了。"

　　佟筱晓"嗯"了一声,微微低下头,声音小了下来:"我家最近也没有人在,你明天要不要来我家玩?"

　　"好啊!等等……"柳澄想起了明天要去见韩晓松,虽然时间很早,但没法确定碰面结束的时间,还是不要轻易答应别人比较好,"我明天上午有事,下午或者后天?"

　　"好啊,我都有空。"

　　柳澄很开心,有个可以聊天的人总比自己孤零零地待在家里好。更何况,她们一定会有不少共同语言。

　　天色渐晚,两人互相留了手机号码,各自回家。

　　公交车关门的时候,柳澄的余光看到超市门口有一道分外醒目的红色影子,定睛看时,却又不见了。

　　会是那个穿红斗篷的小女孩吗?柳澄摇摇头,大过年的,喜欢穿红色的人还少吗?干吗这么一惊一乍的,为了个小姑娘心神不宁!

　　因为想太多睡不着,第二天一早,柳澄起晚了。

　　睁开眼时已经6点50分,柳澄连早饭都来不及吃,草草洗了把脸,便披了衣服冲出家门。

　　冬季的清晨异常寒冷,柳澄一路跑得飞快,空空的肠胃灌了一肚子冷风,赶到塔南花园时,柳澄实在没法分辨出她和等了半个多小时的韩晓松到底谁的脸更扭曲。

"怎么迟到这么久？你……你干吗？"

"没……没事，跑太快胃抽筋了。"

"跑太快不是应该腿抽筋吗？"韩晓松看着柳澄有些发白的脸，火也发不出，"你要是实在不舒服，要不，我们改天？"

"不不不，我没事，就是……咱们为啥不去个暖和点儿的地方？"

"娇气！"

柳澄明白，韩晓松是想躲避人群，所以她也没法多抱怨。

清晨时分的小花园极为安静，几乎看不到行人。两人沿着人工湖走着，地面上有些薄冰，所以两人走得小心翼翼，像是知道话题的严重性，他们谁都没有鲁莽开口。柳澄有些走神，她抬起头，见朝阳在晶莹的树挂上折射出五颜六色的光芒，这份美丽是柳澄从没注意过的。

"我小时候总来这儿玩，从没发觉晨景这么漂亮。"

"所以？"

"所以我们速战速决吧，我快冻死了……"

"逻辑呢？"

"呃呃，"柳澄生硬地转移了话题，"那个，你想说的，是不是那次我回学校参加竞赛时的事情？"

韩晓松的脚步顿住了："你……记得了？"

"没有，"柳澄摇了摇头，"但是我知道，那时我有一段记忆缺失了。这很奇怪，明明……"

"明明什么？"

"明明那似乎是我擅长的领域，控制他人思维。"

柳澄顿了顿，这真是一种奇怪的现象，面前的韩晓松，跟她不是一个世界的人，但她似乎并不需要对他隐瞒什么。

"说实在的，如果有人告诉一年前的我，说今时今日我会在这里跟你讨论我的……呃，超能力，我一定觉得那个人疯了。"

"我现在就觉得自己疯了。"

"你没有，真的，相信我，毕竟在'疯了'这件事上，我更专业。"柳澄不禁开了个玩笑，让紧张的气氛略有缓和，"好了，现在能把你知道的告诉我吗？"

韩晓松再次叹了口气，将自己的噩梦娓娓道来。

站在韩晓松的角度，他对上学期的那场意外了解得并不全面，只知道自己有一段时间身体不受控制，意识却保持清醒，亲眼见证了百里澜风、北堂墨等人的能耐……

他们似乎在对抗着什么人，对方控制了柳澄，且在对抗中始终占据上风。

"我不知道他们做了什么，我一下子从一个地方来到另一个地方，那种感觉诡异极了，就像是开了传送门一样。而后，我突然就恢复了。当时我吓得不轻，却被他们带回了学校。我一路跑回家，等到第二天鼓起勇气想要找人问个明白时，才发现所有人都不记得这件事，甚至连你也……"

"嗯……我也忘了，但好歹我意识到我缺失了一段记忆，不像大家什么都不记得。你容我想想……"柳澄沉默了一会儿，将整件事的前因后果思考了一遍，才缓缓道，"也就是说，那天我是因为怕你发现冥幽的超能力，而率先对你出手，之后我反倒被神秘人攻击，失去身体主控权。再然后，从结果上看……"柳澄摊开手，看了看自己，又看了看韩晓松，"我们都恢复了，而大家都忘记了发生过什么。"

韩晓松点点头："差不多就是这样，你有什么头绪吗？"

"完全没有，我比你更想知道答案。"柳澄看了看韩晓松失落的表情，补充道，"不过，我可以告诉你的是，你没疯，你看到的都是真的。但为了大家不把你当疯子，最好还是忘了他们吧。虽然没有人准确地告诉我，但我大概知道，我们那个拥有超能力的世界，很不希望被人发现。如果你到处宣扬，也许会招来麻烦也说不定。"

"说得简单。"韩晓松瞪了瞪眼，"忘？怎么忘？为了这件事我做了好久的噩梦，你当我想记得啊？像你之前所说的，如果让人忘记东西是你的特长，劳烦你帮我一把吧！"

柳澄抹了把额头上的冷汗："那个，我遇到了些意外，现在……"她表情很纠结，"现在有点儿力不从心。"

"不能就不能，我只是说说而已，没人想真的拜托你对自己的脑袋动手脚，就算是不好的记忆……喂，你怎么了？"韩晓松看着柳澄渐渐停下脚步，微微弯下腰捂着肚子。

"胃疼……"柳澄咬着牙，脸色越发地不妙。原来她早起没有吃饭，又一路迎着冷风跑来，空落落的胃终于受不住了。

"什么？我以为你说胃疼是信口胡诌的，你要不要去医院？"

"不至于……喝点儿热水就好。"

可此时寂静无人的花园，哪有热水喝。

"你坚持下，我去最近的超市买杯热奶茶给你！"

"不至于，我自己能去的。"

"脸色都绿了，还逞强！行行行，你们这种人我可惹不起，喏，我陪你去。"

柳澄连道谢的力气都没有，弯着腰向超市的方向走去。没走几步，又停了下来。

"等等，这个点儿，超市是不是还没开门呢？"

韩晓松看了眼手表："是。"

柳澄一脸欲哭无泪地看向韩晓松，而后者也没有办法地摊了摊手："要不，我打车送你回家？"

还没等柳澄回答，她便听到头顶某个方向的窗子被打开的声音。

接着，一个熟悉的声音喊道："柳澄同学，你怎么在这？"

这座城市真的很小，柳澄和韩晓松同时抬头。二楼窗子内的人，竟然是佟筱晓。

"佟筱晓？你怎么在这里？"下一秒，柳澄意识到了自己的问题有多蠢。她知道佟筱晓家境殷实，也知道靠近塔南花园的别墅价格昂贵，可就是没想到两件事是有联系的。

"这是我家啊！"佟筱晓答道，"你……呃，你们，"她刚刚才发现，柳澄并不是独自一人，"你们怎么……"

韩晓松抢过了话头："偶遇而已，她……胃疼，我送她回家。"

"柳澄你不舒服？不嫌弃的话快进来坐坐吧，我给你找些药。"

"不用了，多麻烦……"胃里又是一阵翻江倒海，让柳澄改变了主意，"我是说，那就麻烦你了，嘿嘿。"

高档小区的院门开了，韩晓松皱着眉头看了看柳澄，又看了看佟筱晓，觉得丢下惨兮兮的柳澄独自走开有点儿不道德，于是不情不愿地跟了进去。

一杯暖暖的姜糖水下肚，柳澄终于觉得自己活了过来。她舒服地呼出一口气，左右打量，而后突然发现……

"佟筱晓，你家好大好漂亮，还是复式住宅呢！我从来没见过这么好看的房子！"

"没有啦。"佟筱晓低下了头，她并不喜欢这个话题。

"有钱有什么用？"韩晓松大爷似的瘫在沙发上，将脚往茶几上一搭，"房子再大，爸妈也不回来一趟，大过年的……呃，"见柳澄举着空杯子作势要砸，韩晓松赶紧正襟危坐，"那个啥，呵呵，嘴贱惯了收不住，你们可以当作没听到。"

佟筱晓微笑，脸色略有缓和。

"没关系，你说的没错，我爸妈……只知道赚钱，很少分出一点儿时间陪我。所以我也知道自己性格怪怪的，惹得大家都不喜欢。"

韩晓松并没有预料到自己的挖苦会换来这样中肯的一句回答，反而有些手足无措起来。

"你并没有奇怪，你还好，真的，特别是跟某人相比。"韩晓松看了眼柳澄，收到了一记鄙视的目光，于是站起身来决定赶紧结束尴尬的对话，"你们聊，我先回去了。"他没理由多待在并不相熟的女生家里。

"没关系的，昨天还多亏了你帮忙解围，一起吃午饭吧，算是我的谢意。"佟筱晓赶紧挽留。

她说得越真诚，韩晓松则越心虚，无论如何都坐不下去了。

韩晓松告辞离开后，柳澄不禁"扑哧"一声笑出来。

"真没想到，那个大块头儿还会害羞呢！"

佟筱晓也笑了笑，因为待在家里，她只穿了件嫩黄色带卡通图案的家居服，脚踩着毛茸茸的玩偶拖鞋，显得本就矮小的她比实际年龄还要小上三五岁。再配上学生气浓重的可爱短发，她简直像是童话故事中的小公主，纯真美好得与周遭环境格格不入。

她们现在坐在一楼的客厅中，这里采光很好，整体色调也不差，一看便知当初耗费了设计师不少心血。无论是茶几的金属镶边，挂毯的复杂花纹，还是吊棚镂空的精致雕刻，欧式的装修风格处处将华丽奢靡四个字展露得淋漓尽致，多挂幅画像嫌挤，少只花瓶嫌空。唯一美中不足的是，宽敞的客厅只坐了柳澄和佟筱晓两个人，显得有些孤独寂寞。

如果只有佟筱晓一人在家呢？柳澄的心沉了沉，她可以理解佟筱晓极力邀请她做客的心情了。

"柳澄，你好些了吗？我早饭只喝了些牛奶，所以现在也有点儿饿了，我现在就让阿姨做饭，我们午饭早些吃吧？"

柳澄明白，佟筱晓只是为了照顾她才这样说的。她不好拂了人家的好意，只得感激地点点头。

"那太好啦，谢谢你。"

"能有人陪我说说话，我才要谢谢你呢。"佟筱晓欢喜地跳起来走向厨房，"我们不要一直谢来谢去啦，把这里当自己的家，别拘谨。"

　　佟筱晓家里有个照顾她饮食起居的阿姨，据说做饭手艺十分了得。柳澄有些惊讶，佟筱晓家里这么大，她的父母竟然放心只留一个保姆照顾女儿。可佟筱晓却说，小区治安良好，没什么问题。更何况，她不喜欢被保姆们围着的感觉，那样，同学们就更加笑话她了。

　　等待午餐时，佟筱晓见柳澄一直好奇地打量着四周，满眼好奇，便提出带柳澄在房间里走走，柳澄欣然接受。

　　佟筱晓是个爱笑的女生，无论对谁，开口说话之前都会腼腆文静地笑一笑。一般而言，这种可爱大方又好客的女孩人缘不会差，可偏偏佟筱晓打破了这一规律。

　　虽然心存疑惑，可柳澄没有立即发问，毕竟第一次来别人家做客，问题太尖锐恐怕惹人生厌。

　　佟筱晓家的复式住宅有三层，一层是客厅厨房，二层是书房娱乐室，三层是卧室休息间。两人边走边聊，话题打开了，距离便拉近不少。

　　"哇！你家有钢琴，好漂亮！"

　　"其实只是个装饰，我辞退了钢琴教师，很久没动过它了。不过，你喜欢的话可以弹弹看。"

　　"呵呵，还是算了吧，乐器我只会吹口哨，如果那也算的话。"

　　"应该……不算……吧！"

　　两人"咯咯"地笑了一会儿，来到佟筱晓的卧室。柳澄一眼便看见了卧室的小书架，与二楼书房书架上一排排让人望而生畏的辞海式大部头不同，小书架上横七竖八地摆着成套的精装漫画书，只看摆放就觉得特别亲切。

　　"这才是女孩子的书架该有的样子嘛，你喜欢漫画？哇，这是日文原版？你看得懂？"

　　佟筱晓点了点头。

　　柳澄想起来，佟筱晓的成绩一直没离开过大榜前五名。

　　有钱还是学霸，这简直就是全民公敌好吗？柳澄在心里偷偷想着。

　　"虽然你优秀得有些反人类，但是……好厉害！"柳澄佩服地说。

　　佟筱晓的笑容却渐渐暗淡了下来，说："我不觉得这种厉害有什么用，我倒是希望可以像大家一样，可以跟好朋友一起玩闹。"

　　柳澄不解地皱起眉，终于忍不住问道："为什么不能？我之前就想问了，筱晓你

这么优秀，为什么会被人欺负……我是说，人缘比较差呢？"

佟筱晓黯然，她负气似的用力坐在床上，松软的床垫一下子陷下去，替她的小主人做出气鼓鼓的模样。见柳澄一直看向她，佟筱晓咬了咬嘴唇，才缓缓说道："我爸妈……不怎么好相处，他们希望我交一些在他们眼中'值得交'的朋友。他们不喜欢我带朋友回家，还对我带回来的朋友冷嘲热讽。时间久了，就变成了现在这个样子。我没法达到父母的要求，朋友们也渐渐远离我。加上，我本身就懦弱……"

"我们都一样，因为某方面特殊而没法融入集体。"区别是，佟筱晓是家庭特殊，而柳澄是自身特殊。

对比佟筱晓的父母，柳澄觉得自己的养父母倒是更可爱些。可评论对方长辈的话没法说出口，柳澄干巴巴地沉默了一会儿，只得将注意力放在眼前的漫画书上。

"这是精装版吧？如果校长看到一定会发狂的。"柳澄小声嘟囔着。

"校长？什么校长呀？"

佟筱晓的情绪本有些低落，可她很快意识到，对刚刚熟悉的柳澄说这些话并不合适，便顺势转移了话题。

"我新学校的校长，是个活在二次元世界里的动漫迷，有个性到可以让人过目不忘。嗯……你就当我是在夸她吧。"柳澄提起校长，下意识地想起了辰荒学院和同学们，笑容温暖起来，连校长身上的种种疑点都暂时不在意了。

"你们校长喜欢这个？真是个有意思的人。我本来以为，人长大了就不会有梦想了呢。"

"不不不，有人可以做一辈子梦呢。不是有句话说，'梦想醒了，我们就老了。一个人还有梦想的时候，无论脸上是否已经长出皱纹，他依旧会永远年轻'吗？"话说出口，柳澄倒自己愣住了。辰荒校长长了一张看不出年纪的脸，脸上没有留下岁月的痕迹。虽然平时她总是嘻嘻笑着没什么威严，可偶尔却能看见她眼中带着见惯了是非的沧桑，那是种属于年长者的优越感。如果除去这些不谈，只看外表，20多岁是她，30多岁是她，说40多岁好像也没毛病……跟学院同名的校长，到底多大岁数了？

佟筱晓迟疑地观察着柳澄有些走神的微笑，道："你在新学校怎么样？同学们还好吗？"

柳澄回了神，她当然知道佟筱晓想问的是什么。

"同学们都很好，起码现在都很好，开始时多少有些摩擦，但后来已经没什么了。"现在想起来，柳澄由衷地感谢当初教导主任给自己转学的建议，"其实，换个环境也不错，

重新开始新生活就像是开个新档打游戏，有过失败的经验总不至于玩得更差，对吧？"

"真好，"佟筱晓由衷地说，"与我的那些小聪明、小把戏不同，你能改变自己的境遇，才是真的厉害。"

"没你说的那么夸张，现在想想，我也是一步步被人逼着走下来的，有时候甚至会有被人算计了的感觉。"柳澄若有所思，转念意识到现在不是想自己问题的时候，"筱晓，你看你，聪明又多才多艺，各方面都比我强。只要你过了自己这一关，一切都会好起来的。"

佟筱晓点点头，可眼中的憧憬没有持续多久。

"可是如果我说自己想要转学，爸妈一定会把我转去那种贵族学院，或者送我出国。我不会适应的。"

"这样啊……"

"算了，总会有办法的。"佟筱晓甩了甩头，无论如何，柳澄的转变给了她自信。

柳澄不好意思坐在别人床上，便自己左右走走。

佟筱晓的卧室原本是粉色调的，像是童话故事里公主的闺房。可这设计者的初衷被房间主人毁得七零八落，四面墙壁包括天花板，被各式动漫海报争相占据；装饰柜上摆满周边手办，囊括动漫游戏两界明星；床上堆着卡通抱枕，画风各异，甚至还包括一部分暗黑哥特风的……她发现佟筱晓的床头有一个造型古朴的三层首饰盒，里面装着些发卡、戒指、小镜子之类亮闪闪惹女孩子喜欢的小玩意儿。柳澄本来对那些东西并不在意，可目光扫过，又不得不定睛看回去。

首饰盒最上层，有一条品相陈旧的项链，与贴满水钻的发卡堆放在一起尤其惹眼。那条项链看不出质地，却有些锈色，明显不是什么名贵金属；吊坠色泽晦暗，有着流线型的轮廓，是一枚独眼图腾。

那是在柳澄梦中父亲佩戴的项链！

不，不完全是，记得梦境中的那条项链几乎是全新的。柳澄假装好奇地查看别处，直到完全冷静下来，才仿佛第一次注意到首饰盒一样，惊奇道："欸？这个项链很特别呢！"

佟筱晓随意地看了一眼，"嗯"了一声道："那个呀，有些年头了，一直放在我的首饰盒里，也记不得是什么时候买的。因为造型很特别，所以一直没舍得扔。"她拿出项链，在自己的脖子前比了比，"是不是有一种特别沧桑肃穆的感觉，仿佛下一秒就能跳出来个幽灵一样！"

柳澄干巴巴地赔着笑，直到佟筱晓把项链递给她看。

"喏，你试试。"

在佟筱晓眼中普通至极的项链现在就躺在柳澄手心，沉甸甸的，让人感觉分外真实。她怔愣了半晌，才在佟筱晓的催促下把项链戴上。

站在门口的全身镜前，柳澄打量着自己，半天说不出话来。

"还不错，可惜实在是太旧了……你可以试试这个！"佟筱晓惋惜地摇了摇头，重新在首饰盒里翻找起来。

柳澄叹了口气，想出言阻止对方。可就在佟筱晓转过头去的一瞬间，神奇的一幕发生了。

柳澄颈上的项链，毫无预兆地发生了变化，古旧锈色以肉眼可见的速度褪去，取而代之的是哑光的金属色泽……

"这个更适合你呢，你看！"佟筱晓回过头，手上拿着一条亮闪闪的漂亮项链。柳澄却以最快的速度，在佟筱晓发现之前，用双手遮住自己颈间的项链！

"怎么了？"

"没……没事！我……"柳澄吞了口口水，干巴巴地赔笑道，"不试了，这条就很好看，能送给我吗？"

第一次来别人家做客，就开口讨要东西，这种事情柳澄平常可是做不出来的。但这次例外。她要如何解释，这项链她只是戴了一下便翻新了这么不科学的事？

"可是，那条很旧了啊，不如这条……"

"不不不，这条就很好，我超喜欢，拜托了。"

佟筱晓疑惑地看着柳澄，不过她平时内向腼腆惯了，见柳澄满脸尴尬却十分坚持，也不好意思多问，只浅浅一笑："那好吧，你喜欢就好。"

柳澄长出了一口气，赶紧小心地将项链塞进衣领里，免得被人发现异样。好在佟筱晓家请的阿姨手脚利落，午饭做得很快，柳澄庆幸终于可以借机逃离有关项链的话题，乐颠颠地跟着佟筱晓下了楼。

当天，柳澄很晚才回家。离别时，她答应了佟筱晓，只要佟筱晓家没人，她便经常来陪她。

第二章

瓷娃娃百里沐雪

出了佟筱晓家门，柳澄走出几步，回头见送她到门口的佟筱晓已经返回房去，忙不迭地将领口内的吊坠拿出来仔细查看——

独眼图形吊坠光洁如新，现在它几乎与柳澄记忆里父亲戴的吊坠一模一样了。

这是怎么回事？柳澄心里犯了嘀咕。难道这件代表叶家的物品，遇到拥有叶家血缘的人就会产生变化？这生产工艺够申请非物质文化遗产了……在思绪越偏越远之前，柳澄打了个寒战，仿佛有人正死死地盯着自己看，那感觉如芒刺在背。柳澄猛地回过头去，第一眼看到的是空荡荡的街道；第二眼才发现，那人竟静静地站立在自己身后！

之所以会有这种效果，是因为对方个子很矮。柳澄花了一秒钟的时间，认出她正是之前在超市外见过的，那个身穿红色斗篷的小女孩。

小女孩微笑地看着她，一点儿也不觉得自己的行为失礼。

"小……小妹妹。"柳澄赶忙后退了一步。她不明白，为什么在这个小女孩面前，自己会不自觉地心生畏惧。

"你有事吗？你的家人呢？"柳澄弯下腰，强迫自己笑得友善。

"姐姐，"小女孩并没有回答柳澄的问题，而是饶有兴趣地看着柳澄因弯腰而滑落在她眼前的吊坠，"你的项链真好看。"

柳澄干巴巴地笑了笑，直起腰，将项链塞回领口内。

"谢谢，小妹妹，你叫什么名字？"

"我叫阿离。"

"那么，阿离，你需不需要帮忙，你的家人……"

话没说完，柳澄身后传来短促的汽车鸣笛声。原来她所在的小路本就偏窄，加上两人几乎是站在马路中间，所以挡了路。

柳澄连忙拉着小女孩躲到了一边，汽车擦身而过时，明亮的车灯晃得她眨了眨眼。等到车辆驶远，柳澄才发现那个小女孩竟然在一两秒时间内后退到了五步开外，充满防备地看着自己刚刚拉住她的那只手！

柳澄尴尬地把手放进衣兜里，暗自想着这个年龄的小孩子，警戒性是不是高得离谱了。

"抱歉，我刚刚……嗯，小妹妹，你确定不需要帮助吗？"

小女孩观察了柳澄一会儿，才再次露出微笑，向柳澄靠近。她人小，步子更小，可随着她一步步地走向自己，柳澄感觉到自己脊背上的汗毛，一根接着一根地立了起来。她吞了口口水，却又觉得如果开口呵斥一个小姑娘"你站住，别过来，再过来我要喊人啦"

什么的，实在太夸张。

正在这时，柳澄身后不远处的大门突然被打开。

"幸好没走远，柳澄你的围巾忘记戴……啊！"

一切发生得太快，佟筱晓的尖叫声吓了柳澄一跳。柳澄刚一回头，便感觉到有人将她狠狠地推开。柳澄慌忙去看，却没有见到他人，只有一脸震惊的阿离留在几步之外。

柳澄怔愣了几秒，选择先丢下小女孩，上前安慰佟筱晓。

佟筱晓此时脸色发白，盯着柳澄之前的方向半天说不出话。

柳澄顺着那个方向看去，却没有任何东西，连那个诡异的小女孩也消失了。

柳澄将佟筱晓扶回房间，她家的阿姨闻声赶过来，慌乱地忙了半天，佟筱晓的一口气才缓了过来。

"筱晓，你这是怎么了？"

"我……"佟筱晓喝了口热茶，恐惧随着汗水从毛孔中挥发出去，整个人才稍稍镇定，"我看到你的围巾落在沙发上，就想打电话问问你走到哪里，用不用回来取。可结果你的手机一直显示不在服务区，我便想出门去找你……"

"然后呢？"

佟筱晓张了张嘴，犹豫地看向柳澄，仿佛在计算她的承受能力。

终于，佟筱晓摇了摇头。

"没什么，可能只是看走了眼，你知道我这人一直胆子特别小。"佟筱晓笑得特别勉强，"要不，你留下来陪我住一晚好不好？晚上如果有人陪我一起说说话，我会好很多的！"

柳澄看着佟筱晓惨白的脸，再想到那个神秘诡异的小女孩，等等……

"筱晓，你看到那个穿红衣服的小女孩去哪儿了吗？我刚刚一回头，她就不见了！还有，刚刚是不是有什么东西推了我一把……"

佟筱晓的手一抖，杯子里的水洒出大半在衣襟上。

"没有！我什么都没看见！"

从对方的反应来看，柳澄明白自己应该早些结束这个话题。她叹了口气，答应了佟筱晓的提议。等到佟筱晓跑去安排她的房间时，柳澄才轻手轻脚地走到窗口。

街道上哪里还有那个身穿红斗篷的小女孩的身影。

夜色渐浓，柳澄打了个寒战，不禁害怕起来。她拉好窗帘，向楼上跑去……

接下来的日子，柳澄每隔几天就会去佟筱晓家一次，而佟筱晓自然也十分乐意家里多个人，好热闹些。

自从那夜起，柳澄总时不时地有种被人窥视的感觉。她没法确定，这份异样是不是来自那个特别到让人过目不忘的小女孩。她常常在离她不远处的人群中看见鲜红色的衣摆一闪而过，却再也没近距离地与那个小女孩接触过。

除夕夜，下起了大雪，柳澄赖在佟筱晓家里赏着雪景吃着点心，一起策划着雪停后要堆个什么样的雪人。

"我们校长曾经堆了个功夫熊猫，我也好想试试！"

"你们校长太棒了！"

"可问题是她堆的熊猫就像是刚经历过辐射，放出来基本需要强制射杀……"

"哈哈哈……"

两人笑着笑着，突然一起停了下来。院子陷入安静，她们都默契地不愿打破它，只静静地听着落雪压在枯枝上的声音。

柳澄想起上学期末考试后的那场雪仗，嘴角不禁翘起弧度。她看向身边的佟筱晓，想把快乐的回忆分享给她，却又怕对方听了心里不是滋味。

这么善良美好、心思细腻的女孩，如果有机会把她介绍给朋友们认识，该有多好……

"柳澄！流星！"佟筱晓突然兴奋地喊道。

柳澄赶忙跳起来，对着天空双手合十，将愿望小心翼翼地许下。回过头时，她正对上佟筱晓的视线。

"我许愿，希望爸妈在开学前回来看我。你呢？"

"我希望你会交到越来越多懂你、喜欢你的好朋友。"柳澄实话实说。

她的话让佟筱晓很是感动。

佟筱晓沉默了一会儿，才笑道："会的，我相信。现在不就是个很好的开端吗？"

柳澄笑着点头称是。她们一起伸手摸向盘子里最大的那个橙子，然后展开了一番争夺战。

"柳澄，我们打个赌吧？"

"赌什么？赢了的可以吃橙子？"

"柳澄你这么大的人了，不能有点儿追求吗？"

"呃……"柳澄挠挠鼻尖，干巴巴地笑了。

"我们赌，新年钟声响后10分钟内，谁收到的祝福短信少！"佟筱晓看了下时间，距离 12 点还有几分钟。她的眼珠转了转，这股俏皮劲儿是她平时很少表现出来的。"输了的人要答应赢了的人一件事。"

"这个一般不是比多吗？怎么比少？"柳澄想了想，觉得无论百里澜风还是洛水谣，都不像是那种会给自己发祝福短信的人，于是点点头，"好吧，就赌这个。"

更岁交子，爆竹声骤然密集。两人并排坐在木质长椅上，安安静静地拿出手机，虔诚地盯着屏幕，把阵阵鞭炮声隔绝在小小的院子外。

叮！佟筱晓的手机响了。

"啊！是手机运营商，不算不算！"

"哈哈哈，不管不管，是祝福就算！"

叮！柳澄的手机响了。

"完了完了，是冥邪——'竟然忘记我们的生日，你死定了，哈哈哈！'这家伙什么时候告诉过我他的生日啊！等等……"

柳澄猛地想起来，冥幽跟自己说过他的生日，正是昨天。她早晨还给他发过生日祝福短信，只不过短路的自己，忘记了双胞胎是同一天出生……

"彻底毁了，当作没看见吧……"柳澄抹了把额角上的冷汗。

叮！佟筱晓的手机响了。

"啊！银行竟然也发祝福！"

"谁让你那是黑卡……"

"太过分了，注销，假期结束全部注销！"

叮！柳澄的手机响了。

"洛水谣，不，这不算祝福吧？'亲爱的你看到年兽的獠牙了吗？'这算哪门子的祝福啊？"

"哈哈哈，银行卡都算，你这个凭什么不算？"

比赛陷入胶着，时间一分一秒地过去，眼看 10 分钟期限就要到达，两人的手机都再没有任何动静。

"好啦，这次就算平手……"

叮！柳澄的手机提示音在时限的最后一秒响起。

"啊啊啊啊！是谁？太过分了！"柳澄暴怒地跳起来，却在看见对方姓名的时候，将准备好的一连串儿抱怨吞了下去。

"百里澜风——'身体恢复些了吗？过几天去找你，来我家做客吧？'"

"我赢啦！柳澄你别赖账！嗯，百里澜风是谁？"佟筱晓凑过来，边问边好奇地观察着柳澄的表情。

"呃，一个同学。"

"普通同学？"

"普……普通同学。"

"普通同学能约你去他家里做客？"

"很正常嘛，我不也正在你家里做客呢？"

"呀……这样说来我只是你的'普通同学'，好伤心……"

"筱晓！你知道我不是那个意思！"

两人笑闹了一阵子，直到柳澄捧了一把雪作势要打，佟筱晓才尖叫一声跑进了屋。阿姨笑着训斥了两个人弄得一地雪花，然后拿着拖布把她们赶跑了。

"不过，柳澄……你身体怎么了？为什么你那个'普通同学'会特意问你这个？"

"小问题而已，早就没事啦！嘿嘿。"柳澄觉得自己有必要马上转移话题，"刚刚是你赢了，想要我做点儿什么？"

佟筱晓的答案张口就来，爽快到像是策划了许久："开学后，给我写信，怎么样？"

"写信？"柳澄几乎不相信自己的耳朵，"现在通讯这么快捷方便，为什么还要写信？"

"写信才比较有氛围嘛！而且你也说你们学校不让带手机……反正你输啦，要答应我不许赖账！"

"好吧好吧……你高兴就好。"

新年过后五天，柳澄再次收到百里澜风的信息，说是当天下午便会跟北堂墨一起来找她，让她准备好行李。

小小的行李包是早几天便准备好的，父母那边也已打过招呼。柳澄绕着自己的房间环顾一圈，觉得唯一需要的是跟佟筱晓道个别。

经过小半个假期的相处，柳澄已经有些舍不得佟筱晓了。有个正常人做朋友，也不错。

电话打通后，另一端的佟筱晓沉默了一会儿，接着提出想让柳澄在临走前，陪她去一次游乐场。

"今天是年假后游乐场开门第一天，人肯定不会特别多。我一直希望有人能陪我

去玩……"

这种委屈的可怜兮兮的口气，柳澄怎么可能拒绝？

"好啊，那我们要抓紧时间啦。"

几分钟后，柳澄和佟筱晓出发了。私家车开得飞快，半个小时后，她们便站在了游乐场的门口。

就像佟筱晓说的，新年的气息还未完全退去，地上的残雪虽已融化，天气却依旧寒冷。重新营业的游乐场游客稀少，这种情况带来的好处就是——想玩什么项目完全不用去排队。佟筱晓指使司机给两人买了门票，柳澄有点儿不好意思，佟筱晓却毫不在意。

"先别说谢，谢了我怎么好意思拜托你呢？"

柳澄背上一凉，怎么觉得佟筱晓恬淡温柔的微笑有点儿危险呢？错觉，一定是错觉！

而后，她被佟筱晓拉着坐了三次过山车……

"筱晓！没想到在你温和的外表下隐藏着一颗女海盗的心！"

"先别这么说嘛，这么说我都不好意思继续拜托你啦！"

柳澄瞪大眼睛谴责地看着她，心道这游乐场里应该不会有比过山车更暴虐的游戏项目了吧？

然后，她被佟筱晓拉着坐了五次跳楼机……

"我不行了，筱晓你别拉我，我要在这里跪到夕阳西下，再拉我跳楼我要打110了！"

佟筱晓笑得几乎站不稳，好不容易才将腿软到无法直立行走的柳澄拉到冷饮店去。两人一个狼狈落魄，一个笑出眼泪，活脱脱是两个毫不顾忌形象的疯丫头，一点儿也看不出平日里内向腼腆、忍气吞声的模样。

暖色调的冷饮店内窗明几净，柜台播放着舒缓的纯音乐，与过山车和跳楼机相比，这里几乎就是天堂。

叮！等待奶茶的柳澄，收到了百里澜风的信息。

百里澜风：*你现在在家吗？*

柳澄迅速回复：*没有，我在游乐场。*

等了几秒钟，对方的回复就来了：*把具体地址发过来。*

柳澄刚刚编辑好信息，佟筱晓便将一大杯雪顶咖啡递给她。

"我以为你想喝奶茶。"

"没错啊，我想喝奶茶，但是他家这个是最招牌的。"

柳澄觉得，佟筱晓的思路她一时半刻还没法完全跟上。接过杯子，柳澄随意抓了下自己的马尾辫，发现它早已乱成一团。

"噗……"看着柳澄艰难地梳理着乱糟糟的头发，好不容易控制住情绪的佟筱晓再次笑了出来，"哈哈哈，对不起，我实在忍不住……"

"世态炎凉，人心不古……"

"哈哈哈，真的很对不起嘛！说实话，柳澄，非常谢谢你，我妈妈有恐高症，我爸爸说这种东西不安全不许玩，我一直都好想玩过山车、跳楼机到过瘾。"佟筱晓扶着下巴望向冷饮店外，说得很真诚。

柳澄叹了口气，面对佟筱晓这种糯米团子般的性格，她实在发不出火来。

"还好啦，我也不是真怕。"见佟筱晓扭过头好笑地看着自己抖到挖不动冰激凌的手，柳澄索性丢掉塑料勺子，狠狠地在冰激凌上咬了一口，"这只是装来逗你玩的。哼哼，谁会怕那种……哎呀呀，好凉好凉好凉，我的门牙受到了暴击伤害……"

"那我们……一会儿去蹦极？我知道个蹦极的好地方……"

"不不不，女侠饶命，请冷静一下，小的只是一时冲动夸下海口，不能作数！"

柳澄认输的速度让佟筱晓震惊不已，她几乎不认为眼前的柳澄和当初那个沉默的女生是同一个人。

吃完冷饮，两人边沿着游乐场观光通道漫步，边商量着再去玩些什么。在推翻了四个提议后，她们很快发现自己的行程安排有些问题，把最刺激的项目体验完之后，其他的游戏项目便索然无味了……

"玩点儿什么啊……"

"等下……"

柳澄在一家射击游戏摊位前停住了脚步。

这家摊位的奖品展示台最上方，摆着一只圆嘟嘟半人高的粉嫩卡通玩偶兔子。那兔子十分可爱，店家用来招揽顾客的奖品，自然要足够吸引眼球，只一看便让人挪不开视线。

佟筱晓注意到柳澄的出神，便上前询问："老板，请问那个兔子怎么卖？"

挺着啤酒肚的中年老板乐呵呵地摇摇手："小姑娘，那个是奖品，不卖的！"

"要不要试试？"佟筱晓指了指射击用的玩具枪，看向柳澄，"我请。"

柳澄看着老板泛着光的笑容，有种上了贼船的危机感："算了吧，我从没玩过这个，肯定不行的。"

"没关系，我擅长啊！"

这一次，柳澄抢在佟筱晓之前付了钱。两人端起玩具枪，高下立辨。

老板说，想要那个兔子玩偶，必须连续打中10只气球，不可以换枪，不可以换弹夹。

第一回合，佟筱晓15发7中，连中3；柳澄15发3中，无连中。

第二回合，佟筱晓15发9中，连中4；柳澄15发4中，无连中。

第三回合，佟筱晓15发6中，连中5……

"算了吧筱晓，要是那么容易，那只兔子早就不在那里啦！"柳澄放下玩具枪，劝道。

佟筱晓疑惑地摇了摇头："我觉得这个准星有问题，平时玩不是这样的。"

老板将佟筱晓的话听到耳朵里，转了个圈儿，扭头去招呼别的客人了。

"你看你看，人家都默认了。"柳澄看了看脚边两只被当作奖品的小鸡崽，小鸡崽"啾啾"地叫着，哆嗦成一团，那是连中5发的奖励。"好歹也不算是空手而归。"

"真是……你先把手里的打完吧，下次我带你去我常去的那家周边店，一定有差不多的。就算真的没有，还可以定做。"

"不用啦土豪，我也不是多喜欢，只是看到它就想到……嗯，我先打完。"

柳澄做了个深呼吸，挺直腰杆，稳住双手，尽可能把手中的卡通玩具枪当作真家伙。

第一枪，中了；第二枪，中了；第三枪，中了；第四枪，竟然又中了！

"有进步呀！"佟筱晓拍手鼓励道。

第五枪，歪掉了……

"好可惜……"

柳澄撇了撇嘴，还剩下10发子弹，想要做到弹无虚发，显然不太可能。

"玩这种小孩子的东西还会输，真是没救了……"一只指节分明的手搭上了柳澄的玩具枪口，那人个子很高，很轻松地便越过柳澄的头顶，将玩具枪拿走，"喏，给你们露两手。"

"百里？"柳澄惊叫道。

身后的男生略显细长的眼睛里充满戏谑，穿着一件暗蓝色棉风衣，脖颈大咧咧地露在外面，不怕冷似的。

"嗯，是我，不用这么惊喜。"百里澜风做出太受欢迎的无奈表情，将玩具枪在

手上掂了掂，"看好了……"

"等一下小伙子，"老板赶忙阻止道，"游戏不能换人！"

"啧，真麻烦。"百里澜风轻轻地"喊"了一声，把玩具枪还给柳澄，"我只帮忙扶着总没问题吧？"

他人高手长，站在柳澄身后也不会被遮挡视线，双臂围拢，刚好帮助柳澄托住枪身瞄准。

柳澄整个人还在状况外。她想提议，这一局就让自己随意发挥，如果百里澜风想玩的话，可以再买一局。可当她打算将这一想法告诉百里澜风时，发现对方正在以极近的距离，鄙视地看着自己。

"你……你干吗？"柳澄差点儿尖叫出声。

"你踩到我的脚了，新买的鞋子。"百里澜风危险地眯起了眼睛，"你故意的。"

"没有没有没有……嗯，对不起。"柳澄赶忙错开一步，可又躲不开太远。

"别废话了，看准星，瞄准，射击！"

柳澄也管不了那么多，既然有人帮忙托着枪，她只管连续扣动扳机就好。

砰！

砰！

砰！

砰……

10 颗子弹，弹无虚发，这一次连摊位老板都震惊了。

"行家啊小伙子！"老板爽快地爬上梯子，将奖品展示柜最上层的毛绒玩具兔子拽下来，塞给百里澜风，"像你这么厉害的顾客如果天天见，大叔我的摊子就要干不下去了。哈哈哈……"

百里澜风对大叔笑笑，回过身，将兔子丢给柳澄。

"拿好了，这是你今天的最大收获。"

"是你今天的最大收获！"柳澄转手将兔子塞回给百里澜风，"我打这个就是为了给你的……不，是给你妹妹的！"

"你……"百里澜风愣了愣，"你怎么知道她喜欢……"

"上次你也是给她买的玩偶吧？"

百里澜风释然地笑笑。他倒是没想过，柳澄是个心思如此细腻的女生。

"好，那我就替她先说声谢谢，不过现在还是你拿着吧，我抱着这么个东西实在

是……"

百里澜风的话说到一半，和柳澄一起感受到一道奇怪的目光。两人动作一致地望去，只见佟筱晓抱着双臂，一脸玩味地站在三步之外。

"哎呀，那个……我忘记介绍了，这是百里澜风，我同学。这是佟筱晓，我的朋友……"柳澄尴尬地搓搓手，掩饰着窘态。

"佟筱晓是吧？你好。"百里澜风将玩偶兔子夹在一边胳膊下，抬了抬下巴，算是招呼。

佟筱晓看了看柳澄，又看了看百里澜风，终于笑着挑起眉，将脚边的两只小鸡崽抱起来，开口说了一个字："汪！"

柳澄愣了几秒钟，才反应过来，她在揶揄自己和百里澜风关系不一般。

"不是你想的那样！"柳澄捂着脸惨呼，尴尬极了，"筱晓你二次元待久啦，戏别那么足！快把脑洞填上！填上！马上填上！"

百里澜风倒是不理解佟筱晓的言外之意，甚至对她的反应还很是好奇。

"'汪'？为什么要说'汪'？这是现在流行的卖萌手段吗？我竟然完全没听说过！果然跟老哥待在一起时间长了会变成老顽固……"

"不，绝不是！百里你比她戏还足！能不能别这么自顾自地编下去？"

百里澜风权当听不到，微笑着看向周围。正好看到两个女生偷偷看过来，便举起一只手做出招财猫的动作，对她们"汪"了一声。

两个女生红着脸，"咯咯"地笑着跑掉了。

柳澄一把抢过百里澜风的玩偶兔子，把自己的脸埋进去，祈祷没人注意到自己的存在。

实在是太丢人了。

"那么紧张做什么？我好不容易甩掉我老哥跑出来，门票都买了，总得玩回来吧？"百里澜风左右张望着。他很快找到远处的北堂墨，后者此时正盯着宇宙科技馆门前的广告牌发呆。

"北堂！这里！我找到她了！"

看到北堂墨，柳澄瞬间明白了百里澜风为什么会如此快地赶到了游乐场。

"喂，你又拉着北堂学长一起疯，顺便把人家的'本事'征用了？"

百里澜风笑笑，一丝悔改的意思都没有。

"是啊，本来冥幽、冥邪也要跟着，可他们家里有事，一时走不开。"

"刚刚那十连中，你作弊了吧？"

"喀喀。"百里澜风扭过头去，假装对干枯的树枝产生了浓厚的兴趣。

"百里，柳澄。"快步走近的北堂墨推了推眼镜，这位以"暖男"形象示人的学长与"麻烦代言人"百里澜风不一样，他迅速注意到佟筱晓的存在，"这位是……"

"这是佟……"

"佟筱晓，眼镜墨。"百里澜风迅速而敷衍地做出介绍手势，而后单手勾住北堂墨的肩膀，兴奋地对柳澄和佟筱晓道："喂，你们俩玩这么长时间了，怎么样，介绍下，哪个最刺激？"

"突然有种不太妙的预感，你们先玩着，我去思考下宇宙的奥义与人生的真谛……"

柳澄转身欲跑，被百里澜风一把抓住衣领拖了回来。而后，她被迫坐了二十多次过山车和跳楼机……

当瘫在跳楼机前出气多进气少的柳澄，发现佟筱晓在向百里澜风科普她钟爱的那家蹦极时，她顿时对人生产生了怀疑。

她想过无数次，如果有机会，要怎样把佟筱晓介绍给自己的朋友们，但从没想过，机会来得这么快、这么惨烈……

"那……那个，北堂学长……"

北堂墨随口答应了一声，视线并没有离开眼前的笔记本。从科技馆出来，他便又开启了实验狂模式，"像百里那样，叫我北堂就好了，'北堂学长'四个字，叫起来多不方便。"

"好吧……北堂，你有没有感觉，百里澜风好像很高兴的样子，虽然平时他也不是那种严肃的家伙，但这次仿佛特别……话多？"

"大概是，最近比较轻松吧？"北堂墨抬眼看向百里澜风的背影，若有所思。

"轻松？"

"嗯。"见百里澜风回身招呼两人，北堂墨压低了声音道，"等下再告诉你。"

到了吃晚饭的时候，四人才恋恋不舍地离开游乐场，去附近的快餐店随便吃些东西。用餐全程，北堂墨头都不抬一下，专注于奋笔疾书整理笔记。柳澄实在不敢问，这一次他会发明出什么东西来。

眼见着天色越来越黑，百里澜风有些坐不住了。这一次，他是偷偷跑出来的，如果被发现，多少会惹些麻烦，打破家中得来不易的平和气氛。

柳澄看出百里澜风有些着急，便找了个机会，跟佟筱晓开口道别。

佟筱晓给司机通了电话，嘱咐柳澄多遍一定要写信。

等佟筱晓抱着两只小鸡崽离开后，柳澄叉着腰，谴责地看向百里澜风和北堂墨，实在是气不打一处来。

"两位大爷今天玩得可还行？"

北堂墨看向百里澜风，百里澜风看向玩偶兔子。最后，他摁住玩偶兔子的头，做出一个点头的动作，并捏着嗓子说："凑合。"

柳澄气得发笑。她在百里澜风对面的位置坐下来，手臂支撑在桌子上，点了点自己太阳穴的位置，压低了声音说："我这里要是没出问题的话，你现在已经跳上桌子练瑜伽了……"

百里澜风做了个夸张的表情："不用这么残忍吧……"

"所以说叶家鼎盛时，真的很可怕，心灵能力本身就是一种近似于犯规的存在。"北堂墨将厚重的笔记本合上，重新塞进随身带着的背包里，"这样说来，柳澄你还没有恢复？"

柳澄叹了口气，无奈地摇了摇头："我觉得，我可能真的是一点儿忙都帮不上了。"

百里澜风并不这么想："帮上也好帮不上也好，我们一起想想办法，总好过你一个人摸不着头脑。"

"可我装着行李的包还在家里……"

"没关系，有北堂在，点对点送货方便着呢！"

北堂墨："你……"

三人结了账，由柳澄抱着玩偶兔子，顺着小路走了很远，直至找了处没有人家又没有监控的地方。北堂墨推了推眼镜，劈手在一段矮墙上划开一道缝隙，空间扭曲变化着，很快，便可以勉强分辨，通道的另一边是一扇黑漆漆的大门。

百里澜风率先走了进去，紧接着是柳澄。

这不是柳澄第一次体验北堂墨的能力，可穿过通道时，还是有点儿头重脚轻辨不清方向。

脚踏实地后，柳澄四处打量。这里大概与自己之前所在的位置距离很远，远到连天气都不一样。天空中飘落着片片雪花，雪很薄，落地便融化。这样的天气黏腻阴冷，实在难以令人愉快。

身后的北堂墨也通过了通道，他挥了挥手，将通道复原。百里澜风拍了拍柳澄的肩膀，压低声音道："欢迎光临寒舍，真是蓬荜生辉，呃，官方客套还有什么来着？后面忘了不管了，你跟紧我，小点儿声，别被人发现。"

"拜托，这句话的前后跳跃太大了吧！"

"嘘！"

柳澄小心翼翼地跟在百里澜风身后。

百里澜风家装饰虽然不如佟筱晓家那样华丽，到处都散发着土豪的气息，但面积却要比佟筱晓家大上几倍。

想来也是，毕竟百里家是个大家族。

他们应该是从侧门进入主宅的，穿过未开灯的大厅与楼梯，上了二楼，便听见一个房间内传出了声音。

"澜风？是你吗？晚饭时去哪里了？"

是百里朔月！

百里澜风一把拉住柳澄的肩膀，把她推向北堂墨。北堂墨则转手将柳澄塞进旁边一扇虚掩的门。

下一秒，原地转了两圈才稳住脚步的柳澄听到了开门和脚步走近的声音。

"哥。"

"嗯，是跟北堂出去了啊？下次出去时跟家里……打个招呼。"百里朔月的声音顿了顿。他注意到他们在地上留下的泥脚印，就算走廊里光线偏暗有些视物不清，但还是可以分辨出，那是属于三个人的。

百里澜风低头看了眼脚印，现在遮掩已来不及了，只得硬着头皮笑了笑："啊，下次注意。"

"嗯。"百里朔月似笑非笑地应了一声，回房，关了门。

另一边的柳澄，十分惊诧于百里朔月的好说话，不过糊弄过去总比惹麻烦强。她长舒了一口气，打量了一下自己所在的房间。这里大概是间废弃的书房，摆满了一排排年代久远的书架和一本本年代更加久远的书籍，陈旧的纸制品混合着尘土和湿气，闻起来有破败的味道。

"咔嚓"一声脆响,吓了柳澄一跳，接着是一长串咀嚼声，像是老鼠正在啃食着桌角。

"百里百里！"柳澄一把拉住探头进来招呼她的百里澜风，"这屋里有东西！"

"这间是旧书房，哪有什么东西……"百里澜风闻言也闪身进了房间，反手拉住

柳澄的手腕，"先别管那些了，我老哥肯定……"

哗啦。

奇怪的声音再一次响起，这一次像是书本翻页的声音。

"怎么了？"门口的北堂墨见两人半响没出来，也开门走进来。

屋角有弱弱的微光，大概被窗帘或者床单之类的布料遮着，那微光朦朦胧胧的并不真实。接着，微光突然闪了闪，伴随着小女孩压低了的笑声。

因为被之前那个阿离吓得不轻，柳澄的神经再也经不起这样的刺激。她倒吸了一口冷气，转身欲跑，幸好被身后的北堂墨拦住。

百里澜风对北堂墨点了点头，轻手轻脚地走向那团事物。靠近时，他一把抓住布料，猛地一掀！

里面坐着的竟是一个十四五岁的女生！她理着齐耳的短发，长相并没有多出众，眼睛却很亮，睫毛长而卷曲，皮肤像是长年不见阳光，呈现出一种没有血色的惨白，这让她本不惊艳的容貌更加大打折扣。

女生嘴角处粘着一点儿零食的碎屑，大概便是之前轻微响动的来源。

柳澄悬起的一颗心终于放下。现在，就算百里澜风不说，她也大致可以猜出这个女生的身份。

"沐沐？你怎么在这？"百里澜风惊问。

"木木？木头的木？怎么会有女孩子起这种名字？"柳澄小声咨询北堂墨。

"栉风沐雨的沐，那是他妹妹，百里沐雪。"北堂墨沉声道。

"哦！"

百里沐雪没有说话，而是摇了摇手里的图画书，对百里澜风撒娇似的笑了。

那一瞬，柳澄觉得整个布满灰尘的房间都被她的笑容照亮了。明明是平平淡淡的五官，安安静静的模样，可一旦笑起来却出尘到不食人间烟火！

"她笑得真好看。"柳澄情不自禁道。

"是啊。"

柳澄后知后觉地听出来，从百里沐雪出现开始，北堂墨的声音里便充满了悲伤。

两人的对话引起了百里沐雪的注意，她看向他们，注意力瞬间被柳澄怀里的毛绒玩偶兔子吸引。而后她兴奋地瞪大了眼睛，笑容更加明亮了。

柳澄看了看北堂墨，百里澜风侧身让开，示意柳澄将玩偶兔子送给百里沐雪。

"那个……这个送给你，"柳澄走上前，莫名有点儿紧张，递上手中的玩偶兔子，

"喜欢吗？"

百里沐雪在哥哥的授意下，伸手接过了玩偶兔子紧紧抱在怀里，对柳澄用力地点了点头。

"好了，"百里澜风盯着妹妹左手图画书、右手手电、脚边摆满零食的架势，有些不解，"你看书干吗不回房去看？"

百里沐雪慌张地摇了摇头。

柳澄注意到她穿的是毛茸茸的卡通睡袍，像是很少离开卧室的样子。

百里沐雪将手中图画书的封皮亮给百里澜风看。百里澜风皱起了眉头。

"走吧，回去看，有哥哥陪着，你爱看什么看什么。"他接过了妹妹的书，拉着妹妹站起来，回头看了北堂墨和柳澄一眼，示意他们跟上。

"她……"柳澄指了指自己的喉咙，用眼神向北堂墨发问。

北堂墨摇了摇头，用口型告诉柳澄，别问。

柳澄赶紧闭了嘴，和北堂墨跟在百里澜风身后，拐了两个弯，走上一道幽暗的楼梯。

楼梯很长，长到百里澜风在一扇门前停住脚步时，柳澄觉得，这里大概是阁楼之类的地方。

百里澜风将手放在门把手上，顿了一秒钟，才推开门，让妹妹先进去。

而后，他没有跟进去，微带上门，转身面向柳澄。

"我跟你说过，我妹妹只有七岁孩子的智商，这不是她的错，可我的家人……"他叹了口气，才接着说道，"他们说是保护，但与虐待无异。他们甚至为了不让别人看出端倪，禁止她在外人面前说话。"

柳澄点了点头，偷偷看了眼身边的北堂墨，理解了他之前禁止她发问的用意。

"她从前不是这样的，可现在胆子小得厉害，你别刺激到她，她会哭，很难哄。"百里澜风道，"差不多就是这样，你们进来吧，帮不帮得到也不用太在意。都等了十年了，也不差再等到你恢复。"

他后半句话是说给柳澄的，柳澄点了点头。虽然百里澜风将安慰的话说在前面，可柳澄心里却更加希望自己可以为百里沐雪做点儿什么。

百里澜风推开门，而后，连空气都凝结了。

"哥？"

百里朔月正倚坐在妹妹床边，为妹妹掖着被角，脸上的笑容带着说不出的包容与

疼爱。可在一转脸的工夫，他看向百里澜风时，半秒钟前的笑容立即消失殆尽。

"很意外？刚才没说出来，只是因为客厅里有长辈，怕你难看，更怕你让大家难看。"百里朔月看了看直往北堂墨身后缩的柳澄，那眼神既礼貌又防备。

"让你的朋友进来坐，你跟我出去一下。"最终，他对百里澜风说。

门被关上的时候，柳澄吓得肩膀一颤。

她尽可能友善地对百里沐雪笑了笑，然后转向北堂墨道："这是……怎么回事？"

北堂墨替百里沐雪把毛绒玩具兔子摆在床头，而后同情地看向柳澄，心道她虽然坚强肯拼又有点儿小聪明，可在几大家族上百年的明争暗斗前，却显得简单到近乎愚蠢。

"简单来说，百里朔月希望通过百里澜风与你的交情，拉拢你和你身后的叶家。但却对百里澜风横冲直撞、掏心掏肺的风格表示不满。"

"我身后哪有什么叶家，只有一张床，床上睡的还是别人的妹妹。"柳澄摊手道。

"你知道我的意思。"

"好吧，我大概知道，与'请求'相比，百里朔月更喜欢'谈判'，所以他觉得百里澜风对我说得太多了。"

"没错，"北堂墨推了推眼镜，很是欣慰，"从你的反应迅速上来看，你的情商在冥邪和小百里之上，大概与冥幽持平。"说笑过后，他看向躺在床上老老实实盖着被子的百里沐雪。而同时，百里沐雪也看向他。

柳澄看得出，他们是相熟的。

北堂墨拿起放在床头的硬皮图画书，那是一部柳澄没看过的童话故事。

"沐雪，很晚了，不能再看故事书了。你闭上眼睛，我读给你听好不好？"

百里沐雪的眼睛放出光彩，用力地点点头，牙齿轻轻地咬着下唇，露出一个紧张又期待的微笑。

北堂墨叹了口气，拉过一旁的椅子坐在床旁，开始讲述一个令人昏昏欲睡的童话。

柳澄看遍了整个房间，再没有第二把椅子，只好试探性地坐在百里沐雪床边，好在对方并没有在意。

故事读了三页，百里沐雪的呼吸变得缓慢起来。北堂墨微微扬起脸，口中没有停止讲述，只递给柳澄一个肯定的眼神。

柳澄会意，伸手缓缓覆住百里沐雪的手背，仔细去体会她每一次呼吸所带来的信息。可惜，她的能力还是没有苏醒。

　　左右夜很长，百里澜风又不像能马上回来的样子，柳澄可以多试几次。她做了个深呼吸，将一切杂念摒弃，闭上眼，仿佛整个世界只剩下她和手中的所感所悟。

　　不知过了多久，北堂墨的故事念完了，百里沐雪也彻底睡熟。

　　房门被轻轻推开，百里澜风蹑手蹑脚地走进来，看着额角被汗水浸湿的柳澄，低声询问北堂墨："怎么样了？"

　　一个轻轻的爆裂声，在柳澄脑海中响起，声音虽小，却让柳澄激动得差点儿尖叫。之前，她像是个毫无能力的普通人一样，感觉不到百里沐雪脑海中的任何东西。而现在，她在沐雪的脑海里感觉到了——

　　一片纯净得有如无尽夜空的黑暗。

第三章

幽灵别墅水天谣

面对百里澜风，柳澄沉默了很久。她实在不知道该怎样形容百里沐雪的状况。

"我明明感觉到了，却又什么都没有，这种又有又没有的感觉，到底该怎么形容呢……嗯，你们明白我在说什么吗？"

"完全不明白。"百里澜风和北堂墨动作一致地摇了摇头。

"如果方便的话，能图文说明吗？"北堂墨把随身携带的笔和本递上来，"方便留存。"

柳澄接过笔，又悻悻地还回去："我没那个天赋，画不出来。反正，正常人是不应该这样的，仿佛是人格被外力强行压制包裹在黑暗之中……"她做了个挤压的手势，见百里澜风的表情越来越凝重，赶紧放弃了描述，"好吧，我越说越玄了，别太在意。我现在更想知道她身上到底发生过什么。"

"这也是我一直疑惑的，没人知道到底发生了什么事。"百里澜风泄气地说。他的眉峰皱得很紧，不难猜出，之前被百里朔月叫出去，他们的谈话并不愉快。

"百里，很抱歉，我是不是没帮上忙，还给你惹麻烦了？"

百里澜风张了张嘴，露出一抹坏笑，到了嘴边的话立即变了样子。

"没错，"他仰着头，大爷似的指着柳澄的鼻尖道，"所以你要负全责！"

柳澄气不打一处来。她又起腰，对着他的指尖一口咬下去。无奈百里澜风躲得飞快，柳澄咬了个空。

"有这么说话的吗？对话这么没原则，让我怎么愉快地接下去啊？"

"知道我没原则，下次就别在我面前说这种道歉的话！我们之间说道歉做什么？"

柳澄不禁红了脸，挠了下刘海掩饰下："我……我就不能故意这么说，想得到点儿安慰吗？"

"不能，百里小爷这儿的安慰几百年前就断货了。"百里澜风挑起眉，说得十分欠揍。

"太过分了！这么对女生会被讨厌的！"柳澄佯怒道。

"并不会。"北堂墨中肯地评价，"他只要有这张脸，就不会被讨厌。"

"啊！本来就够自恋，还有个捧哏的……"

话虽这么说，但看着百里澜风还有心思玩笑，柳澄心也放宽了许多。

"不闹了，天很晚了，北堂你帮忙送橙子去洛水谣那边吧？"

"我去水谣那边住？"

北堂墨推了推眼镜。柳澄觉得，他的视线有那么一点点躲避。

"是，我们是这么安排的。小谣家有栋空房子，小谣常自己去那边住，我们去叨

扰不会惊动到谁，你们两个女生在一起也方便。"

百里沐雪在睡梦中翻了个身，轻声呢喃着，大概是之前那个童话故事里的情节。三人同时收声，百里澜风摇了摇手，示意北堂墨带柳澄离开。

"有事明天再说。"百里澜风压低声音道。

走出房间，北堂墨不再多话，劈开空间，带着柳澄来到洛水谣家附近。

迎面的冷风吹得柳澄一个趔趄，他们似乎来到了一处空旷的户外空间。

"就是那里。"

北堂墨为柳澄指明方向。其实他大可不必，光秃秃的小山坡一览无余，除了山脚下的小院子，就再没有任何建筑。

所以，除了那栋房子，洛水谣还能住哪里？总归不可能是树洞吧……

"今天出来得太久了，我得早些回去，就不陪你过去了，可以吗？"

柳澄回过神笑道："没事的北堂学长，呃，我是说，北堂。"北堂墨的情绪很不对，提到百里沐雪时悲伤，提到洛水谣时闪躲，这与平日里的他不一样，柳澄一时不能习惯，"我可以自己过去。"

她在手心上呵了口气，夜里实在冷得让人受不了。

北堂墨抱歉地点头离开了。

柳澄顺着坑洼不平、湿滑冰冷的小路走了一会儿，来到小院门前。略略打量，院门上用木钉歪歪扭扭地钉着块薄板，用更加歪歪扭扭的笔迹写着"水天谣"三个字，这与小院子阴森又复古的风格简直太不配了。

门板与栅栏的木头是原色的，虫蛀腐蚀得厉害；双层的小屋盖得不太认真，歪扭的墙体只能勉强遮风挡雨；透过雾蒙蒙的玻璃窗透出的光亮，是橙黄的烛火；屋顶上盖满了暗绿色的苔藓，让整座小屋显得黏腻异常。

可仔细端详，门板上的虫蛀痕迹刷过透明的亮漆，歪扭的矮墙根基扎实，本该摇曳的烛光毫不晃动，屋顶上的苔藓……等会儿，这个季节怎么会有苔藓？

柳澄无声地扶额，原来都是故意为之啊。她伸手拍拍木门，门板晃动，上面挂着的零零碎碎小挂件叮当作响，倒是个天然的门铃。

"谁？"洛水谣懒洋洋的声音传出来。

"还能有谁？"柳澄吸了吸鼻子。

"门锁了，我没穿外套懒得去开，你自己跳进来就好了，加油。"

"这么敷衍的'加油'我才跳不进去！"

"那你就在门口过夜吧！别说我不顾情面，给你扔床被子你可要接好！"

"我不要你的被子！我要你的人性！人性呢？它已经因为气候变暖、时代变迁而灭绝退出历史舞台了吗？"

最终，嘴硬心软的洛水谣还是穿着宽大的袍子，一溜小跑地给柳澄开门，而后一把抓住她的领口，不由分说地将她拖进房子。

"哎哎哎，慢点儿慢点儿，我腿还软着呢……你大晚上的怎么这么精神？"

"刚睡醒当然精神。"

"刚……刚睡醒什么意思？"

"就是你理解的那个意思啊！放假嘛，昼伏夜出才是正确的生活态度。"

"才没这个说法！"

房间里温暖干燥，柳澄被丢到靠近壁炉的沙发里烘烤。她定睛打量复古的壁炉，原来那只是个故意做成壁炉造型的电暖器。

"我该夸你家房子很有……嗯，韵味吗？木头墙缝里天暖时不怕藏蟑螂吗？还'水天谣'，这么仙的名字你不觉得应该配上古典风雅的装修风格吗？装修成这样，那三个字在哭啊，你听没听到？另外，水谣你穿的是什么？巫师袍吗？"

"那些都不是重点！"洛水谣塞了一杯速溶热巧克力给柳澄。就算是时间相对自由的假期，她眼睛下方浓重的黑眼圈依然没有消失。"说吧，北堂送你来的对不对？这么晚才过来还不敢露面，是不是做了什么亏心事？"

"什么……亏心事？"柳澄一瞬间有一种听不懂汉语的感觉，只好插科打诨道，"我虽然交了新朋友，但我还是爱你的呀，小水水！"

"走开，再乱表白打出去冻死。做亏心的事没说你，我说的是北堂墨！"洛水谣气势汹汹地问，吓得柳澄缩了缩脖子。

"北堂？他除了被百里抓去当免费劳工也没干吗啊……"

洛水谣狠狠地盯了柳澄一会儿，终于"哼"了一声，用力把自己摔进沙发里。可怜的沙发发出"咯吱"一声哀鸣。

"算了，你的注意力也不在他身上，问你什么都不知道。"洛水谣嫌弃地揉了揉黑眼圈，一把抢过柳澄手中的热巧克力，自己喝了一口。

柳澄后知后觉地品出了洛水谣话中的意思。她斟酌了一会儿说辞，才道："那个，我见到百里澜风的妹妹了，北堂学长似乎跟她很熟。这事我怎么没听你提过，你跟他

不是青梅竹马吗？"

洛水谣"咕噜"一声吞下口中的热巧克力，嘴唇边粘了一圈儿褐色巧克力，气哼哼的表情很是有趣："青梅竹马什么啊！人家两个才是青梅竹马，我是后补的！竹马就一柄，青梅排排坐！"

"什么？北堂学长从小就那么招风？"

洛水谣被柳澄惊讶的表情逗笑了。

"什么叫作'招风'！注意措辞，你现在的样子真是蠢透了。"她伸手掐了掐柳澄的脸蛋儿，叹了口气才幽幽讲述，"百里澜风和冥幽、冥邪与其他大家族的小孩子不一样，他们叛逆，不听话，也没什么架子。大人越不让他们跟我们这些'野孩子'一起玩儿，他们越玩得欢。百里沐雪也一样，她是个非常耀眼的女孩子。"

"这么说你跟她也很熟悉？"

洛水谣先是点了点头，后又摇了摇头。

"怎么说呢，你大概也看得出，我挺没有存在感的。"

"不，"柳澄当机立断地否认了这一观点，"你超级有存在感，是那种看一眼就能吓得人做噩梦，连续一个礼拜都缓不过来的人。"

"看招！"洛水谣给了她一胳膊肘，趁着柳澄吃痛闭嘴，当作什么都没发生似的继续说道，"有沐雪在的时候，不会有人注意到我。也许北堂是个例外，但我知道，他实际上……"

洛水谣沉默了，柳澄同样不知该说些什么，房间里只剩下炉子里的"炉火""噼啪"作响的声音。

半晌，洛水谣再次开腔："其实，当初答应帮你保守秘密，我犹豫了很久要不要透露给北堂。后来出于种种理由，我坚守住了我的底线……别笑，我是认真的！"

"期末那阵子，知道你的事，最激动的人其实是北堂，他跟我核实时手都发抖了。可他谨慎，遇事考虑多，所以才没在你面前表现出端倪。"

"真没想过暖男一样的北堂学长心思这么重，那百里沐雪是个什么样的女生？"

"沐雪人很好，真的，虽然有她在我就会变成背景板，但天生闪耀不是她的错。"洛水谣噘着嘴，将空掉的一次性纸杯捏瘪，丢到"炉火"里去，"算了，做人要大度，我这么善良，干吗要跟一个病人争长短呢，对不对？你要快点儿恢复，赶紧把沐雪的病治好。"

"水谣，有意思吗？"柳澄指着那只被丢掉的纸杯小声说，"烧不掉的，一会儿

捡出来时再烫了你……"

"谢谢关心！顺便闭嘴别再说我了！走走走，我带你去房间休息，有事明天再说……"

柳澄被丢在二楼的小房间，房间低矮压抑，墙壁被故意刷成暗色调。配置倒是一应俱全，十分先进，卫生间里连泡泡浴都有。柳澄舒舒服服地洗漱一番后，便瘫倒在松软的床上。她这一天过得太充实，几十趟过山车、跳楼机可不是白坐的，一旦躺下来，阵阵困倦便席卷而来。

真看不出来，柳澄边拉好被子边想，洛水谣平日里除了二十四小时昏昏欲睡，就是到处吓唬小朋友，内里看不出还有这么多小心思。不过，洛水谣可以这么简单地把事情想开也很不容易。不管怎样，这都说明她是个善良的姑娘……

柳澄的心理活动被洛水谣的破门而入打断，她毫不见外地钻进被窝，抢过柳澄一半的枕头躺下来："橙子我知道你累了，可我心里憋屈呀，不找人说说话会抑郁的。"

"你平时看起来已经很抑郁了，重了也看不出来，不怕。"

"这样，你边睡边听我讲好不好……"

"不好！我没有边睡边醒边聊天的天赋！"

"好，那我就从四岁我们几个初识开始讲起……"

"我说我不想听啊！你听听人家说话好不好？"

"那时候北堂墨六岁，他比我大两岁，而百里沐雪……"

柳澄绝望地看向洛水谣，身体清醒着，灵魂却已经沉沉睡去。呃，不知道现在冲出门去打车回家还来不来得及。

第二天，百里澜风、北堂墨、冥幽和冥邪四人早早敲响水天谣的大门。进门后，他们看到的是洛水谣与柳澄各自顶着不相上下的黑眼圈。

区别是一个神采奕奕，一个生无可恋。

"哈哈！"冥邪将两手的拇指食指搭成相框，在洛水谣和柳澄之间游移，"原来烟熏妆可以传染啊！你们两个再去做个发型就可以出道了！比我和大幽还像！"

"还不是因为有人跟我讲了一晚上的'童年趣事'！"柳澄恶狠狠地瞪向北堂墨。虽然明知道对方是无辜的，可她还是打算迁怒。

"呃，"北堂墨推了推眼镜，假装什么都不知道，而后，打开手里的快餐袋子招呼道，

"都先别说了，快来吃早餐，凉了就难吃了！"

"哼！"柳澄毫不领情，抢过口袋，挑了个鸡肉味的汉堡，昏昏沉沉地瘫在沙发上半阖着眼睛自顾自地啃着。

吃完早饭，客厅里顿时忙乱了起来，男孩子们凑在一起便安静不下来，嬉笑打闹声吵得本就睡眠不足的柳澄头疼。可相对于假期前半段的安静孤单，她更喜欢这种吵闹和头疼。熟悉的他们，让她感觉安心。

"喂，什么事这么开心？你在偷笑。"

柳澄觉得身边沙发一沉，是百里澜风坐在了她的身边。

"没笑。"柳澄揉了揉眼睛，坐直身子。

"实在累了就去休息一下吧，楼上不是有房间吗？"百里澜风拍了拍手上的面包屑，从茶几纸巾盒里抽了张纸巾，随便擦了擦，然后把团成一团的纸巾丢到"炉火"里。

柳澄无语地看着那团纸，觉得吐过一次槽还是不要再吐第二次比较好。

可谁知两秒钟后……

"等会儿？这……这壁炉是假的？完了完了，还得捡回来……"百里澜风蹲在壁炉边，小心翼翼地试图将纸团捏出来，结果倒吸一口冷气，烫到了手指。

柳澄笑得前仰后合，不料小心眼的百里澜风一挥手，纸团被一阵暖风吹出，直砸在她的额头上！

"好烫！"

柳澄气鼓鼓的模样让百里澜风心情大好，他坐回柳澄身边，笑眯眯地看着她。柳澄运了半天的气，揉了揉有些发红的额头，终是抬手不打笑脸人。

"百里，之前就想问了，你最近心情好像还不错？上学期那种'全世界都欠我钱'的苦大仇深表情都不见了！还有，你跟你哥的关系有些微妙的变化啊……"

闻言，百里澜风的笑意收了一半。

"你观察得倒是仔细。"

柳澄分辨不出百里澜风话中的口气，只得随口道："哪有。"

"不管你猜到了什么，柳澄，我希望，你不要拿我哥的心思来衡量我的。"

柳澄愣了愣，大概知道了他的意思，百里澜风对待这个问题的态度比她料想的要严肃得多。

"当然不会，我只是单纯地关心……嗯，关心一下朋友而已。"

"听你这腔调，实在是让人很失落啊！"

"失落？为什么啊？"

百里澜风谴责地看了柳澄一眼："这还不明显吗？我认为我对你而言，应该是比'朋友'更重要才对！"

柳澄有点尴尬地沉默了一会儿，她觉得百里澜风的话有点儿让人误解。可她并没有刨根问底的勇气，只好委婉地转移了话题。

"你的意思是'损友'吗？我可以接受这一设定。"

"好了，不逗你了，"百里澜风似笑非笑地瞄了柳澄一眼，"这个假期，我哥突然对我还不错，起码不那么冷淡了。要知道，从那件事开始，他跟我说的话用一只手都可以数过来。说真的，开始时我简直有些受宠若惊，后来我才发现，他态度的转变是因为你。"

"我？"

"他觉得，我接近你是故意的，甚至还对我这种'颇有谋略'的手段大加赞赏……你懂我的意思吗？"

"大概懂吧。"柳澄干巴巴地笑了，她想起了北堂墨之前的话。

百里澜风苦笑："我是不是很蠢，竟然以为我哥他原谅我了。"

"嗯，是很蠢。"

"你说什么？"之前敲过柳澄额头的纸团又凭空悬浮起来。

"你询问我想法的，怎么还不让人说实话，啊啊，我是说，我什么都没说，嗯，没说。"柳澄盯着纸团，胆战心惊地沉默了几秒钟，为了安全起见，还是最好立即转移话题，"那你是什么态度？"

"先说说你的态度。"百里澜风动了动手指，纸团威胁似的打了个转。

柳澄奇怪地看了看百里澜风，就算是半开玩笑，他竟然逃避正面回答问题，这本身就很不对劲了。

"我没什么态度啊，不管初衷为何，你哥和你的关系能够缓和，总归是好事。至于你……能帮助朋友的话，就算是做不到的事我也会努力去做的。更何况，只要我的能力恢复，那就是力所能及的事了，不是吗？"

柳澄的话让百里澜风有些触动，他低垂眉眼，有些不敢去看柳澄亮闪闪的眼睛："事情发展成这样，我如果单方面要求你'不要多想'，实在是有点儿强人所难。不过无论如何，我希望我在你眼里只是百里澜风，而不是什么'百里家的人'。"

纸团掠过一道完美却不太科学的弧线，落入门口的纸篓中。

柳澄心里知道，当没人知道她与所谓的叶家有什么关系时，他是第一个乐意从根本上帮她解决困惑的人。

她很感激，当然，他当初的方式真让人不敢恭维。

"你好像真的很困，先去休息吧。我们会把各自查到的线索汇总一下，你强撑着留下也帮不上什么忙。"百里澜风说道。

柳澄点了点头，找不到反驳的理由。她一口气睡到了下午，再次返回客厅时，那里已经变了一幅景象。

茶几和碍事的沙发全部被推到墙角，沙发上的软垫铺了一地。聚在一起的几个人随意地倚坐在上面，身前是堆成小山高的书籍，身后是一包包的零食。

"柳澄你醒啦？"坐在冥幽、冥邪中间的一个微胖的男生抬起头，刚好看到了柳澄。

"向展？"

向展挠着后脑勺，不好意思地笑了。他怀里拱出一个黑色的脑袋，朝柳澄眨眨眼，发出软绵绵的一声猫叫。

"你把小黑猫也带来了？"

向展将小黑猫放在面前的一摞书顶端："我本来是让少侠来给我传个话，找他们俩回家。"他指了指身边的冥幽和冥邪，"可他们不走，我只好亲自来，结果……"

"结果他被收编啦！"冥幽和冥邪一左一右搭住他的肩膀，同时威胁地拍了拍向展微胖的肚子。

"少侠？"柳澄歪着头疑惑地问道。

就算肚子被冥幽、冥邪揉来揉去，向展也不生气。他对着小黑猫摊开手，做出介绍的手势："嗯，介绍一下，少侠。"

少侠在几摞书之间踏了几下，跳向柳澄。柳澄伸手接了个满怀。

"向展你怎么给它起了这么个脱俗的名字？"

"不是我起的，它自己起的。最近我天天晚上陪它看电视，这小家伙是个武侠迷。"

"完全没想到，原来一只猫也有这么丰富的内心戏。"柳澄将少侠举到脸前，对它做了个鬼脸。挣扎未果的少侠将肉球爪子摁在她的鼻子上。

"好了，都别贫了，柳澄你先过来。"百里澜风向柳澄招招手。

柳澄抱着少侠凑过去，她看见百里澜风面前摊开一本厚重的笔记本，上面被密密麻麻的笔记和连线覆盖，让人一时看不出个头绪。

"从我们出生起，就没见过一个叶家人，所以你身上的问题，我们翻遍了书籍也毫无头绪。喏——"百里澜风指向不远处已经快被堆起来的书埋掉的北堂墨，"北堂还没放弃，这小子把我家的书房都快偷空了……"

洛水谣丢过来一支铅笔头，百里澜风用厚皮笔记本挡了一下。铅笔像长了眼睛一般，敲在柳澄的鼻梁上。

"窃书不能算偷……窃书！读书人的事，能算偷吗？"洛水谣又着腰道。

"嘀，记性不错啊，有本事接着背！"百里澜风很是不服。

"别别别，"柳澄赶紧阻止，"想想我刚转学那天水谣背的全篇《长恨歌》。别跟她比这个，要不然整个下午就要这样搭进去啦！"

百里澜风沉默了三秒钟，明智地将话题不了了之。

"总之，我还是建议，"百里澜风防备地看了洛水谣一眼，见她起身跑去厨房给大家倒水，才压低了声音道，"建议你求助校长，她懂的事情比学校整座图书馆都多。"

"这么厉害？"柳澄同样小声说，"我以为她只懂图书馆里的动漫和言情书籍的部分。"

"事实上，我也这么认为。"

柳澄和百里澜风没等偷笑几声，便被洛水谣喝止了。

"我都听到了，听到了！"洛水谣递给他们俩一人一杯热水，"你们两个对我好点儿，否则小心我打你们的小报告。我姑姑那人心眼儿可小了！"

柳澄接过水杯，感谢地笑笑："水谣，我转学第一天就想问了。你姑姑为什么跟学院用一个名字，是故意改的吗？不知道的人还以为她是创始人呢！"

洛水谣愣了愣，仿佛她没想过这个问题。

"你姑姑到底多大年纪？"

"我还真没问过……"洛水谣随意地坐在书堆上，书堆晃了晃，并没有倒掉，"说来她也不是我的亲姑姑。我的意思是，我爸爸并不管她叫姐姐或者妹妹……"

"你的意思是……"

"事实上，我们全家都叫她姑姑。"

柳澄、百里澜风、冥幽、冥邪和向展全部惊呆了，除了埋头书海的北堂墨。北堂墨完全沉浸在自己的世界里，他从面前的一摞书中抽出一本，头都没抬。这直接导致洛水谣的"座椅"坍塌，场面混乱而狼狈。

洛水谣好容易从书堆中爬出来，恨恨地踢了北堂墨一脚，跑出门去张罗晚饭了。

"呃，"北堂墨慢半拍地揉着自己生疼的小腿，疑惑地说，"刚刚是地震了吗？"

回答他的只有掀翻屋顶的笑声。

柳澄笑够了，从零食堆里摸出包薯片，跟少侠分着吃。百里澜风摆弄了一会儿自己面前的笔记本，才把准备好的信息说给柳澄听。

原来，为了自身安全，作为小众的超能力者多年以来都在尽力隐藏自己，他们不会在普通人面前显示能力。为了避免未成年人因心智不成熟、冲动、鲁莽而展示能力引人怀疑，在拥有超能力的家庭中，孩子在成年之前是不允许踏足普通人类社会的。

"这么说，"柳澄惊讶道，"你们跑去找我，都是不合规矩的？那上学期校长怎么还放任你们来找我？"

"我们的校长大人压根就不知道'规矩'两个字怎么写，她自己做的'不合规矩'的事，大概比全校师生加起来还多吧？"冥邪笑道。从他的表情来看，他倒是很喜欢这种"不合规矩"的校长。

"或者因为我们去找的人，是你。"冥幽右拳一敲左掌心，"说来你突然转学，也不是纯属意外吧？"

柳澄点了点头："嗯，我明明没有申请过，却收到了入学通知书，开始我还以为是骗子来着。"

"这么说，校长从一开始就知道你的身份？"百里澜风道。

"似乎开始只是怀疑。"柳澄突然"啊"了一声，想到了什么，"提到校长，上学期你们去我原来的学校找我，前阵子韩晓松突然还来找我说了那件事……"

"韩晓松？是谁？哪个班的？"百里澜风在脑海里搜索了一下，查无此人。

"算了，"柳澄真心为韩晓松那次夜游的经历感觉不值，"你先说你的，然后我们再讨论韩晓松。"

百里澜风挑了挑眉毛，将笔记本翻了一页。

"奉劝你不要太低估校长，辰荒学院在我们这里意义重大。它不单是一所传授知识的学校，更重要的是——只有从辰荒学院毕业的人，才有资格自由出入普通人与超能力者的世界。"

"这……这倒出乎我的意料。"

百里澜风无奈地摇摇头。"本应该知道一切的人，却比所有人知道得都少。"

"上学期我听校长说，叶家也许可以解决异能世界的最大麻烦，那指的是什么？"柳澄问。

百里澜风合上了笔记本，冥幽、冥邪停下了玩笑，连埋头翻书的北堂墨都停下了动作。

北堂墨推了推眼镜，柳澄注意到他的瞳孔周围布满血丝。

"这件事大概可以算是个尘封许久的秘密，我和我们家族的人也只是知其然，不知其所以然，"北堂墨用探究的眼神看了看百里澜风、冥幽和冥邪，"也许你们更有发言权。"

冥幽和冥邪看向百里澜风。

冥幽道："我们虽然姓冥，可知道的也不是很多，毕竟我们俩从不探究这种枯燥的传闻。小百里你先说吧，我们补充。"

百里澜风扬起脸，活动了一下因翻看材料太久有些僵硬的颈项："好吧，这些东西也都是我从长辈们的谈话中拼凑出来的，如果想知道得更详细，大概要去问我哥。"

他沉默了几秒钟，开始冗长的讲述。

很多年前，大家发现，异能者们的能力在代代削弱，即便禁止和普通人婚配也不能改变这一事实。一直以来，拥有超能力的人们生活在一个半封闭的世界，除非必要，他们是不会与普通人产生来往的。面对能力的式微，绝大多数人依然倾向于偏安一隅，躲在自己的世界里。而当时最具影响力的叶氏一族，主张向普通人的世界寻求解决危机的办法。

"向普通人寻求办法？这点子有点儿不切实际吧？怎么能问根本没有能力的人要能力呢？"柳澄拧起眉头不能理解。

"我想，他们当时的本意并不是找回力量，而是想让失去能力便一无是处的人寻求生存下去的方法。"北堂墨道。

百里澜风点头道："我哥也是这么说的。"

"'失去能力就一无是处'？说得太严重了吧？我看你们还好啊……"

冥邪哼笑了一声，撕开手边一袋零食的包装纸："那还不都是辰荒学院的功劳，听长辈们说，往前倒回一百年的人，离开超能力根本活不下去。"

柳澄询问地看向冥幽，冥幽默认了自家兄弟的说法。

"总之，叶家人做了一个在当时看来差不多是疯了的决定，他们整族离开，去融入普通人的社会，只留下非血缘关系的支持者，开办辰荒学院，贯彻叶家的理念，教导后来的年轻人如何收敛自己的能力，如何像一个普通人一样不去依赖能力生存。"百里澜风道。

"这么说来,校长应该是叶家的坚定支持者啊!那怎么……"柳澄并没有把话说完,百里澜风却意识到,柳澄对校长的怀疑开始产生了动摇。

"是啊,众所周知,校长是你们家头号粉丝。"北堂墨叹道,"小谣应该也算是。"

"嗯……"柳澄挠着自己的鼻尖,这莫名其妙的尴尬是怎么回事?"我脑子有些不够用,这件事我要回去慢慢消化一下,百里你的故事还有多长?"

"很短了。"百里澜风道,"自从叶家人进入普通人的世界后,百余年来,杳无音讯。"

他见柳澄还一脸迷茫地看着自己,又补了三个字:"全剧终。"

"就……就这样?这故事好烂!"柳澄求助似的将目光投向冥幽。后者摊了摊手,明显给不出更好的答案。

"如果硬要补充的话,"冥幽斟酌了一会儿,才道,"虽说时间太久,绝大多数人都认为叶家凶多吉少,已经消失在普通人的世界里了,但整个异能界出于对叶家的敬畏,依旧在等,等待叶家人带回拯救族人的出路。"

敬畏,有敬仰也有畏惧。柳澄意识到,自己的能力就算在超能力者的世界里,也是种不大受欢迎的存在。想想也是,如果有个人能随时看透你的想法,随时控制你的行动,是谁都会想要远离吧?

她静静地看着房间里的每一个人,他们在各自的家庭里,算是那种不听话、不服管、不上进的孩子,却聚集在一起为她这样一个"不好相处"的人绞尽脑汁。

"呃,我突然意识到,"短暂的感动过后,柳澄品出了冥幽的言外之意,"你们现在不会统一认为,那个'带回拯救族人出路'的叶家人,就是我吧?"

众人你看看我,我看看你,一起点了点头。

"拜托!我以为这种可怕的想法,只有校长那么勇敢的人才会有!"

"一族一脉的生死存亡,全部落在一个人身上这种蠢事,我以前是不信的。"百里澜风好笑地看着柳澄,"不过如果是你的话,我们愿意期待一下。"

"期待什么?期待我丢脸?"

"期待你给这个世界点儿颜色看看。"

"你这么说话是想听我说'谢谢'吗?"

百里澜风道:"不客气。"

"喂!"

北堂墨摘下眼镜,疲惫地捏着自己的眉心。百里澜风和冥幽刚刚的话,虽然让他颇有收获,可这些对柳澄恢复能力于事无补。

"这些书……"北堂墨有气无力地翻着书,"最老的也是几十年前出版的,对叶家的描述,还没有你们口口相传的多,更别提关于叶家能力失控或者消失的线索了。"他丢下书,重新看向柳澄,"要解决柳澄的问题,我认为,求助校长才是捷径。"

大家对这一观点纷纷表示赞同,百里澜风看向柳澄。而柳澄也只好赔笑:"等开学见到校长,我会好好考虑的。"

北堂墨张了张嘴,显然对这一话题依旧有话要说。

柳澄看出他有发问的趋势,连忙看向百里澜风道:"现在,该我说了,你记得我刚刚说的韩晓松吧?"

"嗯,记得,他是谁啊?"百里澜风道。

"是我原来的同学,记得我转学过来后第一次跟你们夜游吗?那两个找我麻烦的男生,个子比较高的那个就是他。"

百里澜风、冥幽、冥邪、北堂墨同时露出"原来是他啊,你早说不就完了"的表情,而没有参加那场夜游的向展插不上话,便招招手把柳澄怀里的少侠叫了过去,靠在沙发上逗起猫来。

"前些日子,他来找过我。"

百里澜风冷哼一声:"怎么?他还敢找你的麻烦?"

"没有。事实上,我找他的麻烦更多。确切来说,是'我们'给他找的麻烦。"见大家都是一副不解的样子,柳澄叹了口气,道,"你们还记得我回学校准备参加考试那次发生了什么事吗?"

冥幽和冥邪揶揄地互看一眼,冥邪抢着说道:"不就是小百里为橙子解围,能力差点儿失控,最后被橙子……"他做出一个拥抱的手势,"阻止了吗?"

冥幽笑到一半,停住了:"等等,难道不是因为我不小心差点儿被人发现能力,小百里和橙子舍身……"他做了一个跟冥邪一模一样的拥抱手势,"吸引注意力来为我解围吗?"

"不会吧?"北堂墨惊讶道,"不是简单的空间传送出现异常吗?"

"别开玩笑了,明明是你们几个偷偷玩真心话大冒险,有个笨蛋输了,"百里澜风用下巴指了指柳澄,"所以选择大冒险跑来跟我表白吗?"

"不,"柳澄严肃地摇了摇头道,"我选的是真心话。"

百里澜风一愣:"呃,你说真的?"

"假的。"柳澄扶额,"从百里的反应来看,你们都没说谎,或者说,你们都没

认为自己说谎。"

向展迷茫地看看这个看看那个，最后对膝盖上的少侠道："看，我就说我智商不够用，不应该跟他们玩的，你还不信。瞧，听不懂了吧？"

冥幽和冥邪安慰地拍了拍向展的肩膀："小向展，这次不怪你，我们也听不懂。"

柳澄好笑地看着他们互动，而后将韩晓松告诉她的话，大致地对大家讲述了一遍。柳澄的故事刚刚告一段落，洛水谣便带着晚餐回来了。她看着一屋子大眼瞪小眼的人，完全摸不着头脑。

"橙子，你跟大家讲什么了把他们吓成这样？难道……难道你把北堂七岁时还尿裤子的往事说出来了？不是说好了那是我们之间的秘密吗？"

柳澄和北堂墨异口同声地吼道："并没有说！"其中北堂墨的声音更响亮些。

"呃呃，"北堂墨尴尬地推了推因冷汗而下滑的眼镜，强制把话题引回正轨，"橙子，你确定那个叫韩晓松的人没有骗你吗？"

"我当然不能确定，可他没有理由骗我不是吗？"柳澄看向面前的几个人，"现在看来，你们每个人，都站在自己的角度为缺失的那段记忆脑补了一段情节。只有我，那段记忆是空白的。而韩晓松，会不会恰巧因为最关键的那段时间不在场，所以逃过了失忆？"

"你说得有可能，可我们认识的人中，似乎只有你有改变他人记忆的能力。"百里澜风沉吟道，"可就算是你能力失控，也不该连自己的记忆都洗掉了。"

"我认为那不是我做的，有人运用了某种方法，施展了某种与我相似的力量，袭击了我们。"柳澄不解，"可那人的目的是什么呢？经历那次袭击后，我们有失去什么吗？"

每个人都下意识地打量着自己，然后纷纷摊手，表示自己完好无缺。

向展举手插嘴："会不会偷袭的人失败了？邻居小白偷我小鱼干时经常失败。"他迎着众人惊奇的目光，顿了两秒钟，补充道，"少侠是这么说的。"

众人"哼"了一声，各自扭回头。

"会不会真被少侠说中了？"洛水谣边把快餐分给众人，边说道，"有人袭击你们，从现有线索来看，应该是袭击你。"她将最后一盒快餐连同袋子一起递给柳澄，盯着她的脸说道，"而后，那个人失败了，为了不被嘲笑或者是为了不引起你的警惕，就扰乱了你们的记忆！"

冥邪提出异议："可如果那个人厉害到这种地步，他怎么会失败呢？"

"也许那人想偷走的东西不是那么轻易可以得手的，"北堂墨审视地看向柳澄，"问题是，橙子有什么东西这样值得那人觊觎？"

"我的能力呗！现在它没了！"柳澄一摊手。

"这样就说得通了！"百里澜风愤恨地拍了拍额头，"某人想偷走柳澄的能力，第一次失败后，为了防止我们提高警惕而洗去了我们的记忆，而第二次则得手了！"

"看来这一切并不是意外。"北堂墨失望地看着自己翻过的成堆书籍，"这些东西里不可能有答案了。"

话虽如此，北堂墨却没有停下看书的进程。在接下来的几天里，他依旧动力满满地看完了从百里澜风家借来的所有书籍。

推断出事情的大致始末，并没有让柳澄的心情有所好转。如果他们的推理没有出错的话，那么，问题要比她之前料想的更复杂许多。

起码，她的能力不可能靠时间和自我恢复来治愈了。

不过，如果凡事往好的方面想的话，柳澄觉得，在这里度过的假期，非常美好。

就在柳澄以为这份喜悦会持续到假期结束的时候，洛水谣带回了一个信息。

"都给我收拾行李！我姑姑说了，这学期提前开学，准备辰荒学院的百年校庆！"

大家不满计划被打乱之余，纷纷准备离开。只有向展抱着小黑猫迟迟不走，一人一猫躲在门外盯着柳澄偷看，看得柳澄心里发毛。

"向展，你想说什么跟我直说好了。"

"不是我说，是少侠要说。"向展将小黑猫举在前面遮挡，"它说，你身上有陌生人的味道，似乎有个危险人物，最近一直跟着你。"

柳澄只觉得背上的汗毛一根根立了起来，脑海中那个几乎已经被遗忘的红衣女孩阿离的脸，重新清晰起来……

第四章

对柳澄毫无作用
的校外迷阵

简短的告别后，柳澄匆匆归家，收拾行李踏上返校的路程。

临行时，还被养父母抱怨，转校后的女儿有了新朋友便与自己疏远了，这让柳澄哭笑不得。为了不吓到养父母，她拒绝了北堂墨的好意，老老实实地拎着行李挤公交车。

不知是不是心理作用，自从听过向展的话后，柳澄走到哪里都觉得自己正在被人跟踪。

这种感觉简直糟透了，她有些神经质，甚至不敢独处。在公交车上，柳澄几次三番站起身打量整个车厢的客人，确定乘客中绝对没有那个穿红斗篷的小姑娘后，她才舒了口气，安心地坐在座位上。

一路颠簸，好不辛苦。

漫长的路程过后，站在学校的大门口，柳澄猛然意识到，所谓的"百年校庆"比自己猜想的规模要宏大得多。

这里到处悬挂着条幅和彩旗，各色的气球绑满树梢，原本相对开阔的校门，竟被来往的人流堵得有些拥挤。

这和柳澄记忆里神秘封闭的辰荒学院，也差太多了吧？

"看什么呢？还不先去放行李？"一个清冷的声音在柳澄身后响起。

"沚初？好久不见！"柳澄惊喜道，她没想到冷冰冰的夏沚初会主动与她打招呼，"假期过得怎么样？"

"很好，喷，"夏沚初不自在地看了柳澄一眼，并不着痕迹地远离了一步，"别叫那么亲热。"

一个月不见，夏沚初似乎变得更漂亮了。她身材修长窈窕，长长的黑发直垂腰间，如果不是表情显得太过清冷，那简直就是完美。

柳澄并不在意夏沚初硬生生制造出的距离感，在她的世界里，只要她们共同战斗过便是朋友。

"别那么冷淡嘛，沚初。你跟我说说呗，这所谓'百年校庆'是怎么回事啊？"柳澄注意到，在校内走动的好多人都早过了毕业的年龄，"那些人不是学生吧？怎么也来了？就算是校董也不用那么多吧？"

"那些当然是学生家长。"

"家长？校庆要开家长会吗？怎么没人通知我？糟了糟了，现在让我爸妈过来还来得及吗？"柳澄瞪大眼睛，慌了手脚。

"才不是家长会，你好好听人把话说完。"夏沚初瞪了柳澄一眼，柳澄赶紧收声，"每年，以辰荒学院的校庆为契机，四大家族的人都会聚集一堂。虽然……你自己看就知道了。"夏氾初压低声音，有些担忧，"别说我没事先提醒你，你的身份已经不是秘密，得早些做好心理准备。"

"怎么会？谁传出去的？"柳澄惊讶道。

"楚子巽的嘴巴向来很大，冥家的那两个也不小。这世道，出门带脑子的人都快变成稀罕物了。"夏氾初幽幽叹道，扭头直视柳澄，"真不知道该说恭喜还是同情，你已经名声在外了——叶、柳、澄。"

柳澄被那一字一顿的三个字吓得一愣，几秒钟后，才反应过来其中的含义。

见柳澄发呆，夏氾初也不再停留。她不喜欢被人注目，可此时如果走在柳澄身边，势必会成为焦点。

"我先走了，你好自为之。"

"好，谢谢。"

直到夏氾初的身影消失在视线之外，柳澄才浑浑噩噩地独自走向宿舍。

一路上，无论是在校生，还是学生家长，都在柳澄路过时，停下了谈话。他们以衡量一块筹码重量的眼神打量着她的背影，甚至有些人还会主动为柳澄让路。

表面上，他们显得很敬重，可柳澄却觉得，他们实际上简直是在躲避瘟疫。这种带着可怕压迫感的敬畏，让柳澄打心眼儿里不舒服。

这一刻，柳澄才更加清晰地认识到，那些可以与自己如往常般相处的朋友是多么可贵。

回到宿舍，洛水谣已经早早等在那里了。

"橙子，你慢死了，跟北堂一起来多好，害我好等。"

"才分开多久就想我了？怎么，有急事？"柳澄把行李箱丢进柜子里，活动着僵硬的手指，问道。

"倒不算急，"洛水谣摇了摇头，"只是发现事态比之前预期的要更严峻，我有点儿怕你吃不消。"

"被你说着了，我还真有点儿吃不消。"柳澄叹了口气，道，"我从没想过，原来被过分关注和被无视一样让人浑身难受，如坐针毡。"

"你还是抓紧时间适应吧！这满院子的人，有几个不是冲着你来的？"洛水谣靠在窗台边，往露天会场的方向瞭望。柳澄若有所思，也走过去顺着她的视线看过去。

有一瞬间，她以为自己的力量回来了。

那种感觉，仿佛有人拎了满桶的冰水对着她兜头扣下来。柳澄打了个寒战，她一把将洛水谣从窗边拽了回来，反手拉上了窗帘。

"橙子，你怎么了？"

"我……不知道。"柳澄胆战心惊地说，再不敢看窗外一眼，"那边有人，在看我们。"

就在刚刚，她极其真实地感觉到一道视线，充满敌意地在打量着她。

"你不会是太紧张了吧？"洛水谣狐疑道，"你也别太信向展的话，小动物哪有那么靠谱的？"

话虽这样说，但洛水谣再没试图接近窗边。

"对了，这个给你。"

洛水谣从书包里取出一封信，信封上有一行极其娟秀的字体。

"是你的信，我从楼下传达室带上来的。橙子你行啊，都转学一个学期了，还有老同学惦念？"

"是佟筱晓的信！"柳澄惊喜地接了过来，二话不说，两三下拆开信封，将带着卡通图案的信纸展开。

柳小澄：

你离开第二天，我就给你写信了，为了让你在开学第一天就看到信。

说来这个时间我也开学了吧？不过我敢保证，我肯定不会像你一样，因为开学而感到开心。

别问我怎么知道的，你就是开心！好嫉妒啊……

有件事情，思来想去许久，我觉得还是应该告诉你。

我胆子小，你知道的，可我又沉迷于一些怪力乱神的小说、漫画，于是总会幻想一些可怕的事情。7岁时，爸妈因为这件事带我去看过医生。医生说，我这是轻微的妄想症。

所以，我不敢保证自己看到的，是真实发生的，还是出于我的幻想。

你第一天来我家要离开时，我原本走出家门要给你送围巾的。那时，我看到你和一个穿红衣服的小女孩站在路边，那个小女孩身后有一间人偶娃娃玩具店，在路过的汽车灯光晃过的瞬间，我看到那个小女孩招了招手，整个玩具店玻璃橱窗后的玩偶都睁开眼睛"看"着你！

我第一次觉得，玩偶娃娃的眼睛超级可怕！那一幕，至今让我毛骨悚然。

我希望那是我的幻觉，你觉得呢？

不论如何，如果你再见到那个穿红斗篷的小女孩时，一定离她远点儿！

另，早些回信。

小小

柳澄看完信，一言不发地将信纸递给身边的洛水谣。

佟筱晓看到了阿离的诡异之处，可那个推开她的人又是谁？柳澄可以确定，当时除了佟筱晓，还有另外一个人存在。

她突然意识到一个问题，向展的少侠注意到的那个气息，到底是阿离的还是那个暗中隐藏着的人的？

洛水谣迅速浏览了一遍信件，而后，她摇了摇头。

"这并不能证明向展那只猫的话值得相信，但非要说这一切只是巧合，同样牵强了点儿。"洛水谣担心地叹了一口气，道，"偏偏这时候你又处于毫无还手之力的状态，总之，你最近最好跟我在一起，尽量别落单吧。"

柳澄张了张嘴，却只说出一句谢谢。

在洛水谣的帮助下，柳澄很快将行李安置妥当。而后，柳澄思考再三，决定不去食堂吃午饭，而是请洛水谣去校内超市买些香肠、面包之类的带回宿舍来吃。

"快餐零食那些东西没营养的。"

"可是被人那么看着肯定吃不下饭。"

"倒也是。"洛水谣想了想，道，"那这样，我去食堂买点儿东西带回来一起吃吧？"

"那样好吗？"

"不会有人注意到的，你又不是不知道，我天生自带'隐身'技能。只要我不说话，谁能主动打扰我？"

"那就麻烦你啦，水谣。"

可惜，计划永远没有变化快。

洛水谣拉开宿舍的门，正好遇到一位匆匆跑来的陌生女同学。

"你是……呃，"女同学的视线在柳澄和洛水谣之间跳跃了几下，很快确定了目标。她的目光越过洛水谣，好奇地打量着柳澄，"你是柳澄同学吧？校长请你去一趟。"

"找我？"

"对啊，校长往楼下扔了五十多张求助字条，你要是去得及时，现在还能看见保洁阿姨叉着腰在校长室楼下吼人呢！"

"保洁阿姨威武！"柳澄和洛水谣同时竖起大拇指。

柳澄谢过传话的陌生女同学，与洛水谣沉默对视了几秒钟。

"要不要我陪你去？"

"大白天的，不至于有事吧？再说，我是去校长室，谁会在校长的眼皮底下对我不利呢？"

柳澄说得有理，洛水谣也就不再劝说。

"我姑姑这么快就找你，是为了什么？"

"谁知道呢？反正我午饭有着落了。"

洛水谣被柳澄的反应噎住了，半晌才道："有时候真的分辨不出，你这性格到底是洒脱还是单纯的傻。"

"就算你这样说，我也还是爱你的！"柳澄鼓着脸蛋，祭出受伤的笑脸故意恶心洛水谣。

在后者扬起拳头作势要打后，她赶紧夺路而逃。

柳澄熟门熟路地向校长室跑去，一路异样的眼光都没有影响她捉弄到洛水谣的好心情。她一口气爬上七楼，倚靠在楼梯扶手旁平复了一下急促的呼吸，才敲响校长室的门。

"是柳澄吗？快进来！"校长的声音听起来很疲惫，但却很开心。

推开校长室的门，扑面而来的果然是香喷喷的泡面味。

"来来来，自己动手，别等我伺候。"校长为自己盛好了一大碗面条，指了指旁边的一副空碗筷，笑眯眯地说。

柳澄粗略地打量四周。校长室还是记忆里那样混乱拥挤，柜子里的动漫周边又多了几样，至于校长本人……

"校长，"柳澄震惊地看向将碍事的及腰长发撩向脑后，低头专心吃面的校长，"您的头发？"

"嗯？"校长顺着柳澄疑惑的视线看了看自己，停顿了几秒钟，道，"你说这个啊？假的！今年流行黑长直发，你不知道吗？"

柳澄摇摇头。无论怎么看，她都不认为校长的头发是假的。可短短一个假期，校长头发的生长速度简直突破了人类极限。

上学期期末时，似乎发生过这种情况。校长给柳澄的感觉，一向是不着边际却又异常神秘。所以，她摇了摇头，并没有打算问到底。在来校长室之前，柳澄本就有些饿了，现在被香气一勾，肚子不禁"咕噜噜"响了起来。她也顾不上客气，揭开锅盖，为自己盛了一碗面条。

校长室里很快响起此起彼伏的哧溜溜的吸面条声，听起来十分搞笑。

"柳澄，假期过得怎么样？"

"还成。"

"有什么想跟我说的吗？"

柳澄的动作顿了二分之一秒。

"没有。"

而后，柳澄下意识地捂住了嘴，垂下眼，心如擂鼓。

她惊奇于自己为何回答得如此干脆利落。明明假期时，在百里澜风和洛水谣等人的劝说下，她已经有些放下对校长的戒备了啊！

"真的没有？"将柳澄的反应看在眼里，校长眯起眼睛，起身撑在桌子上，压低身体，拉长了声音半开玩笑半威胁地说。

"真的没有。"柳澄张了张嘴，脱口而出的还是拒绝。

有问题！

柳澄暗自用力捏着自己的掌心，痛楚让她瞬间清醒地意识到：从踏入学院起，她的思绪便受到了一定程度的影响，有人在阻止她向校长求助！

柳澄这样想着，对上了校长的视线，正当她想压倒脑中的那个念头，将一切讲出来时，却发现校长幅度很小地摇了摇头。

的确，柳澄在校长的暗示中冷静了下来。既然对方手腕通天，连校长都要忌惮几分，那么，她还是不要正面对抗为好。

事情看来要比她预想的要复杂得多。

柳澄终于闭上了嘴，专心吃着面条。而后，她在校长的眼中看到了一定程度的理解和安抚。

校长，到底知道了多少？

"快吃，吃完说正事。"校长坐了回去，又恢复了之前笑嘻嘻的样子。

柳澄迅速吃掉了碗里的面条，觉得没饱，不见外地又盛了一碗吃掉。

直到柳澄心满意足地放下了筷子，校长才撤去碗筷，整理好桌面，端端正正地坐在椅子上，双手搭上皮椅扶手，看着柳澄，长长地叹了口气。

这一叹，让柳澄几乎认定坐在自己对面的是个老人，她从没在校长脸上看到过这样严肃正经的表情。

"校长，您有什么事就直说，这样挺吓人的。"

校长再一次叹气："说实话，柳澄同学，当初我刻意促成你转学，就是存心想把你拖下水。所以，事情发展到现在这种境地，我可没脸对你假惺惺地说什么'你还是个孩子我本不想连累你'之类的虚伪话。"她顿了顿，把长刘海撩到耳后，这动作很熟练，怎么看也不像是第一次做，"或者，你觉得我该照例假惺惺自责几句作为铺垫才比较照顾你的情绪？"

柳澄被气得哭笑不得，觉得自己之前建议校长有话直说绝对是个致命的错误。

"校长都这么说了，我觉得我的情绪已经没有什么被照顾的价值了。所以，校长你就放心说吧，我没那么容易哭。"

"说得也是，年轻人嘛，要有一颗扛得住打击、践踏，碾进尘土里的心，将来才能成大器。校长姐姐我一直很看好你。"校长点了点头，由衷地赞同柳澄的说法，"那么，虽然这件事我已经决定了，但我还是假模假样地征求一下你的意见吧。"

她停顿几秒钟，见柳澄翻了个白眼儿，被打击得一个字都懒得说，才接着说道："相信你也看出来了，因为上学期期末你们几个不省心的小家伙搞出来的事，你的身份在这里不再是秘密。而最近发生的一些事情，导致局面实在难以控制。所以，为了安抚人心也好，为了转移大众注意力也好，我希望你能允许我在校庆上，正式公开你的身份。"

"可是我已经失……"柳澄的话硬生生地收住，一是因为心中的危机感，一是因为校长眼中的警告，"好吧，如果校长坚持的话。丑话说在前面，我这人怯场，千万别让我发表即兴演讲。"

左右也是人尽皆知的事，还掖着藏着有什么意思？

"这件事你大可放心，就算校长我的脸面不要了，辰荒学院的招牌还是要的，怎么可能让你这样的愣头青去做即兴演讲这么冒险又刺激的事？不过，无论如何，非常感……"校长仿佛发现了什么，突然震惊地瞪大了眼睛，可她恢复得很快，只一秒，便找回了之前的状态，"非常感谢你的配合。"

校长笔直地递出右手，像是要与柳澄握手。柳澄依旧震惊于校长之前的异样神情，待到她战战兢兢地伸出手，校长却手腕一翻，灵活地躲开了柳澄递过来的手，伸手在柳澄的肩膀上用力拍了三下。

"拯救世界的任务就交给你了！"

第三下，格外地重，拍得柳澄的左肩膀很是吃痛。柳澄歪着身子，龇牙咧嘴地做着鬼脸表示抗议。而校长已经迅速地收回手，笑得一脸得意。

"放心，你不用担心自己的安危，我自有安排。"

怎么可能不担心？柳澄怀疑地看着校长，她看起来实在不像个能靠谱的人。

"好了好了，吃饱就回去吧，注意养精蓄锐，校庆很累人的。"

柳澄点了点头，揉着肩膀起身告辞。

下楼梯的时候，柳澄一边走一边暗自思索，校长那一瞬间表情震惊是因为什么？她回忆着当时两人的位置，校长的目光……应该是盯在她的领口？

领口会有什么呢？柳澄下意识地伸手去摸，并没有摸到任何东西。

等等，没有摸到任何东西这件事本身就不对啊！她的那条挂着独眼图腾的吊坠项链，竟然不见了。

什么时候不见的？依旧隐隐作痛的左肩很快给出了答案。

校长竟然神不知鬼不觉地拿走了自己的项链？那条项链，到底有什么特殊意义？

柳澄并没有想通问题，只是决定了项链的事暂时不予追究。既然那个试图控制自己的人在防备校长，起码可以证明，校长更加值得信任。

敌人的敌人就是朋友这个常识虽然有时候不靠谱，可暗中观望总没错。

走出教工楼，阳光有些刺目。柳澄眯起眼睛，饶有兴致地打量起建立在不远处广场上的校庆会场。

她没有急着回宿舍，而是找了张路边长椅坐了下来。会场还未完工，到处都是行色匆匆但情绪高涨的学生。

柳澄暗想，如果自己是他们中的一员该有多好，也许会像他们一样，为接下来将要开展的校庆感到兴奋和期待，而不是这样忧心忡忡。

说来好笑，自己现在想融入他们的理由跟一年前相比简直天差地别，柳澄如是想。

柳澄放空大脑当作休息，像泄了气的皮球一样瘫在长椅上。她不知道自己发呆了多久，只隐隐觉得，过往学生投在自己身上的目光不再那么难熬了，人真是适应力强大的生物。

身后传来略有颠簸的咯吱声，那种声音柳澄很熟悉，就像是气不足的自行车轮胎轧上青石板路，懒洋洋地碾在心上。

不知为何，这毫无攻击性的声音竟然让人心惊胆战。柳澄没有回头，直到她感觉到自己脊背上的汗毛，一根一根地立了起来，她就更加不敢回头了。

咯吱声渐缓，以一种近乎折磨人的速度，停在了柳澄的左手边。

"喀。"

有人轻轻地咳出了声，那是个中年男人的声音。这种明显提醒柳澄自己存在的做法，让柳澄再也没法假装自己什么都没发现。

柳澄闭上眼，将战栗的动作压制到最小幅度，而后，她尽可能友好地循声望去。

发出声音的中年男人正望着柳澄，他拥有与楚子巽相似的眉眼，却因为岁月的沉积而显得慈爱，而不是令人讨厌。

"你好，小姑娘。"见柳澄精神紧张，对方立即移开了咄咄逼人的视线，"打扰到你难得的独处时间，是我唐突了。"

这人客气得让人起鸡皮疙瘩。

"没有，叔叔您有事吗？"

再次开口前，男人十分得体地笑了，那笑容像是被精确地测量过，多一分嫌虚伪，少一分嫌冷淡。

"还没自我介绍，我是楚子巽的父亲，毕竟年龄虚长你许多，你叫我楚叔叔吧。"

"楚叔叔好。"柳澄乖巧道，"不难猜呢，楚子巽同学跟您特别像！"

"子巽啊，那个臭小子，听说上学期跟你发生了些小误会？你别太在意，那孩子被我惯坏了，这次回家，他被我狠狠教训过了。"楚父有些头痛地叹了口气，压低声音说。他身子前倾的动作让柳澄注意到，他一直坐在一辆轮椅上！

柳澄瞬间回忆起楚子巽给她看的那段记忆，她惊恐地看向轮椅之后，如果没搞错的话，她应该可以看到楚子巽的姐姐！

可是，她看到的却是那个屡次出现在她噩梦中，穿红色斗篷的小女孩，阿离。

阿离！就算是一个炸雷劈在柳澄头顶，她也不会比现在更害怕了！

阿离注意到柳澄惊恐的视线，歪过头，对她俏皮地做了个鬼脸。

鬼脸很可爱，可纵然柳澄被洛水谣花式惊吓了足足一学期，心理防线很是强大，此时也是半点儿也笑不出来。

楚父像是没有注意到柳澄的异样，继续说着。

"如果子巽哪里冒犯了你，你告诉叔叔，叔叔替他跟你道歉。别因为一点儿小事，影响了同学间的情谊，也影响了两家人的关系……"

这话说得有些不是味道了，柳澄不得不赶紧拦住他的话："严重了，楚叔叔，我和楚子巽同学之间只是有一点点小误会。我相信，无论是我还是楚子巽同学，都不会真的在意的。"话虽说给楚父听，可柳澄的视线一直没有离开过踮着脚尖、吃力地推着轮椅的小女孩。

如果楚子巽没有骗她的话，面前的楚父早已死于几年前的那场意外。控制这具惟妙惟肖的人偶躯壳的，便是楚子巽的姐姐。可现在，为什么变成了一个处处透着诡异的小女孩？

柳澄不禁想起了佟筱晓信中提到的那段，关于这个红衣女孩与玩偶店娃娃的描述。

难不成……

"那就好，子巽那孩子不懂事，幸好你们这些同龄人肯担待。"楚父的话顿了顿，像是斟酌了一下才开口道，"小姑娘，别怪叔叔多嘴，与人说话时，要看着对方才比较礼貌。"

"没错啊，"柳澄依旧盯着小姑娘，"要看着对方才比较礼貌。"

楚父不再说话，阿离则收敛神情，眼中的天真迅速转变成成年人才有的城府。从这副表情来看，柳澄的反应大大出乎她的预料。

"你比我想象的要可怕。"半晌，阿离开口道。

这话让柳澄分外不解。

如果她判断柳澄"可怕"的原因，是猜透楚父真实身份的话……可那段关于楚父死亡的记忆是楚子巽主动拿出来与她分享的，为什么阿离的惊讶看起来不像是装出来的？

难不成，楚子巽并没有将他的行为告诉家人？这不合常理啊！

阿离放开轮椅，随意地在柳澄身边的长椅上坐好："既然你是个聪明人，那么，我也乐得有话直说。子巽的……"

"爸爸！"

楚子巽的声音突然传来，打断了阿离的话。

"你……你们怎么会在这里？"

阿离有些负气地哼了一声，不知是为了楚子巽，还是因为楚子巽的惊呼引起了周围人的注意。

楚父慈爱地笑着，略有艰难地拍了拍楚子巽的肩膀，毕竟以他坐着的高度，做这种动作有点儿困难。

"年轻人的问题，还是留给年轻人去解决吧，家长在这里会让你们感到尴尬的。"他回过头，热情地与柳澄招呼道，"告辞了小姑娘，总会再见面的。"

说完，阿离跳起来，推着楚父的轮椅离开了。

楚子巽直到两人离开了视线，才扭过头凶狠地看向柳澄。

"警告你，柳澄，不许对我的家人出手！"

柳澄觉得特别无辜，她摊了摊手，不悦道："楚子巽，你们一家子都怪怪的，我做了什么啊？我是受害者好吗？你们至于这样如临大敌吗？"

楚子巽依旧恶狠狠地瞪向柳澄，仿佛恨不得吃了她："自己做过什么，你心里清楚！"

"我……"柳澄本有好多话可以回复他，话到嘴边，却又说不出口。

因为她心里知道，楚子巽和百里澜风的矛盾，说到底是楚子巽的伤更深。

见柳澄说不出话，楚子巽认为柳澄自认理亏。他留下个恐吓的眼神，转身快步离开了。

柳澄目瞪口呆地站在原地，半晌，才低声咕哝着："这种三流言情片里被抛弃的女配角含泪控诉的台词，是怎么回事啊？"

话刚说完，柳澄便觉得气氛不大对劲，原来被楚子巽惊动的过路学生，都纷纷看向柳澄，并且很明显，他们同样觉得楚子巽的话中有故事。

为免同学们编派得太过离谱，柳澄忙不迭地跳起身，逃也似的跑回了宿舍。

当晚，柳澄在楚家头上撒野的传闻便传得沸沸扬扬。

"这是恶人先告状吧？"洛水谣推了推瘫倒在床上的柳澄，而后者只是哼了哼，不肯动，"现在大家都在谈论你这个叶家人锋芒毕露呢。"

"饶了我吧，楚子巽的葫芦里到底卖的什么药啊？谁能给我解释解释！"

"故意造成这种局面，对于楚家而言，除了有损自身威严外，又有什么意义呢？"

"我也想不通！"柳澄支起身体，一下子坐起身来，"而且，如果我的观察力和残存的那一点点能力没搞错的话，他们从头到尾都不像是在撒谎。"

"你的意思是？"

向展早些时候送来的小黑猫在柳澄的腿上找了个舒服的姿势，趴了下来。

柳澄不禁羡慕起这不知忧愁的小东西来，她挠着小黑猫的耳朵根，听着它发出满意的喵呜声。

"也许我在自己未察觉的情况下，确实对楚子巽做了什么？或者，他们楚家出了什么事，误会是我做的？"

"不排除这种可能，你打算怎么做？找到楚子巽，开门见山地问个明白？"

"我倒是想，可我怕楚子巽根本不买我的账。"柳澄犹豫了一会儿，"如果有个与楚子巽关系不错的人从中引导，也许会有点儿用。可惜，跟楚子巽关系不错的人，我一个都不认识，你呢？"

洛水谣不怀好意地笑笑："你看我怎么样？"

"谢谢你的好意，但请允许我态度端正地拒绝。"柳澄正襟危坐道。

"哼！"

小黑猫毫无预兆地从柳澄的膝盖上跳了起来，对着窗口的方向竖起了尾巴！

洛水谣被吓得一愣："少侠怎么了？"

柳澄摇了摇头："向展说，它最近一直这样，所以才特意警告我……"

"你的意思是，它察觉到了危险？"

见柳澄怔怔地没有说话，洛水谣心里也跟着没底。她战战兢兢地走到窗边，拉开窗帘，打算一探究竟。

"哎呀！"

下一秒，她被一个纸团砸在额头上。

"谁？"眼看洛水谣遭到袭击，柳澄愤怒地将小黑猫丢在床上，三步并作两步地扶住洛水谣，再看向窗外时，却一点儿脾气也没有了。

冥幽和冥邪两个人，正笑嘻嘻地抬头看向楼上，站在他们身后的北堂墨摘掉了眼镜，用在自己衣角上擦拭眼镜的动作掩饰尴尬，而百里澜风则抱着肩膀在一边乐呵呵地看着热闹。

"谁扔的？"看看时间接近宵禁，柳澄压低了声音道。

冥幽和冥邪齐齐地指向一边："他！"

柳澄这才注意到，向展也在。向展无辜地摊着手，明显是被冤枉的。

"你们做什么呀？"

"夜游啊，夜游！"冥邪遮掩不住地兴奋，"开启美好的新学期就从触犯校规开始！"

"呃，这个……呵呵。"柳澄对他们的行为完全无语了。

"别听他瞎说！"冥幽给了自家兄弟一胳膊肘，"严格意义上说，现在还没有正式开学，当然也就无所谓触不触犯校规。"

"别废话，你们俩快下来。"百里澜风不耐烦道。

"事实上，'某人'听说'某人'过了非常糟糕的一天，于是自认为有义务帮助朋友排烦忧解，所以，一起出来玩吧。"北堂墨擦好了眼镜，重新戴了起来。

"啧，冥邪老实了，你却话多了！"百里澜风假意踢向北堂墨，被他灵活地躲开了。

柳澄和洛水谣对视一眼，不禁露出了微笑。

有百里澜风在，跳二层楼高的窗户不再有半点儿危险。

"真的可以吗？我觉得我还是像上次那样，扒住那棵小树干，然后一点点蹭下去比较安全。"

"没事，你看我。"

洛水谣将窗子拉开至最大，对楼下的百里澜风招了招手，然后"嗖"地一跃而下！

百里澜风蹙了蹙眉，一阵狂风拔地而起，将洛水谣下落的趋势抵消。在短暂地碰撞后，洛水谣踏风而行，就像武侠电影中的轻功高手，平稳而飘逸地滑行到地面上。

"太酷了！"柳澄不禁惊呼。

"嘘！别出声，该你了。"百里澜风道。

柳澄激动地搓搓手，将白天的苦恼全部抛之脑后，而后伸手在窗沿上一撑，学着洛水谣的样子一跃而下。

可预料中的大风并没有刮起来。

二楼不算高，跌落只是一瞬间，直到柳澄眼看着摔在地上，大风才突然出现，缓和了柳澄的冲劲。

柳澄呆若木鸡地站在原地，她吓坏了的表情让百里澜风和冥幽、冥邪抱在一起笑作一团。

"百里，你干吗呀？吓死我啦！"

"哈哈哈，橙子你刚刚的表情特别蠢！"

"哈哈哈，橙子的脸色都变了！"

"怕什么，我还能真不管你啊？"

柳澄叉着腰，本打算狠狠地发火，可很快就被面前三个人嚣张又不得不压低的笑声感染，嘴角忍不住挑起一个弧度。

几个人打打闹闹走了一段，柳澄回过头，看向自己的宿舍。小黑猫孤零零地站在窗台上望着他们，长长的尾巴甩来甩去，像是很不开心。

"怎么了？还心有余悸？"百里澜风欠揍地用肩膀撞了柳澄一下。

柳澄趔趄了下，朝他"哼"了一声。

"才没有，就是觉得好刺激。下次从再高一点儿的楼层跳怎么样？"

"最好不要，"百里澜风打趣地看着她，"从前怎么不知道，你胆子这么大？"

"才不是胆子大，主要是对你人格的信任，对你能力的认可。"柳澄随口胡诌得一本正经。

"那还真是谢谢你，不过你这样我压力好大！"百里澜风将谦虚说得虚伪至极。

"其实……"柳澄压低了声音。她刚刚在坠落时，有那么一瞬间，余光扫过树下的阴影，竟然看到了一个人。

那人身材瘦弱纤细，但绝不是阿离。

"其实什么？"百里澜风追问道。

"我没法确定，希望那是错觉吧。"

"对了橙子，听说楚子巽找过你？"北堂墨打断了百里澜风的追问，他推了推眼镜，想起了正事。

柳澄的笑容收敛了几分。

"不算是找我，只是偶遇罢了。"

"他找你麻烦了？"百里澜风注意到了柳澄态度的变化。

"没有。"

"没有？"冥邪大步绕到柳澄面前，说道，"我们怎么听说，你被楚子巽说得哑口无言呢？"

"这可奇怪了，"冥幽快步赶上自家兄弟，"据统计，单纯口舌之争，橙子你在楚子巽那里可从来没输过啊！"

"没你们说的那么严重，并不算是输吧？"

"你不会是有什么难言之隐吧？之前我就想问来着，"洛水谣插话道，"或者有什么把柄落在那个矮冬瓜手里了？"

只是因为知道了那场事故的真相，反而没法对当年那个伤心欲绝的男孩说出半句重话而已。柳澄抿了抿嘴唇，偷偷地望了百里澜风一眼。她实在不知道，要找个什么样的机会把事情讲给百里澜风听才合适。

"啧，楚子巽这小子！"百里澜风并没有注意到柳澄的小动作，反而愤愤道，"一段时间不动他，又开始嚣张起来。"

柳澄赔了几声笑，便自顾自地安静下来。大家见她情绪低落，都有些担心，也跟着不再说话。

一行人轻车熟路地翻墙离校，柳澄实在受不了这种安静，甩掉低落情绪后，便开始试图努力找个轻松一点儿的话题。

"有件事，我们第一次夜游时就想问了。"柳澄看着翻出学院围墙后开始领着大家绕圈子的百里澜风道，"百里，放着好好的路不走，你干吗要带着大家兜圈子呢？"

话一出口，大家同时安静了下来。

"什么？"半响，百里澜风回过头，惊讶地问，"你觉得，我们是在……"他摊开手掌，做了个夸张的手势，"兜圈子？"

"是啊。"柳澄紧张地眨眨眼，不知道自己是不是哪句话说错了。

"等等，等等。"北堂墨抬手阻止冥幽、冥邪欲发问的趋势，生怕任何外界干扰吓跑了他脑中刚刚露了个头的灵感，"我记得书上说过，那个东西大概对心灵能力者不造成影响……柳澄，我们现在所在的地方，在你眼里是什么样的？"

北堂墨面向柳澄，向自己的身后展开双臂。他的神情异常激动，镜片闪过骇人的白光。

柳澄打量着四周，此时月上中天，夜空晴朗，没有半朵云彩，皎洁的月光透过路旁还未发出枝芽的树梢，在小路上洒下一片斑驳。

"呃，很普通啊。"柳澄伸出手指，一一指给大家看，"月光，树丛，小桥，路灯，篱笆……每一样都清晰可见。"

"柳澄，你看不到雾吗？"长久的沉默后，一直不说话的向展提出了疑问。

"雾？哪里有雾？等等，你们是在逗我玩吧？那么我是不是该配合？好吧，有雾，超大的雾，伸手不见五指呢！"柳澄夸张地笑出了声。可很快，她从大家的表情能看出，没有人在跟她开玩笑，"你们是认真的？"

几个人纷纷点头。

北堂墨推了推眼镜，严肃地说道："果然，保护辰荒学院的迷阵，对你不起作用。"

"也就是说，"冥邪左拳一敲右掌，想到了最切实的问题，"以后夜游，不用仰仗小百里啦，只要抓橙子来带路就行！"

"这么说来，"柳澄支吾了一会儿，勉强接受了这个让她脑子不够用的设定，"百里也可以突破你们说的，嗯，所谓迷雾阵？"

"我不能。"百里澜风回答得斩钉截铁，"我只是倚靠风的微弱流动辨别出路，虽然可以带大家出去，但就像你说的，会兜圈子。"

"这倒是个好消息，"洛水谣看了看北堂墨，道，"起码我们现在可以确定，柳澄的能力绝对没有彻底消失。"

"是。"

"那么，这次我们跟着橙子走？"冥幽询问地看向百里澜风。

"好啊，"百里澜风笑着看向柳澄，"这次就拜托你了。"

柳澄点点头，率先走入迷雾。

第五章

校庆上的强势来宾

"出来啦！"柳澄欢呼一声，回头看向几个人时，他们的表情堪称精彩。除了身后几个人一路一惊一乍颇为烦人外，柳澄领路人的任务，完成得几乎完美。

"橙子好厉害！"

"比小百里强多了！"

冥幽和冥邪动作一致地鼓起了掌，脸上的表情要多气人有多气人。

"你们这样不妥，百里的自尊心受到了一万点伤害。"北堂墨推了推眼镜，忍笑道。

"胡说，并没有。"百里澜风扭过头去，固执地持否认态度。

"如果你可以把卡住冥幽、冥邪脖子的手放下来，我们倒是可以勉为其难地相信你的话。"洛水谣笑着说。她拉着柳澄躲开几步，柳澄哭笑不得地任她拉着，早已对几位朋友随时随地的互掐行为见惯不怪。

摆脱百里澜风的钳制后，冥邪立即兴奋道："以后我们可以随时出来玩了！"

"那当然，"冥幽退开几步，躲开百里澜风的攻击范围，"而且橙子更好说话，脸也不像小百里那么黑！"

"是啊是啊，这几年小百里的脸越来越黑了，再也找不到小时候穿着蓬蓬裙的百里小公主的影子了！"

"没错没错，想想还真是怀念……"

冥幽和冥邪失落地咂嘴摇头，很是痛心疾首。

"我觉得我还是应该掐死他们俩一了百了。"百里澜风挽着袖子佯怒道。

"好主意，去吧，我可以当作什么都没看到。"北堂墨配合地别过了脸。

"嘘！收声！你们别闹了！"向展少见地主动打断大家的话，他紧张兮兮地指向不远处的冷饮摊，压低了声音道，"看，那边是谁！"

柳澄顺着向展所指的方向看去，越过几个行人，她看见一个矮个子男生的轮廓，竟然是独自坐在冷饮摊位前的楚子巽！

"楚子巽！他怎么……"柳澄说到一半的话又吞了回去。像之前冥幽说的，现在还没有正式开学，就算半夜出游也不算违反校规，他们能出来，楚子巽自然也能出来。

他们与楚子巽的距离并不远，按理来说，像他们刚刚那样大声笑闹，应该很容易引起楚子巽的注意。

"他在做什么，那么专注？"洛水谣不解，踮着脚偷偷去看，"别告诉我，他只是在认真地吃冰激凌。"

"怎么可能？"百里澜风对这一说法嗤之以鼻。

"对了，百里，"看到楚子巽，柳澄很自然地想到一件事，她压低了声音道，"你知道楚子巽的姐姐叫什么吗？"

"你竟然知道他有个姐姐？不过，名字嘛，我倒是知道。"百里澜风收敛表情点了点头，略一沉思，"小时候见过几面，是个话少又沉稳的女生，似乎叫楚子离。你不说我都快忘记这个人了，说来，我有好多年没见过她了。"

"这倒奇怪，好好的一个人，怎么会说见不到就见不到？"洛水谣道，"要知道，超能力者的世界很小的。"

柳澄沉默了，如果楚子离变成了阿离，在他们眼中自然是消失了。

百里澜风招呼大家，想要偷偷接近楚子巽，看看他在做什么。

"这不好吧，人家又没招惹咱们。"柳澄有些退缩。

"没招惹？"冥邪伸手想揉乱柳澄的头发，被她躲开了，"白天学校到处传言你和楚子巽针锋相对，是闹着玩的？"

柳澄实在是有口难言："其实，没那么严重，只是很普通的对话罢了，是大家想多了。"

冥幽从柳澄身后伸出了手，这一次，柳澄没能躲开，冥幽把她的头发揉得乱作一团："橙子，这可不像你，去年那个跟楚子巽死磕到底、绝不服输的小丫头去哪了？"

"乱说，我才没变！"柳澄一边拯救着自己的发型，一边道。

"都醒醒，我百里澜风去找楚子巽的麻烦，还用得着费力找理由吗？你们到底是多没事做。"百里澜风打断了几个人的争论。柳澄虽然有一百个不乐意，还是跟着大家从冷饮摊后面绕了过去，躲在冷饮摊的广告牌后。

接近后，柳澄才发觉，楚子巽并不是一个人，而是与阿离在一起！阿离身材娇小，所以从刚刚那个角度看去，被楚子巽挡了个严严实实。

楚子离，阿离，多年没见过……将零零散散的线索一一串联起来，柳澄越来越觉得自己的那个推论站得住脚。她按住准备跳出去发难的百里澜风的手臂，无声地摇了摇头。

百里澜风询问地挑起了眉毛，而柳澄指了指自己的耳朵，示意大家安静，去听听楚子巽他们的对话。

"知己知彼。"柳澄用口型无声地说。

与马路对面的烧烤摊相比，冷饮摊安静了许多，楚子巽姐弟的话每一句都可以听得真切。

"现下这种局面，看似平静，实则危机四伏。你倒是说说，我们该怎么办？"小女孩的声音清脆稚嫩，偏偏语调里浸满了长辈才有的老气横秋。

"我……"楚子巽被质问得哑口无言。

"她是叶家人，我们不能逼得太紧。可如果放任不管，她对你又……"

楚子巽不服气地哼了一声："只是个蠢姑娘而已，有什么好怕的？我就不信她……"

"蠢姑娘？哼，看来你是被她的外表蒙蔽了。"小女孩冷冷地说道，"她可不像看起来那么简单。首先，她赢了你；其次，就在今天下午，只一个照面，她就识破了我的身份。"

识破了她的身份？那是指她一直盯着阿离看的试探吗？果然被误会了啊！柳澄惊讶地瞪大了眼睛，朋友们同样询问地看向她。

"我不知道。"柳澄摊了摊手，小声说道。她自己也不明白，她竟然被阿离给了这么高的评价！等等，"被她的外表蒙蔽"是什么意思？她看起来特别蠢吗？柳澄暗自哼哼，不满地皱起眉。

"这么说，她失去能力的消息是假的？可这怎么可能？你的意思是，他知道了父亲的事？"楚子巽惊道。

他们竟然对自己失去能力的事有所了解？柳澄能感觉到，一听到楚子巽姐弟提起他们的父亲，身边的百里澜风就绷直了身体。

"这也是我想不通的。无论如何，她都不该想到这层……"小女孩沉默了几秒钟，试探地问道，"子巽，你没有把家里的事告诉谁吧？"

"当然没有！这种事我怎么可能跟别人说！"楚子巽十分干脆地否定。

柳澄彻底迷茫了，如果她之前的推论没错，眼前这个名叫阿离的小女孩就是楚子巽的姐姐楚子离，那她为什么以一副小女孩的样子示人？既然她是楚子巽的姐姐，也是他最敬重的亲人，楚子巽就不该对她说这种谎话。

他明明在上学期期末的时候，已经将那段记忆对自己和盘托出！

楚子巽为什么要欺瞒自己的姐姐？

"照这样说来，这个柳澄的行为不像是这个年龄段的女孩子可以做出来的。会不会，在她身后还有其他势力？"阿离问道。

"其他势力？"

小女孩压低了声音，像是自言自语道："具体是谁，我不知道。现在我最想不通的，是她为什么要夺走你的能力。"

　　柳澄夺走了楚子巽的能力？

　　面对这一非常劲爆的消息，柳澄吓得几乎跳脚，百里澜风等人同样吃惊不小。

　　"我真的没有！"柳澄小心翼翼地用口型说道。

　　"那小孩子的口吻……她是楚子离？"百里澜风偷偷多看了几眼阿离，猛然意识到了什么，他低声问柳澄，"你不会是早就知道了吧？你怎么猜到的？"

　　柳澄挠了挠头，不知道该如何解释。

　　"为什么他们会知道你能力的事？谁说出去的？"洛水谣提出自己的疑惑。

　　大家你看看我，我看看你，按理来说，知道这件事的人，都在这里了。

　　"不行，现在已经不是找不找麻烦那么简单了，"百里澜风烦躁地摇了摇头，"这件事必须问清楚。"

　　在其他人出言阻止之前，百里澜风站起身，从广告牌后绕了出去。冥幽、冥邪对了个眼神，立即也跟了上去。

　　北堂墨无奈地叹了口气，正想跟上，却被柳澄一把抓住袖子。

　　"别打架，这是校外！"柳澄紧张道。

　　北堂墨推了推眼镜，安慰地对柳澄点点头。

　　"我……我要不要出去？"向展没了主意。

　　"别跟那几个傻小子凑热闹，陪我们待着！"洛水谣眼睛一瞪，还挺吓人的。

　　向展木讷地点了点头。

　　"嘿，楚子巽，这么有空啊，跑出来玩？"说话间，百里澜风已经走了出去，信步来到楚子巽的桌边，大咧咧地拉开椅子，坐了下来。

　　"你！"楚子巽被百里澜风的突然出现吓了一跳，他慌忙看向身边的阿离。幸好，阿离还算镇定。

　　没有得到任何回答，百里澜风也不生气。他转向阿离，气势收敛了不少："你是……楚子离？"

　　阿离并没有表现出吃惊的神色，而是勾起嘴角，露出一个小孩子般天真无邪的笑容。

　　"你也知道啦？柳澄告诉你的？"

　　"小百里，你是……认真的？"跟在百里澜风身后的冥邪一脸不可置信。

　　"嘘！"冥幽阻止了冥邪的插嘴。

　　"子离姐，如果不是你亲自承认，我简直不敢相信。"百里澜风没空理会冥邪，

他摇了摇头，对楚子离的质问不置可否，皱眉道，"你怎么……"他打量着楚子离的身形，做了个无法形容的手势。

"这件事不劳姓百里的人操心。"楚子离冷冷道，明显对百里澜风的关心口吻不买账。

"子离姐，我没有恶意的。"在楚子离面前，百里澜风多少有些拘谨。

"少在那里假惺惺！"楚子巽忍无可忍地跳起身来，"如果不是你……"

"子巽！"楚子离厉声喝断了楚子巽的话。

"如果不是我什么？"百里澜风不放过任何机会反唇相讥，"如果你的记忆没有问题的话，你自己想想，哪一次不是你先出手的，然后把事情搞得一团糟？我真不明白，这么多年你怎么可以心安理得地把自己当作受害者，而不去面对自己犯下的错误？"

"百里澜风你怎么敢？"楚子巽彻底炸了。这一次，连楚子离也拦不住他的怒火！

百里澜风猛地后退，躲过楚子巽挥过来的拳头。楚子离伸手去拉，可惜人小力轻，在失去理智的楚子巽面前丝毫不起作用。

"楚子巽，我不想在这跟你……唔！"百里澜风的话来不及说完，楚子巽的第二拳又到了。

"看来楚子巽的能力真的出了问题，"依旧陪着柳澄躲在广告牌后面的洛水谣悄声道，"不然也不至于靠拳头说话。"

"可我什么都没有做！"柳澄不解道，"刚刚他们说，楚子巽的力量出了问题，可干吗赖在我的身上？"

"因为已知的常规力量是做不到这点的。"向展道。

已知的常规力量都做不到，所以就怀疑到凌驾于四大家族之上的叶家头上吗？柳澄突然觉得自己这个叶家人当得真憋屈。

一声巨响从百里澜风的方向传了过来，洛水谣和向展立即看去，竟是剑拔弩张的两个人动了真火，冷饮摊被毁了大半。百里澜风的四周形成一堵风墙，似乎要将周边事物搅个粉碎！被眼前一幕吓呆了的人们缓过神来，开始尖叫着四处奔逃！

"我的天，百里疯了吗？这下可怎么收场？橙子你快想想办法啊！"洛水谣急道。她回手推了推身边的柳澄，才惊讶地发现推了个空。柳澄正蹲坐在地上，双手痛苦地捂住额头，额角沁满冷汗。

"柳澄？"

"我……没事。"柳澄艰难地回答道。她用拳头敲了敲自己的太阳穴，感觉自己

刚刚仿佛整个脑袋被人摁进了冰水里，寒意刺骨，沉重窒息。"他们……他们怎么了？"

"百里暴露了！"

"什么？"

柳澄挣扎着站起身，一个没站稳，差点儿摔在向展的身上。可就在这慌乱的一瞬间，柳澄看到了比百里澜风出手伤人更加惊人的一幕。

百里澜风撒了手，狂风逐渐散去，留下一地狼藉。刚刚惊慌失措的人面无表情地回到原地，无视一切异常，扶起桌椅，坐回原来的位子。几秒钟后，他们谈笑如常，仿佛一切都没有发生。

"这是……"洛水谣惊呆住几秒钟，和向展立即一起猛地看向柳澄！

柳澄却揉着疼痛的额角，疑惑地看向马路对面的人群。几秒钟前，她可以确定自己看见了一个身穿白色外套的年轻男人在人群里，只一闪就不见了。

她看向自己的周围，发现没有人与她一样发现异常，除了楚子离。

此时，楚子离正怔怔地看向那个方向，与柳澄一样蹙紧了眉峰。可这困惑防备的表情只在楚子离脸上出现了一秒，她便恢复了神色，一言不发地举步要走。

"阿离！"柳澄追上一步，意识到自己的称谓并不礼貌，却也只好硬着头皮接着说，"你刚才也看到了，是不是？"

楚子离头也没回，冷声道："我不知道你在说什么。"

而后，她便严厉地瞪了楚子巽一眼，吓得他再不敢出声，沉默地跟在楚子离身后离开了。

"柳澄！"北堂墨待到楚子离姐弟两人走远，才急迫地问道，"刚刚怎么回事？控制那些普通人的是你吗？你的能力恢复了吗？"

"我不知道怎么回事，"柳澄泄气地摇了摇头，她的头依然很痛，"我只知道，那不是我做的。"

"你刚刚看到了什么？我听见你在问楚子离……"北堂墨注意到了柳澄之前的失态。

"我说不好。"柳澄摇了摇头。她不敢擅自开口，这种只有她发现异常而其他人毫无察觉的情况，在上学期回校参加测试时也遭遇过。"百里，你们刚刚怎么那样冲动，这里毕竟是校外！"

"我不知道，"百里澜风看起来一副脑子很乱的样子，"脑子一热，就失去控制了，幸亏……已经没事了。"

可是，"已经没事了"本身就很让人担心。柳澄咬紧嘴唇，暗自思量：替大家解围的人到底是谁？难道百里澜风的失控也与他有关？

事情闹成这样，大家也没有心情再夜游，只草草地转了一圈，便匆匆返校。

夜深了，校外的小路更加寂静阴冷。一路上，大家各怀心事，走得十分沉默。

临别时，百里澜风终于忍不住开口："橙子，你觉不觉得你今天……不，不只是今天，你最近一段时间，对楚子巽的态度非常奇怪。从前，提到他你第一个恨得牙痒痒；而现在你总是在我们谈论他时避开话题，甚至维护他。"

"我……我有吗？"柳澄被质问得一愣。

"有。"冥幽和冥邪异口同声道。

北堂墨推了推眼镜，同样点了点头。

柳澄叹了口气，楚子巽的事，她是早晚要告诉百里澜风的，拖得太久反倒对人不尊重。

"那好吧，百里，我们能谈谈吗？就我们俩。"

百里澜风几乎是立即点了点头，向展识趣地率先离开。冥幽、冥邪有点儿失落，很快被北堂墨拉开了。

"我呢？我能留下吗？"洛水谣怀着点儿侥幸的心思问。

柳澄看了看面前的百里澜风，坚定地摇了摇头。

柳澄目送着大家离开后，沉默地带着百里澜风走向宿舍楼下的凉亭。

初春的夜风浸满凉意，柳澄裹紧自己的外套，觉得自己从里到外都被冻透了。

百里澜风倚在亭子边，见柳澄打了个喷嚏，便脱下自己的外套递给柳澄。

"不用了，一会儿说完就回去啦，我离宿舍这么近。"柳澄摆了摆手，指着不远处的宿舍楼。

"我不怕，夜风不会吹我。"

柳澄愣了一秒，才明白百里澜风话中的含义。

原来他御风的能耐还能这么玩，实在是太实用了吧！

"那也不用了，真的，你穿得太少了。"柳澄坚持把百里澜风的外套推回去。

百里澜风有点儿不满意地哼了一声，重新披上外套，随意地坐在凉亭的长椅上。

"那你过来坐。"

"啊？"

"让你过来就过来！"

"哦。"柳澄莫名其妙地在百里澜风身边坐下。

夜风仿佛立即失去了肆虐的资本，如百里澜风所言，他的身边一丝风都没有。

"好厉害！"

百里澜风勾起嘴角，笑容既好看又气人，而后，他认真地看向柳澄。

"你有什么事，需要这样严肃地跟我单独说？"百里澜风皱起眉头，像是有些不高兴，却又不好明显地表现出来，"其实你没必要避讳着北堂他们，我跟他们没有秘密。"

"我倒也不是刻意想要瞒大家，只是我觉得应该让你先知道，然后由你决定，要不要告诉大家。"

百里澜风挺直了身体，他开始意识到柳澄要说的事情并不一般。

"这么严重？"

"也不是……严重，"柳澄歪着头，想把语言组织得更易让人接受，"大概就是有些事我有点儿想不通，你帮我分析分析。"

"什么事？"

柳澄咬着嘴唇犹豫半晌，才道："看得出，楚子巽跟楚子离的关系应该很好吧？"

"嗯，"百里澜风点头，对这对姐弟的关系嗤之以鼻，语气里说不出是羡慕还是瞧不起，"岂止是关系好，简直是言听计从；如果这世上有谁能管住楚子巽，那就只有他姐姐了。"

"那，楚子巽会对楚子离说谎吗？"

"如果是很重要的事，一定不会。"百里澜风狐疑地看向柳澄，"你知道了些什么？"

"之前我们听到楚子离姐弟两人的对话，疑点很多，比如楚子巽失去了能力，比如他们知道我也失去能力，还有他们依旧不讲理地认为是我夺走了楚子巽的能力，但这些都不是最震撼我的。"柳澄搓着手指，边想边说，"我听到楚子离问她弟弟，有没有把家里的事告诉谁，楚子巽说没有。"

"嗯，我也听到了，"百里澜风有些急着知道结论，"然后呢？你的意思是楚子巽说谎了？"

"是，他把家里的事原原本本地告诉过我。"

"怎么可能？他那么敌视你！"百里澜风见柳澄不像是大半夜没事消遣自己的人，才收敛了夸张的表情，"什么时候的事？"

"上学期期末，我们最后一次交手时。"

"可……为什么？"

"现在想想，他可能是在极度虚弱的状态下想要拖住我，不下点儿猛料不行。"柳澄顿了顿，才接着道，"我不太了解楚子巽的梦魔术，但它似乎不可以无中生有地编派一些不着边际的事情给我看。"

"你猜得没错，"百里澜风插话道，"我哥说过，梦魔术虽然编织幻境，却并不说谎。"因为感觉到气氛的紧张，百里澜风更加凑近柳澄，低声道，"你看到了什么？"

"楚子巽的记忆。"柳澄并没有注意到两个人的距离拉近了，而是忧心忡忡地看着百里澜风，"他父亲出事时的那段记忆。"

百里澜风震惊地看着柳澄，半晌说不出话来。

"我想，"一段沉默后，百里澜风叹了口气，"你听到的一定不是我知道的版本，否则也不用特意找机会单独告诉我，是吗？"

柳澄缓缓地点了点头。

"现在我知道你为什么要支开大家了。"百里澜风苦笑道，"说吧，我已经做好心理准备听你的故事了。"

事实上，百里澜风还是没有预料到故事的震撼程度。

当听到楚子巽的父亲因为那场意外而丧命时，百里澜风猛地站起身，瞪大眼睛半晌说不出话来。

柳澄摇了摇百里澜风的胳膊："百里，你别太激动，我们都知道，你不是故意的。"

"可……可我竟然……"百里澜风看起来受到了极大的刺激。他捂着额头，语无伦次地在亭子中走了几圈，才露出苦笑，声音有些发抖，"怪不得楚子巽这样恨我，我没资格那样说他。"

这副模样的百里澜风，让柳澄很陌生。

记忆里的百里澜风，应该是嚣张的，是狂妄的，是笑容刺眼而不管不顾，让整个辰荒学院谈之色变的男生。

"能告诉我，当时到底发生了什么事吗？"

她想帮他，就像他当初义无反顾地帮她一样。

百里澜风咬着嘴唇，思考了一会儿，才道："虽然不愿意承认，但实际上楚子巽的梦魔很厉害，就像上学期期末，它甚至可以制造虚拟的敌人，让陷入梦魔的人互相攻击。"

"所以？"

"我们一直互看不爽，各种小动作从没断过。可那一次我确实把楚子巽招惹急了，他失控了，创造了一个连自己都无法逃脱的梦魇。"百里澜风重新坐回之前的位置上，手臂支在膝盖上，深深地埋下了头，"与他相比，我的力量更适合逃生，于是，我逃了出来，留下楚子巽困在自己的梦魇里……"

"所以，楚子巽的父亲是为了救他而……"

"而进入了楚子巽的梦魇，是的。"百里澜风道，"而后，他们只是告知我楚子巽的父亲拼着失去一条腿的代价救回了楚子巽。"

柳澄点了点头，这种事情她无法去判断谁对谁错，或者说，最可怕的事已经发生了，就算分出对错，对于伤心欲绝的楚子巽而言，又有什么意义？

"我理解楚家因与你交锋落了下风而不愿意把事情公之于众的心情，可为了所谓的面子，即便搭上楚子离的人生也要保密，是不是有点儿太过分了？"柳澄问。她倒不是着急于知道问题的答案，而是觉得此时此刻百里澜风应该想些问题，才不至于太过难受。

"嗯？你说什么？"百里澜风一时走了神。

"我说，楚子离为什么要付出这么大的代价，掩饰她父亲死亡的真相？"

百里澜风迷茫了一会儿："你是说，楚子离变成那副样子，是因为……"

柳澄点了点头，将楚子巽梦境里剩余的部分讲给他听。

这一次，百里澜风沉默了更久。

"我不能理解，"百里澜风摇摇头，"那次事故已经让楚子巽失去了父亲，可他姐姐为什么还要付出代价，以致失去正常的样子？"

"楚子离的能力，是操纵死物？"柳澄问。

"嗯，傀儡术，操纵人偶。"

这下，柳澄终于想通了。佟筱晓信中提到的怪事，那绝不是她的臆想，而是楚子离维护弟弟产生的恨意体现。

可楚子离为什么这样确定，自己就是害得楚子巽失去力量的罪魁祸首，只因为自己可能姓叶？柳澄心里暗自嘀咕，这多少有些牵强。

"普通人偶也就罢了，"百里澜风并不知道柳澄正想着其他问题，解释道，"想让那样大的人偶如活人一般不被人发现，一定会对自身造成很大伤害。"

柳澄点了点头，示意自己听到了："楚子离很厉害吧？"

百里澜风犹豫地说："我哥给过她很高的评价。"

两人各自陷入心事，一时间沉默下来。

"那真的不是你做的？"

就在柳澄有些犯困、打算告别离开时，百里澜风突然道。

"什么？"

"刚刚在校外帮我们解围，真的不是你？"百里澜风晃晃头，重新打起精神来，虽然强行堆砌起来的笑容有点儿疲惫，"会不会是你的能力在危急时刻，被激发出来？"

"我也希望是我，可惜，我不这样认为。"

百里澜风无奈地接受了这一说法。

"百里，这件事……你要保密吗？"

两人都知道，柳澄指的是什么。

"不，不用保密，也不要刻意宣扬。既然楚家希望把事情压下来，就压下来吧！当然，如果需要，我会好好面对的。"百里澜风像是想通了什么，紧皱的眉头终于舒展了一些。他在亭子中站定，看着柳澄，露出一个略为苦涩的笑："谢谢你告诉我这一切，也谢谢你为我着想。"

柳澄张了张嘴，想起之前百里澜风说过类似的话："我们的关系，还用得着谢？"

"也是。"让柳澄没有想到的是，百里澜风竟然接话了，"喂，柳澄，我受打击了，比你轻松走出迷阵时还要难受！"

"那，那……"

"安慰我一下啊，面对心灵受到伤害的美少年你怎么就无动于衷了，太不会做人了吧？"

"我要怎么安慰你啊？"柳澄一时没法跟上百里澜风的节奏。

"就这样啊。"百里澜风走近柳澄，轻轻地拍了拍她的肩膀，严肃认真地说，"谢谢你的安慰。很晚了，你也赶快回去休息吧，明天……应该说，今天，还有校庆。"

而后，他便转身离开。

如果不是百里澜风离开时有几步同手同脚，柳澄几乎要觉得，百里澜风只是在跟她开玩笑。

她在原地愣了好久，直到被冷风吹得打了个寒战，才笑出声。看看时间，确实早已过了 12 点了。

早晨，柳澄一大早便被洛水谣吵醒。

这家伙明明睡得很少，为什么这样精神呢？柳澄头发乱蓬蓬地站起身，盯着洛水谣的黑眼圈，连发脾气的力气都没有。

"喂喂喂，昨天你跟小百里到底说了些什么？方不方便透露一下？"洛水谣一边催促柳澄洗漱，一边好奇地问。

"不方便！"柳澄回绝得干脆利落，一点儿情面也不讲。

"啧！"洛水谣嫌弃地斜眼看她，"什么了不得的事嘛，还保密！"

"想知道自己去问百里。"

"当我不敢？哼！一会儿我就去问北堂！百里肯定已经告诉北堂了！"

柳澄摊了摊手，表示随便。

"走吧，去吃早餐。"

"欸？"洛水谣很惊奇，"昨天你还因为被围观而食不下咽呢，今天就想开了？"

柳澄回以一个比哭还难看的笑容："今天我搞不好要在全校面前丢脸，虽然脸那种东西以前也总丢，但这一个无疑具有里程碑般的历史意义。"

洛水谣被柳澄的措辞吓到了："你要做什么？当着全校师生的面亲吻校长吗？"

"唉……路上慢慢告诉你。"柳澄穿上鞋子，用力在地上踏了两下，像是要甩掉什么坏运气，而后推开宿舍门，示意洛水谣跟上，"走吧走吧，再晚粥都冷了。"

柳澄和洛水谣占据了食堂二楼靠窗的一张桌子。从窗口望出去，因校庆而装扮一新的辰荒学院已经大不一样。

草坪广场上，搭起了宽阔的舞台；舞台之后，是一排环形的主席台。

"咕噜"一声，柳澄吞了口口水，开始紧张起来。她开始怀疑，那一排主位会不会有她的位置。

"没必要紧张啦！"将事情原委搞清了的洛水谣剥开一个茶叶蛋，对柳澄忧心忡忡的事并不在意，"让你亮明身份，说得倒是好听，其实你只要像个大号洋娃娃在台上晃一圈就好了，没人敢难为你的。我姑姑做事，虽然完全没法让人放心，可说到底，她能坐上校长的位置这么久，一定不像看起来那么笨。"

"我要是她，听到这种评价一定会哭的。"柳澄心不在焉地用勺子去舀咸菜。

"你当然不是她，她听到我这话，会大笑着来捏我的脸。"

"确实。"

"与那个相比，我以为你会更该操心是谁把你失去能力的事传出去的。"洛水谣

沉声道，"你觉得，可能是谁？"

"我不知道。"柳澄实话实说，"我相信大家，现在不是思考这个问题的时候。"

校庆从上午9点正式开始，柳澄同洛水谣姗姗来迟。她本抱着侥幸的心理，偷偷摸摸地找了个靠后的位置坐下，却很快被急疯了的校长抓住，一路跌跌撞撞地拖行至主席台上。

柳澄想，全校师生对叶家继承人建立起的第一个印象，大概是"狼狈"。

就像柳澄之前做好的坏打算，她果然要在主席台上就座，而且是挨着校长、相当靠近中间的位置。

"校长，这样……不好吧？这里不是老师就是校董，我坐在这里不合适吧？"

"你就忍一忍成年人身上的铜臭味吧，相信校长姐姐，很快就好。"校长在柳澄身边坐下，拍了拍她的肩膀。柳澄注意到，校长的额发都被汗水打湿了。

"我也很头痛啊，可是没办法，这是规矩。"

柳澄对校长的说法嗤之以鼻。

"喂，你准备得怎么样？"校庆开始了，校长压低了声音，捅了捅身边的柳澄。

"什么？"

"等一会儿介绍你时，机灵点儿，端着点儿，神秘点儿，别龇着牙就知道傻笑，说话带点儿范儿，给自己树立个正面形象，知道不？"

"你不是说不用我说话吗？"

"本来是不用的，但谁知道会不会节外生枝？人啊，得有点儿急智，看到突然塞过来的麦克风就哑了，那多没水平！"

校长话音未落，被主持人递到面前的麦克风吓了一跳。

"干吗？"

柳澄幸灾乐祸地扶着下巴歪头看她："刚刚主持人说了，有请校长致开幕词。"

"啥玩意儿啊？咋回事儿啊？"校长吓得话都说得跑调了，身子向后拼命地躲着，仿佛那只闪着亮光的麦克风能咬她一口，"之前排练没这段儿啊！"

"急智啊校长大人，人得有点儿急智，看到突然塞过来的麦克风就哑了，那多没水平！"柳澄挤眉弄眼地把校长刚刚的话夸张地重复了一遍。

校长看了看柳澄，再看看主持人，又看看麦克风，终于硬着头皮接了过来。

"喀喀"，轻咳两声和简单烂俗客套的开场白后，校长就哑了，场面一度十分尴尬。

柳澄憋笑憋得脸疼，只能捂住脸来掩饰自己扭曲至极的表情，心道校长真是一点儿都没有准备啊。柳澄从指缝间偷瞄校长，接近中午的阳光明亮耀眼，照射在校长胸前，外套缝隙中有金属的光辉闪过。

是那个吊坠！那个独眼图腾吊坠！

惊讶中，柳澄忘记了遮挡自己的脸，一不小心与校长的视线对上。

"嗯……"校长对柳澄眨眨眼，很快想到了救场的说辞，"另外，今年的校庆，我请来了一位特别嘉宾，虽然在座的绝大多数师生都对她有所耳闻，但今天在这里，请务必让校长我重新隆重地介绍一下我身边的这位同学——"

柳澄心道不妙，可现在要躲，已经晚了。校长将麦克风拿在左手，右手腾出来用力抓住柳澄的肩膀，把她像抓小鸡崽一般拎了起来。

"叶柳澄同学！"校长笑容满面地说。

下一秒，麦克风就被塞在了柳澄手里。

可此时此刻，柳澄脑海里唯一的想法是——校长果然臂力惊人。

"那个……"柳澄谴责地看了一眼坐回位置的校长。而后者笑眯眯地看着她，用期待的眼神掩饰了眼底的幸灾乐祸。她认命地握紧了麦克风，暗自下定决心，找机会一定要好好报复一下恶趣味的校长，在校长珍藏的漫画上涂鸦怎么样？

"大家好，我是叶……我还是习惯大家叫我柳澄。"柳澄下意识地用空闲的手指缠上发梢，她始终不会说些空洞高大上的言辞，"我不知道大家期待在我这里得到些什么，也不敢承诺可以为大家做些什么。总之，我会尽己所能，做我应该做的事。在接下来的学期中，还请大家多多关照。"

说完，柳澄像嫌弃麦克风烫手一般，"嗖"的一下把它丢给校庆主持人，而后迅速坐下，顺势试图狠狠踩校长一脚，却被她不着痕迹地躲开了。

从校长把话题引到柳澄身上，到柳澄简短发言完毕，一共耗时不足二十秒，会场上的师生全程都处于一片茫然之中。

他们还没来得及酝酿好情绪，一切就结束了。稀稀拉拉的掌声显得很是尴尬，甚至都没有坐在后排的百里澜风招牌式的嘲笑声来得响亮。

主持人勉强接住麦克风，没让它掉到地上，绞尽脑汁地思考怎么把话接下去。

正在这时，预料之外的声音响起。

"老爷老爷！"楚子离摇了摇轮椅上的楚父，用天真稚嫩的声音脆生生地尖叫道，"那个姓叶的姐姐真的很厉害吗？她会做什么呀？会不会是骗我们的呀？阿离从来没

见过叶家人的厉害，阿离好想看！"

声音虽然算不上大，但在这样的环境下，却让所有人听得很清楚。

楚父包容地摸摸楚子离的头，笑得十分慈爱。

"阿离，这样很没有礼貌，一会儿有好多好看的表演，不要着急。不过，当年的叶家人倒是有一种很简单的方法来证明自己的身份。"

楚子离噘起小嘴，像一个发着小脾气的10岁女孩模样，嘟嘟囔囔地撒起了娇："那就证明一下嘛，大家明明心里都想知道，可你们都不说。哼！虚伪的大人！"

被这样的话语一引，在座的师生们不由得窃窃私语起来，并一发不可收拾。

主持人努力了好几次，都没法让大家安静下来，只好求助地看向校长和柳澄。

叶家人消失得太久，突然出现惹人怀疑，这倒是在情理之中。

柳澄坐不住了，她挪了挪身子，打算随时逃跑。

"他们说的证明自己的方式，你上学期期末的时候是做过的。"校长小声道，"连接大家的思维，是叶家人的拿手好戏。"

"可现在和那时不一样了，我已经失……"

校长的手覆上柳澄的手背，并给了她一个极其深奥的眼神，阻止她把话说下去。

柳澄能感觉到，校长的手很凉，甚至还布满冷汗。

她在紧张？紧张什么？在柳澄的认知里，校长可不像是一个因为丢点儿脸而紧张的人。柳澄并不明白校长的用意，可现在台下的师生及家长情绪越来越激动，眼神越来越炙热，她已经没法再沉默下去了。

"不管了，"柳澄猛地站起身，"我……"

柳澄的话噎住了，这一次，并不是因为校长的阻止。

死寂笼罩了整个会场，几百人同时沉默的样子有些瘆人，仔细看去，可以发觉几乎所有人的眼神都涣散了几秒钟。

"唯二"的例外，是校长和柳澄。

有人控制了大家的思维，虽然时间很短，但足以证明身份。

柳澄猛地看向校长，而校长的目光，则看向柳澄的身后。

那里站着一个身穿白色外套的年轻男人，从面相上看，二十七八岁。他长了一副弯弯的笑眼，笑起来人畜无害。

那人信步走上前，倚在桌边，回身捏了捏柳澄的脸颊："不要难为小孩子嘛！"

"你……你是谁？"

那人笑笑，并没有理会柳澄的发问，而是伸手从校庆主持人手中接过麦克风，轻轻地咳了一声，才道："大家好！"他随意地对台下招招手，"很抱歉不请自来，我姓叶，叶云枫。"

虽然已经差不多猜到了对方的这层身份，可柳澄依旧被吓了一跳。她很快认出，眼前的叶云枫，就是昨天晚上在校外一闪而过的那个人。

柳澄还记得，当时只有自己和楚子离意识到了他的存在。柳澄将视线投向台下，很快找到了楚子离，并发现她正小幅度地对叶云枫点了点头。

他们之间，一定有着什么关系！

"校长，你看楚子离……"柳澄没有说下去。

因为她被校长看向叶云枫时眼中的恨意吓住了。

第六章

新的谜团再生

柳澄不是第一次听人信誓旦旦地提起，辰荒校长不像看起来那么简单。但她从来都没有深究过这句话的含义。

直到此时此刻。

时间的流速仿佛被放慢了百倍，台下上千张抬眼望向叶云枫的面孔，都一副震惊的表情。柳澄觉得自己像是置身海底，意识明明还清醒，可每一个微小的动作，都变得异常缓慢且激起细微的波纹。

在柳澄搞清状况之前，校长几乎是用产生残影的速度，对叶云枫出手了。

这种自己的速度放慢，别人的速度却在加快的感觉，奇怪极了。

柳澄只觉得身边的桌椅晃了一晃，校长便已经离开了原位，也不见她如何动作，便抢近了身，一掌砍向叶云枫的后颈。叶云枫明显预料到了校长的动作，可即使这样，他向旁边撤了一步的动作依然有些狼狈。勉强躲避后，叶云枫回过头，凝神看向校长。

那一刻柳澄的大脑中感觉到一阵熟悉的钝痛，她可以确定，叶云枫正在使用他特有的力量，试图控制校长。

下一秒，一切异常全部都消失了，巨大而短暂的音爆声席卷了整个会场！

所有人皱起眉，下意识地用双手去捂住耳朵。耳鸣带来的不适消失后，他们惊恐地看向此时已经站在叶云枫身边的校长。

校长此时收回了手，冷着脸，充满敌意地与叶云枫对峙。初春的冷风在两人脚下周旋，这一刻，他们仿佛屹立于世界的最中心。空气仿佛再次凝结了，这一次，仅仅因为诡异至极的气氛。

柳澄从没想过，让人心生畏惧的表情会在向来脱线没架子的校长脸上出现。

柳澄记得，洛水谣去年曾经对自己说过，辰荒校长是叶家的"铁杆粉丝"，是叶家理念的追随者。那么，她为什么会对刚刚挑明身份的叶云枫出手？

半晌，叶云枫轻笑着打破了沉默："对我可还满意，辰荒校长？"

面对对方和善宽容的笑容，平日里好说话的校长却依旧毫无笑意。半晌，她才单手遮住叶云枫手中的麦克风，用极低的声音道："你不该回来。"

叶云枫挑起了眉，似乎示意校长说下去，又似乎意为——"你能拿我怎么样呢？"

校长终于勾起嘴角，收回遮住叶云枫麦克风的手，翻掌做了个"请"的手势，而后回身敲了敲柳澄身前的桌子："走了，等着散会发纪念品吗？"

"什么？"柳澄完全搞不清情况。

"跟我走就是了！你不会错过什么的，纪念品只有环保购物袋。"校长不再解释，

单手在桌子上一撑跳了过来，拉住柳澄的手腕，在柳澄发出抗议前把她拖走。

"等等，购……购物袋？"

"多说多错，先离开这里。"

柳澄只得闭嘴，一路跟跟跄跄小跑跟着校长，身后扩音器中，传来叶云枫侃侃而谈的声音。柳澄没有心思细听，只是和校长渐渐远离人群，直到拐过图书馆后的走廊，校长才停下来，心有余悸地向会场的方向看去，问柳澄道："他还在看着我们吗？"

"什么？"柳澄用了半秒钟，搞明白了对方的担心，"你说叶云枫？我现在并不能……"

校长不耐烦地咋舌，打断了柳澄的话："叶家人的能力没有彻底消失这一说，最基本的肯定没问题，别废话，你先试试！"

柳澄想到了刚刚叶云枫发动能力时脑中传来的那阵钝痛，觉得校长说得很有道理。她平复了呼吸，侧过身子，倚靠在图书馆围栏边，微风扫过额发，夹杂着清香的青草气息让人很快放松下来。柳澄闭上眼睛仔细地感受了一会儿后，十分肯定地摇了摇头："没有，他没有再试图观察我们这边。"

校长点了点头，长出了一口气："也是，他现在可没那个心思。"她见柳澄依旧一脸探究地看着自己，终于退去愁容笑出了声，"行了，真是个一脸衰相的倒霉孩子，虽然早预料到会出问题，没想到是这么大的问题！"

校长逗趣地揉乱了柳澄的头发，柳澄气不过地打开她的手，反问道："说谁倒霉呢！这能怪我吗？"

"不怪你不怪你，"校长揉着自己被拍红的手背，也不生气，单手撩了撩自己脑后的长发，用气人的语气说道，"主要还不是，天妒姐姐我红颜！"

柳澄张了张嘴，又张了张嘴，看在目前对话氛围友好和刚刚她杀伐果断的恐怖分儿上，放弃了抵抗。

"校长，您刚刚为什么袭击叶云枫？"

"你看得清楚我在袭击他？"

校长没有直接回答，而是随意地靠在柳澄旁边的围栏上。这个时候，所有人还都聚集在会场上，所以，他们这样大咧咧的谈话，不用避讳，也不怕人偷听。

"我当然看得清，我视力很好的！"柳澄一时没听出校长的画外音。

"那很好，我想我不用为你的小问题担心了。"

校长的回答不着边际，让柳澄觉得，她在回避这个问题。还有，她果然知道自己的力量出了问题！该死，上学期那种所有人都了解一切偏偏自己被蒙在鼓里的感觉又回来了。

"那阵巨响是谁弄出来的？你听到了吗？'嘭'的一声，特别吓人，像身边有炸弹炸了一样！"柳澄换了个问题。

"也许是时候让你多知道一些事情了。"校长歪着头沉吟了一会儿才道，"我的力量，是时间。"

"时间？"校长难得正面直接的回答让柳澄一愣，原本以为，大家的能力大多是看得见摸得着的，没想到时间这样抽象的概念也可以控制。

"没错，当扭曲的时间回归原位，很多时候就会发生类似于音爆的现象，没什么奇怪的。"

"这么厉害！"柳澄惊讶极了，记得开学前，她还言之凿凿地认为，世上不会有这么逆天的能力。

"没有想象的厉害。"校长苦笑着摇头，从语气上来听，并不是谦虚，"不知道你听没听说过超能力的一个基础概念——越强大的力量，越需要更多规则来限制。修改时间看似强大，却有一个最为重要的规则，即是可以改变未来，但不可以改变过去。"

柳澄点了点头，其实她没太听懂。人们最想改变的，就是过去吧？过去不让改变，却可以改变未来？可未来本就是没有发生的，任何人都可以改变未来，还要这种特别的能力做什么？这么说来校长这听起来强大的力量，也无太大作用。

就算这样，知道了校长的能力，柳澄还是很开心，甚至有些受宠若惊。她看向校长时长时短的头发，觉得这一怪异现象也好解释多了。

"校长，我能问一句，您多大了吗？"

校长的眼睛一亮，似乎对柳澄的反应十分欣赏，可出口的答案却是："问一位单身女士的年龄，是很不礼貌的，知道吗？"

"好吧，对不起。"

两人沉默几秒钟，一起笑出了声，这大概就是那种对某个答案心知肚明的默契笑声。

"这东西在我这儿，你发现了吧？"过了一会儿，校长突然从领口里挑出那枚独眼吊坠，链子绕在她的指尖微微晃动着，"先借给我吧，你可用不着它。"

"它很特别？有什么特殊用途吗？"柳澄问。

"简单解释就是，可以对你们这种人有一点儿防御作用吧。"

"我们这种人……"柳澄低头理解着这几个字的意义。

"我还不能百分之百地确定叶云枫的目的，也不知道他对你将持什么样的态度。不管怎样，你要小心为上。"校长把项链重新塞进领口，她颇为疲惫地仰起头，闭上双眼，再次睁开时，眼中重新燃起了什么，"柳澄，你信任我吗？"

"我……当然信。"柳澄自认为已说得很有底气，可校长却不这样认为。

"信？百分之百的信任？"她探过脸来，笑容里满是探究。

"多点儿防人之心是好事。"得不到答案，让校长似乎更加满意了，"先不用急着告诉我你和你的朋友们的发现，也不要问我的答案，用你的双眼去发现真相吧。别因为我的答案而有了先入为主的偏差，不过，我得提醒你，"她压低了声音，神秘兮兮地说，"在叶云枫面前，你朋友的大脑也不是个可以保留秘密的地方了，加油恢复吧！"

柳澄谨慎地点点头。

远处传来一阵热烈的掌声，像是叶云枫的演讲已到达了高潮。

两人再次沉默起来，就算现有线索再少，柳澄也猜得到，校长要求她提早离席，是因为害怕叶云枫对她不利。

"校长，那个叶云枫，真的是叶家人？"

校长眨了眨眼睛，并没有正面回答柳澄："你在害怕吗？"

柳澄觉得回答"是"和"不是"都不太对。

"放心，她肯选择你，一定有她的原因。"

柳澄听得犯晕："'他'？校长您说什么呢？"

"我说……该说再见了，我可不会夸口说遇到麻烦不要大意来找我那种大话，因为很明显，我的麻烦只会比你更多。"校长拍在柳澄肩膀上的两巴掌，拍出了共历患难的战友情谊，而后她抱起双臂，露出了一个不怀好意的笑容，"要不要你家校长给你留个私人作业？或者说忠告？"

柳澄点头如捣蒜。此时此刻，她对校长往日的不良印象大有改观，她甚至觉得面前的校长字字珠玑。

"新的学期里，请务必，"校长迅速地弯起食指，在柳澄鼻梁上刮了一下，"笑着活下去。"说完，校长扔下僵在原地、备受打击的柳澄，扬长而去，一路只留下她那令人印象深刻的夸张笑声。

柳澄脑子里蹦出来一个奇异的想法：如果能把校长的笑声录下来当闹铃，那她这辈子就告别赖床了。

带着这个可怕的想法，直到校庆结束，柳澄一直躲在图书馆里看小说。

"柳澄，你竟然在这里！百里他们找你都快找疯了！"

一摞厚重的图书拍在桌子上的巨响把柳澄从神游中拉回了现实。

"汜初？"挡在脸上的书滑落在地，柳澄惊得一哆嗦，顺便抹了把嘴角并不存在的口水，"你……你找我？"

"不是我，是百里、北堂、冥幽、冥邪、洛水谣和向展在找你。他们都快把食堂桌子下面翻遍了，就是没想过你会在图书馆。"夏汜初嫌弃地咂咂嘴，审视地看向柳澄，"平常怎么看不出你有这么好学？"

"我怎么就不能在图书馆啦？我这人这么爱学习，我……"柳澄注意到夏汜初的用词，"为啥去食堂桌子下面找我？我是耗子吗？"

"哼！"夏汜初冷哼一声，"大家以为你在全校面前丢了那么大的脸，会觉得无地自容，看来我们是多虑了。"

"很丢脸？"柳澄弱弱地小声问，心里还存在着一点点侥幸。

"你说呢？"夏汜初一瞪眼。

"好吧，你说得对。"那一点点侥幸也被碾碎了，柳澄耷拉着脑袋，气势颓废极了。

"你这副惨兮兮的样子，让人想起你刚转学来的时候。"

"历史总是惊人的相似嘛。"柳澄苦笑，她一向佩服自己，任何时候都懂得自嘲。

善良的夏汜初见柳澄连反驳的力气都没有了，自然不再落井下石。她翻了翻书包，找出一个小小的午餐面包，丢给柳澄："饿了吧？这个给你，别被图书管理员发现。"

"谢谢！汜初是天使！"柳澄看到吃的才反应过来，肚子早就唱空城计了。

"我是夏汜初，说了多少遍别叫得那么亲热！"夏汜初义正词严地纠正。

"是的汜初，好的汜初，我记住了汜初！"

夏汜初对柳澄的无赖嘴脸实在无语，瞪了她一眼才道："你在这里等我，我去告诉百里他们。"

"他们在哪里啊？我去找他们！"柳澄狼吞虎咽地把面包塞进嘴里，吐字不清地说，"让你特意跑一趟，多不好！"

"他们……"夏汜初想了想，把刚刚抱在怀里的书又重新放下，"我现在也说不好他们在哪里。只听洛水谣说，在博文楼找不到，就来图书馆。"

"那与其两边都像没头苍蝇一样地互相找，不如我们就在这里等他们过来？"

"虽然听起来你在等着挨揍，但从效率上讲，倒是没有问题。"夏沚初道，"而且最近图书馆的人比较少，很适合你们说话。"

"是啊，人少，没开学就往图书馆跑的家伙都是人类的敌人！"柳澄随口道，立即感觉到夏沚初眼神的不善，"呸呸呸，我是说，没开学就去图书馆的学霸超伟大，学霸拯救世界！"

"哼！"夏沚初很快放弃与柳澄争论这么没有价值的问题，在柳澄的对面坐了下来。窗外夕阳照射进来的角度恰到好处，映得两人一身橙黄。夏沚初开始翻看刚刚借到手的泛黄书籍，旧书与阳光混合的气息让人安心。可才翻了两页，夏沚初就发现，柳澄依旧在充满期待地看着她。

"你做什么？有事？"

"嗯，"柳澄尴尬地将自己的单马尾放在肩上用手指绕着，不好意思地说，"那个小面包，还有吗？一个根本不够吃啊！"

"你当我是来图书馆野餐的吗？平时带一个就够多了！"

"对不起，但是真的好饿。"柳澄说得可怜兮兮。

"你！算了……"夏沚初没了脾气，她将面前的书用书签夹好，而后指了指柳澄右边的位置，"我平时习惯坐在那边，你看看书桌里，还有没有藏的吃的。"

"沚初同学会在图书馆的课桌里面藏零食？"柳澄"扑哧"一下不厚道地笑出声，她突然感觉与平时冷冰冰仿佛不食人间烟火的夏沚初拉近了距离，"沚初好可爱！"

"不吃算了！"夏沚初羞怒地红了脸，厉声道。

"吃吃吃，沚初同学最好了！亲亲沚初！"

此时，恰巧带头走进图书馆的百里澜风，第一眼看见的是柳澄抱着包零食，隔着桌子动作夸张地试图亲吻夏沚初，被对方用硬皮书拍在脸上的一幕。

"完美击杀。"洛水谣看着被拍得栽倒在桌子上的柳澄，由衷地解说着。

"我觉得她不需要安慰也不需要保护，我们走吧。"百里澜风黑着脸，对身后的伙伴们如是说。

北堂墨扭过脸，肩膀因为忍笑而发抖。而冥幽、冥邪则提议走之前一定要教教柳澄做人的道理，这一说法得到了大家一致的好评。

六个人一一落座，原来空旷的长桌立即显得拥挤了起来。

"柳小澄你的心到底有多大？一声不吭就跑了，还躲到这里来！"洛水谣率先发难。

"我没想跑来着，是你姑姑拉着我跑的。你知道你姑姑的战斗力，我这么柔弱根本不能反抗！"被百里澜风的黑脸吓怕了的柳澄赶紧装乖示弱。

"我不明白校长为什么那么做，"北堂墨犹豫地看了洛水谣一眼，"没有别的意思，只是校长的行为无形中把叶云枫的敌意分了一半给柳澄。"

"听你这么一说，我倒是觉得她确实是故意的。"虽然心知肚明校长那样做是为了保护自己，柳澄却没急着为校长说话，反而一脸严肃地点头道，"接下来我们把话题的重点放在讨伐校长上吧，不要再欺压我了好不好？"

"啧，说什么呢！"洛水谣不满意了，"我家姑姑自有妙招，你们这些凡人不要妄加猜测。"

"是是是，校长大人妙极了。"柳澄想到辰荒校长最后给她的那句建议，气不打一处来。"你们呢？你们留在会场，叶云枫讲了那么久，现场掌声雷动，他在演讲中透露什么信息没有？"

"嗯，他说……"坐在柳澄身边的百里澜风摩挲着自己的下巴，几秒钟后泄气道，"我没注意听，走神了，你们呢？"

"我睡着了。"洛水谣赶紧表态。

"我跟路过的一只松鼠讨论了储存过冬粮食的技巧，还有校北树林里的哪棵松树的松果最饱满。"向展同样不靠谱。

"我们溜走了，嘿嘿嘿。"冥幽和冥邪完全让人不能寄予希望。

"你呢，北堂？"被前面几个人吓怕了的柳澄转换对象，"北堂你先别说听我说，北堂你是个做事认真的好同志，组织相信你，不要让组织失望。好了，你可以说了。"

北堂墨尴尬地推了推眼镜："先跟组织说声对不起，负责录像的同学摄像机出了些问题，我去帮忙了……"

完了，全军覆没。柳澄绝望地趴在桌子上。

"你们简直……这么儿戏，怎么做事的？"沉默许久的夏沚初带着点儿怨气地合上了书，像是被大家的吵闹激怒了。

从上学期期末那件事开始，百里澜风等人默认了夏沚初的立场，所以讨论这种事情，也不再刻意避讳她。

"沚初知道？"柳澄从桌面上抬起了头。

夏沚初没好气地点了点头："那个人很懂得说漂亮话，我是说，那个叶云枫。"夏沚初把面前的书推向一边，拿过另一本，表情依旧是冷冰冰的，"把毫无意义的场

面话去掉，浓缩一下大概有三点：第一，他承认了自己叶家人的身份；第二，他描绘了普通人世界的单纯美好；第三，希望大家做好准备进入普通人类的社会。"

"除了童话，我可从来不相信，哪个世界会单纯美好。"夏汜初道，单从这一点出发，聪明如她便对叶云枫有了一分不信任。

冥幽、冥邪同时摊手："看看，这就是水平问题！要是那个叶云枫说话像夏汜初同学这么简洁，我们也不至于跑路呀！"

夏汜初对两人的恭维并不买账，反而用鼻子哼了一声："可像我这么说哪有煽动性可言？你们没看见某些人在台下情绪高昂，鼓掌有多起劲吗？"

听得出夏汜初有所指，几个人对了个眼神，无奈夏汜初不肯再多说。

"那，我呢？"柳澄用双手轻轻地拍拍桌子，而后挺直腰杆，做出一副激动期待的表情，"他就没对我这个失败的叶家演讲者说些什么吗？"

"没有。"夏汜初道。

"不应该啊，他为什么不落井下石呢？"

难道校长的猜测是错的？叶云枫对自己并不存在敌意？柳澄疑惑地想。

"我觉得，他对你只字不提，才更加致命。"洛水谣道，"一方面显示他对你的轻视，另一方面，这种不置可否的态度，天知道会惹得人们在背地里把你议论成什么样子。"

柳澄想到了之前叶云枫与楚子离的互动，不禁有个猜测："你们说，上学期我们记忆集体偏差的那件事，会不会就是叶云枫搞的鬼？"

"不会。"北堂墨回答得十分干脆，"这几天看书也不算全无收获。我读到过一段关于叶家世代从无族内纷争的描述，说是叶家人的能力十分特别，如果互相攻击的话，就会受到惩罚，具体是什么样的惩罚书中没有详细说明，只是说，所有叶家人都很忌讳这个。"

"这件事不用急着下结论，"洛水谣道，"毕竟这个叶云枫一时半会儿还不打算走，他打算留在学校里监理校务呢！"洛水谣不满地哼哼着，似乎对这位对她姑姑不敬的陌生人十分不满。

几个人一股脑儿地把憋了一下午的话全部说完，随后安静了下来。叶云枫的突然出现打乱了一切节奏，让本就乱作一团的线索更加扑朔迷离，大家一时半刻还有点儿不真实的感觉。

夕阳的角度越发倾斜，太阳渐渐下山了，图书馆的灯亮了起来，大家都在想着各自的心事。只有夏汜初手中的书，时不时地翻上一页，发出"哗啦"一声轻响。

柳澄突然很羡慕夏泷初这种只要沉浸在书海中，就可以抛下外界一切烦恼的性子。

"喂，"百里澜风身子前倾，将手臂搭在桌上，用胳膊肘轻轻地推了推柳澄的手臂，"橙子，从你的角度来看，叶云枫也是叶家人这件事，可靠吗？"

他这种小心翼翼的样子让柳澄陌生。

柳澄愣了两秒钟，才道："如果你指的是能力的话，那么没错，我能确定他可以控制人的这里，"她点了点自己的太阳穴，"所以他应该真的是叶家人。但是……"

"但是，所有人寻找叶家人这么多年未果，偏偏在四大家族矛盾越发难以解决，校长找到柳澄，并打算把柳澄的身份公之于众时，叶云枫就这样凭空出现。"北堂墨推了推眼镜，镜片后的眼神充满深意，"这件事本身，就万分值得人怀疑。从我个人的观点出发，我不信他。所以，百里……"他讳莫如深地摇了摇头。

柳澄没听懂北堂墨话说一半留一半的意思，可百里澜风听懂了。他很是暴躁地用力靠在椅背上，手臂枕在脑后，皱起眉峰，扭头看向一边。

柳澄有点儿被百里澜风这副反应吓到，她探询地看向洛水谣，却得到了一个同样探询的表情。

终于，百里澜风像是有话不说出来实在憋得难受一样，挪开椅子站起身，拍了拍柳澄的肩膀："跟我出来。"

这是今天之内，柳澄第二次被人叫着提前离席了。她下意识地有点儿排斥，因为出去单独谈话就意味着对方会爆出一些不得了的料。可看百里澜风的架势，大有柳澄不跟着走就把她扛出去的凶狠劲儿，柳澄很快妥协了。

"百里别激动，冷静，深呼吸！"柳澄蹦起来，一路小碎步跟了上去。

"啧啧啧，"洛水谣恨铁不成钢地盯着柳澄的背影感慨道，"相比之下，我们橙子的气场不行啊！"

"你说错了姑娘，"冥邪摇着一根手指，一副跟小朋友解释的欠揍表情，"还是那句话，老鼠才能吃大象。"

洛水谣一脸茫然。

拐过楼梯，柳澄发现，她和百里澜风又站在当初出糗的那个旧物间门口。在柳澄面露窘色的同时，百里澜风也意识到了这一问题。他轻咳一声，道："怎么，还想进去说？"

"不用了吧，反正校庆刚结束，这边还不会有人。"柳澄把头摇得像拨浪鼓一样，

"百里，你有什么事一定要私下说？"

"我是觉得，"百里澜风信步在走廊里踱了起来，像是有些纠结于要说出口的话，"虽然校长的态度也好，北堂的推测也罢，都证明叶云枫大概是敌非友。可从他出现到现在对你的直接态度来看，似乎并没有要伤害你的意思。"

"百里，你想说什么？拐弯抹角可不是你的风格。"柳澄费力地想了想，"为什么听起来，与其说你在劝说我，倒更像是在劝说你自己？"

百里澜风刚要开口反驳，想想还是算了。他轻叹一声，苦笑道："你说得对，我就是想劝说自己相信，如果叶云枫与你拥有的力量一样，而他又没有图谋不轨的话，我也许就有机会拜托他，对我妹妹施救了不是吗？"

"对不起。"柳澄彻底愣住了，对不起三个字，不受控制地说出了口。

"什么？"依旧纠结在自己问题中的百里澜风，被柳澄的歉意吓得一愣。

"来到学校后，我一直烦心自己的事，把沐雪的病都忘记了。见到叶云枫时，竟然也没有想到这层。"柳澄双手用力地揉着自己的脸蛋，"真是……真是蠢透了。校庆上我就不该跟校长走，不走的话肯定不会像现在这么尴尬。现在可好，摆明了我跟校长一条心，再遇上他，开场白都没法说……"

百里澜风被柳澄愧疚的神情逗笑了，他伸手理了理刚刚被她自己揉乱了的刘海："总会有办法的，我又不是在责怪你招惹了他。"

柳澄脸上一红，极力反驳道："谁在怕你责怪啊，我只是单纯地抱怨自己蠢！"

"哦，好，那你继续。"

"我就不！"柳澄气鼓鼓地叉起了腰，希望自己看起来凶一点儿，"百里澜风！差点儿又被你坑了！"

可百里澜风的笑声越发气人了，那笑声在空荡荡的图书馆走廊上传出好远。

"百里，我有预感，"柳澄怔怔地看着百里澜风那肆无忌惮的笑容，衷心地希望他在任何时候都能这样轻松，"今年不会太好过。"

百里澜风的笑意丝毫不见收敛："没事儿，我们都在呢。"

看看时间渐晚，百里澜风和柳澄返回图书馆借阅室，招呼其他人一起离开。夏汜初因为到了借阅上限而抱着几本书难以取舍，直到冥幽大方地用自己的借阅卡替夏汜初把书全借到手。

"谢谢。"夏汜初意外地看着冥幽，伸手去拿书，冥幽却执意替她多拿一会儿。

"很重的，你一个女生抱那么多书，看得完吗？"冥幽如是说，"干吗那么感动

地看着我，我这人也很绅士的啊！"

"不，你理解错了，冥同学。"夏泚初费力地把厚厚的读书笔记塞进书包里，"我意外的是，你竟然会有借阅卡，还随身携带。"

冥幽愣了一下，随即露出大受打击的表情。他夸张地捂住心口，身子一虚，把大部分体重压在冥邪身上："泚初你这样太伤人了，我好歹也是个读书人！"

"是啊是啊，上个赛季刚考上的秀才。"冥邪吃了自家哥哥一记胳膊肘，赶忙改口道，"我是说，我家老哥热爱一切与成绩无关的课外读物。"

"你在夸我吗？"

"当然！"

"谢谢。"

柳澄注意到，自己称呼夏泚初为泚初时，不止一次遭到反驳，而冥幽那样说却无所谓。

"好了冥同学，请把书给我，那是精装本，不要践踏它的尊严！"

冥幽抱住精装书不撒手："'冥同学'这个称呼好奇怪！叫'冥学长'也好啊！"

"那是因为你们两个长成这样实在太相似，怕喊错了很伤人。"夏泚初淡然地解释道。

"你这样一本正经地说出来更伤人！"

热闹的校庆过后，便是正式开学。

课业正常按部就班地进行着，可就算是平日里最兢兢业业的老师，也偶尔会在课堂上开小差。这是柳澄倚坐在教室门外走廊边，看着班导李老师夹着书本快步走开时想到的。刚刚那节课，李老师讲得特别不流畅，这可是之前从没有发生过的事情。

整个学校的教学进度乱成一团。

叶云枫对这所学院的影响，比大家预想的还要大。

柳澄叹了口气，下意识地抬头去看走廊两侧的伟人挂画，依旧一个都不认识。不过现在柳澄明白了，这里挂的，大概都是超能力人中的佼佼者。

当知道自己姓叶的时候，本来还以为，某一天自己的照片也会挂在这里呢。柳澄自嘲地笑笑，现在看来，要挂也是挂另一个人了。

柳澄信步返回教室，首先听到的，是夏泚初的抱怨声。

"不管发生了什么事，也该以学业为重。"夏泚初坐在位置上，声音不大不小地说，

"叶家人有什么稀奇的，明明柳澄也来了这么久了，大惊小怪。"

这话说得让柳澄十分感动，在大部分师生都怀疑柳澄身份的真实性，甚至在楚子巽的带头下开始抹黑她到现在，夏汜初明显还站在自己的一边。

"我说，汜初？"柳澄路过睡得昏天暗地的洛水谣，推了她一把，无果，而后凑到夏汜初身边，"问你个事啊，我们辰荒学院，高中部读完直接升大学部吗？"

"嗯。"夏汜初小心地挪走自己的笔记，生怕被柳澄随手翻坏了，"不然呢？你还想考去外面的大学啊？"

柳澄从夏汜初白她一眼的视线里，看出了一点点期待。

"你想去外面的大学？"

"我……"夏汜初恼怒地看向柳澄，见对方并没有嘲笑自己的意思，才小声嘟囔着，"毕业之后再说吧。"

柳澄想起来，百里澜风他们说过，只有从辰荒学院毕业的人，才有资格自由地出入普通人的世界。

"如果可以的话，我希望可以提前毕业。"夏汜初有点儿犹豫地拿开之前一直遮挡着笔记本的手，柳澄这才发现，夏汜初预习的竟然是一年后的课程，"然后，我就可以跟同龄人一起读外面的大学了。"

她说得十分期待，这让柳澄心中有种异样的感觉。原来，有人这样向往着她曾经拥有的那个世界。

"是汜初的话，一定没问题的。"柳澄拍拍夏汜初的手，为她鼓劲。

"成绩上当然没问题！"夏汜初骄傲地扬起下巴。可柳澄知道，她并不像自己表现出来的那样自信。

"只是，"夏汜初低声道，"也许家人并不放心我，毕竟外面对于我来说太陌生。"

"我不陌生啊！"柳澄话出了口，才反应过来自己说了什么，"呃，我是说……好吧，你必须承认，我大概是全校学生和绝大多数老师里最熟悉外面的人了。"

夏汜初转脸看向柳澄，有那么一两秒钟，柳澄以为她会笑。

"你的成绩……虽然偏科但整体上还可以，英文嘛，分数很容易提高，要不要跟我一起？"

"我觉得我不行的，但，"见夏汜初一瞬间的失望加深，柳澄赶紧补充道，"让我试试吧，好不好？"

"算了，别拖我后腿。"夏汜初冷着脸拒绝，而后扭过脸去，柳澄只看到了她翘

起的嘴角，"不过我不阻拦你的尝试。"

百里澜风在后排发出了一长串的嘲笑。柳澄觉得，最近那家伙对嘲笑自己越来越有心得，看来她有必要搞好学业，为自己的智商讨个说法了。

走廊里突然传来了一阵不同寻常的嘈杂声，说它不同寻常，是因为它与平常课间走廊里的随机打闹不同，这一次的嘈杂声，是移动式的。

在教师和校董们的簇拥下，叶云枫正路过窗外。

刚刚还打算说点儿什么挤对柳澄的百里澜风突然愣住了。而后，他动作迅速地跳起身冲出教室，连撞到桌角都没停下来喊疼。

洛水谣迷茫地从桌子上爬起来，她被撞桌角的声音吓醒了，坐起身，思考了好一会儿，才搞明白现状。

"是叶云枫？百里又去了？"洛水谣指了指教室门外，回身问跟夏泚初坐在一起的柳澄。

"嗯。"柳澄点头，她实在有点儿担心，"虽然这么说不太仗义，但我觉得，他成功的概率不大。"

"同感。"洛水谣揉了揉眼角。

话音刚落，百里澜风便颓丧地返回了教室。从外表来看，他的自尊心刚刚遭遇过全方位立体式的碾压。

"干得漂亮，百里，来，击掌！"洛水谣对百里澜风伸出手。

百里澜风没精打采地在上面拍了一下。

"太平静了吧？上一次她这么说你还想掐死她来着。"柳澄道。

夏泚初摇了摇头，她一直很好奇百里澜风为什么最近急于跟叶云枫搭话。可对方明显不想说，她也不好刻意打听。一想到那是百里澜风和柳澄之间的秘密，夏泚初就气不打一处来，甚至选择性地忘记了洛水谣等人也同样知道那件事。念及此，夏泚初叹了口气，刚刚对柳澄勉强建立起的好感又打了个折扣。

百里澜风瘫在椅子上，看起来像是刚跑完一千米接力。

"根本近不了身啊……"

"就算近了身，你要怎么开口？"洛水谣道。

"不知道，"百里澜风有气无力地实话实说，"我没想过，可是不试试，怎么知道结果？"

柳澄张了张嘴,刚刚组织好劝说的语言被上课铃声打断了。她赶忙返回自己的座位,洛水谣拽了拽她的衣角。

"看看那是谁?"

"哪里?"

柳澄看向教室门口,那里竟然是——百里朔月?

他还是那般不苟言笑,举手投足间带着让人窒息的上位者的压迫感。即便最近一段时间,百里朔月对柳澄的态度改善了许多,可她心里还是有些畏惧。

百里朔月注意到柳澄的视线,对她略点了下头算是招呼,而后便迅速看向百里澜风。

"澜风,跟我来一下。"

百里澜风愣了足有十余秒,直到百里朔月喊第二次,才赶紧披上外套,快步同哥哥离开。

"这可……真稀奇,"夏汕初喃喃道,"上一次百里朔月来找百里澜风,是什么时候?"

"大概是,上辈子?"

柳澄推了一把洛水谣,嗔怒道:"这么迷信呢!"

"那么,上个世纪?"洛水谣立即换了说辞。

整个上午加午休时间,百里澜风都没有再出现。

第七章

奇特的新实验班

放学的时候，柳澄收到了少侠叼来的字条，上面龙飞凤舞的字迹是冥幽的。

吃完饭速来实验楼二楼最里面的实验室，记得截获夏泊初一起带来。

截获？我倒是想有那两下子！柳澄把字条丢给洛水谣，抬眼赶紧去招呼夏泊初，发现人家已经抱着书本离开了。

"饭都不吃？脚程快也是她能力的一种吗？"

"往图书馆追准没错。"洛水谣指了条明路。

"帮我买个面包带去实验室，拜托啦！"柳澄把书包往洛水谣怀里一塞，一溜烟儿地跑了出去。她搞不清为什么这次的聚会一定要拉上夏泊初，也许是为了她身后的尹家？

这么想算不算是居心叵测？

不管了，柳澄甩了甩头，试图把戴着有色眼镜的念头丢掉。无论如何，可以和夏泊初那么优秀又够朋友的女生做朋友，总归是让人开心的。

因为一时走神，柳澄没有注意到，走廊里的人反常地多了起来。等她意识到自己走到了哪里时，已经逆着人流走出了很远。

柳澄抬起头，发现周围的同学都在看着自己，不禁吓了一跳。

她正站在叶云枫面前，端端正正地站在路中间，挡了对方的路。叶云枫的身边有几位陪行的校董和教师，他们都同时停止了对话，场面颇为尴尬。

"呃，那个……"柳澄想向一边错一步，把路让开，却发现自己竟然挪不动步子。

"柳澄同学，有事吗？"叶云枫十分礼貌地微笑道。

柳澄做了个深呼吸，身体才听使唤。她同样微笑，闪向一边："没有，不好意思。"

叶云枫明显一愣，转而继续微笑，对柳澄点了点头，错身离开了。

他是那种一身儒雅，不笑不说话的人。一般这种人的人缘都很好，可柳澄偏偏每次看到他，从头顶到脚心全身发麻。

逆着人流走出走廊拐角的柳澄狠狠地掐了一把自己的脸。这种与叶云枫近距离接触的机会，是百里澜风梦寐以求的，可自己竟然就这样逃走了！

刚刚自己在怕什么？怕到连手脚都不听使唤？这种情况太稀奇了，柳澄感到难以理解。

还有叶云枫对自己的态度，礼貌疏离得有点儿过分了。

"不管那么多了，先找人！"柳澄低声告诫自己，而后跑向图书馆。

找到夏泚初并没有用掉太多时间，劝说她放弃读书参加聚会，倒是个大工程。

直劝到夏泚初开始收拾书包时，柳澄觉得自己的半条命都搭进去了。

"如果因为你们的破聚会，耽误了我提前毕业考上外面的大学，你就完蛋了！"夏泚初实在受不了柳澄的聒噪，愤怒道。

柳澄很喜欢看夏泚初生气的样子，虽然这心态很扭曲，觉得生气时的夏泚初特别有活力，不再像是那个平日里不苟言笑的漂亮瓷娃娃。

"别生气嘛泚初，下次出去给你带两本数学拔高练习册。"柳澄搓着手，笑得特别谄媚。

夏泚初的话被生生地噎在喉咙里，半晌，才哼了一声道："我要正版的。"

"没问题！"

"看不懂的你要负责讲解。"

"好说！"

"那走吧。"

春天白日渐长，两人虽然来到实验室晚了些，阳光却依然明亮。

在实验室一楼，柳澄兴冲冲地走在前面，突然发觉身后的夏泚初不肯走了。

"泚初，怎么了？"

夏泚初看着柳澄，露出疑惑的表情："柳澄，有件事，我一直想问你。"

"什么？"

"听同学们传言说你的能力出了问题，是真的吗？"夏泚初说道。

柳澄愣了一下，她是在假期将自己能力出了问题的事告诉大家的。她已经快忘记了，当时夏泚初并不在场。

"嗯……没错，是有点儿问题，我正在想办法解决。"

夏泚初点了点头。

"我是最后一个知道的吧？"

"啊？呃，"柳澄有点儿不好意思地挠挠头，"不好意思，遇到你不久，事情就传出去了，之后也就没有当作秘密单独告诉你的意义了。"

"有没有考虑过是谁把你的事泄露出去的？"

柳澄摇了摇头，她想起了校长的话："在叶家人面前，大脑也不再是安全的地方了，所以何必怀疑呢？"

夏泚初瞬间明白了柳澄的话。

"你和叶云枫已经对立到这种地步了？"

"倒不至于，只是……我对他的印象不算好，他似乎也不待见我。你知道，我们这种人第六感都挺准的。"

两人边说边来到约定好的实验室外，柳澄抬起手欲推门，夏泚初却突然抓住她的手腕。

"做……"

"嘘！"

夏泚初在唇边立起一根手指，她想听听里面的对话。柳澄赶紧也安静下来，不多时，百里澜风和北堂墨的声音相继传出来。

"百里，你这样不行，你哥说得对，沐雪的事急不来的。你信任橙子也就罢了，叶云枫出现得这样突然……"北堂墨道。

"我知道我知道，"百里澜风心烦地打断了对方的话，"在搞清对方是敌是友之前，贸然接近并把事情和盘托出，这事做得实在欠考虑……这些话我哥反复地跟我讲了整整一上午，烦死了好吗？沐雪的事那个姓叶的能帮就帮，不能帮就算了，怎么就能牵扯出这么多碎碎念？"

"到底是关心则乱，小百里，你平时冲动是冲动，但从来不会这样鲁莽。"冥幽道。

柳澄询问地看向夏泚初，拉了拉她的一缕头发，试问这墙根还要听多久。

夏泚初皱了眉，拽回自己的头发，咬着嘴唇不说话。

"要不……你还是去拜托小橙子？毕竟某种意义上，她和叶云枫是一家人。"冥邪说。

"柳小澄不喜欢那个叶云枫。"洛水谣泼了杯冷水。

"而且叶云枫有点儿忌讳小橙子。"向展道，柳澄可以听到清晰的一声猫叫，"少侠说的。"

这一次，换成了夏泚初用眼神示意柳澄，好像是在问她："你会怎么做？"

"也许值得一试，万一对方出于某种目的，愿意对柳澄示好，我们将计就计……"北堂墨道。

"'某种目的'？"百里澜风对这种听着就不爽的词表示拒绝，"听你这么说来，这示好怎么看都是居心叵测吧？"

北堂墨还想说什么，柳澄却鼓起勇气推开门，打断了大家的争论。

"我同意北堂的说法。"

北堂墨没有料到自己的话全数被柳澄听了去。他有点儿尴尬，推了推眼镜道："呃，橙子，我的意思不是……"

"不，他就是那个意思，"洛水谣嘲笑道，"敢说不敢认是北堂的一贯作风。"

"我没有。"北堂墨假装低头擦眼镜。

"没关系，我只是觉得可行。正好，我也想要一个试探叶云枫的机会。"

柳澄将刚刚在教学楼走廊里遇到了叶云枫的事告诉大家，听得百里澜风直咋舌，十分可惜自己为什么当时不在场。

"嘿，你们看，是校长！"冥幽突然指着窗外道。几个人涌向窗口，少侠轻盈地跳上柳澄头顶，占据了最佳观赏位置。

"在哪里？"本已经渐渐入睡的洛水谣来了精神。

"楼下，搬着那么大一箱东西！"

"我去帮忙！"洛水谣一改之前的无精打采，蹿出了实验室。

校长听到了这边的动静，抬头看见聚集在窗边的柳澄等人，高高兴兴地用力摇着一只手打招呼，结果手中的纸箱失去平衡，全部翻倒在地上。

纸箱里有几个精致的手办，脑袋搬了家。

辰荒校长的惨叫声让人印象深刻。

"校长你没事吧！"向展紧张道。

"没事没事，"校长抹了把脸，笑得特别难看，"你们这间实验室里还有谁？"

"我希望是我多想了，总之我们不会把看到校长出糗的事讲出去的。校长您不用急着灭口。"柳澄板着脸开了个玩笑。

"你确实想多啦，大人的世界才没那么恐怖！"校长嫌弃地摆了摆手，"我只是想统计下你们的人数，然后研究下你们对我损失的手办赔偿分配额度而已，这可都是限量版！"

"听她这一说，"百里澜风压低了声音在柳澄耳边说，"觉得大人的世界更恐怖了有没有？"

柳澄"扑哧"一下笑出声。

另一边的洛水谣已经跑下楼，她拉过校长的纸箱，开始一样一样地帮忙把东西往回捡。

"你们几个小浑蛋，就不能关心一下校长姐姐出了什么事，为什么孤单落魄地一个人抱着个人物品离开办公室吗？"

"孤单落魄？没看出来。难道校长大人不是拿过气的手办去漫展，试图以旧换新吗？"冥幽左拳一敲右掌。

"抑或是校长大人终于改过自新，要把这些不适合自己身份的东西捐给福利院了？"冥邪右拳一敲左掌。

"你们够了！都说了是限量版啊！"校长十分受伤，"明明是你们伟大的校长姐姐我被奸邪佞臣所胁迫，从办公室里被赶出来了好吗？这些东西还是我翻窗户进去抢救出来的！"

不知为什么，柳澄有一点儿为奸邪佞臣们鼓掌叫好的冲动。而她身边的人，都已经在鼓掌了。柳澄没有跟着闹起来，转头看向教工楼的方向。果然，那边有好几间办公室开着窗，窗后的人看不清面目，却是看向这里，怒目而视。

辰荒这校长当得也是够天怒人怨的。

听了大家的挤对，老大不乐意的洛水谣抓起纸箱里的一个马克杯，作势要往楼上扔，被校长及时阻拦了。

"别别别，小谣你到底站哪边的？这个很贵，要扔捡块石头扔。"

"校长您要搬去哪里呀？不会是要离开学院了吧？"柳澄将大半个身子探出窗口，提高音量盖过其他人的叫好声问道。

"去阿酒那里，有事可以去那里找我哦！"校长兴致勃勃地说。

阿酒，是辰荒学院传达室的守门人。

"阿酒会哭的。"向展小声说，并试图把攀住柳澄辫子不放的小黑猫拖下来，"少侠是这么说的。"

之后的一个月时间，柳澄继承了之前百里澜风的风格，对叶云枫展开了全方位立体式的围追堵截。

奇怪的是，似乎自走廊里的那个照面开始，叶云枫便开始刻意躲避柳澄。就算实在躲避不开，他也是说不上两三句话就借机离开，更不肯给柳澄单独相处的机会。

他到底在怕什么？

柳澄百思不得其解，她并不记得上一次自己有哪句话说得不够妥帖，触了对方的逆鳞啊……

自从辰荒校长搬离校长室，叶云枫不知是如何运作的，很快就博得了四大家族的认同，学院内的实力分割发生了翻天覆地的变化。

"要不了多久，叶云枫就要坐进校长室了。"食堂里，北堂墨如是说。

"嗯。"柳澄点了点头，她有点儿心不在焉。

午休时间的食堂里，桌边只有柳澄、北堂墨、洛水谣和向展。现下百里澜风等人作为四大家族的直系成员，无论他们本人意愿如何，也必须坐到食堂正中那张特殊的圆桌边去。

"百里又被他哥哥抓走了？"洛水谣吹了吹碗里的素汤，问。

"是啊，你看冥幽和冥邪，一脸胃溃疡的表情。"柳澄偷笑道。

"坐在那里吃饭的感觉会有什么不一样吗？"向展有点儿好奇，他把盘子里挑好的鱼肉放在掌心里喂给少侠吃，自己叼着鱼骨头。

"这也是少侠问的？"北堂墨有点儿意外，一只猫的内心戏竟然这么丰富。

"什么？不，"向展反应了几秒钟才道，"这是我问的。"

"不知道，我也没去那里坐过。"北堂墨推了推眼镜，低头专心吃饭。

北堂墨似乎有点儿不开心，柳澄愣了愣，转念一想，立即理解了北堂墨的心情。

北堂墨是个各个方面都十分优秀的男生，这一点是有目共睹的，就算把他跟百里朔月放在一起，光芒也不会被掩盖。柳澄沉默着用筷子将餐盘里的米饭戳散，疑惑自己什么时候开始将百里朔月的位置摆得那么高了？

可只因为出身不够显赫，让北堂墨注定不会有百里朔月那样高的地位与成就，于男生而言，还是很介意吧？

洛水谣看着北堂墨有点儿落寞的样子，坏心眼儿地笑了："有人想去那边坐，有人还不稀罕呢！不过要说坐那张桌子的感觉，这里可是有一个人知道的哦！"说完，她用胳膊肘捅了捅柳澄，害得柳澄手一抖，米饭又撒回盘子里。

"能不能别哪壶不开提哪壶吗？"柳澄很想将自己亲爱的同桌的脸摁进汤碗里。想起自己初来乍到、愣头愣脑地跑去百里朔月身边坐的黑历史，柳澄不禁打了个寒战，连食欲都下降了，"坐在那里吃东西，绝对会消化不良的。"

"如果你现在回去，他们会欢迎你的。"向展不太会安慰人。

"是叶云枫没回来之前吧？"柳澄笑道，"现在可不好说，你们没看见，最近同学们对我的态度都不大好吗？"

"你现在在大家看来就是个哗众取宠的小丑！"洛水谣乐于揭人伤疤，"不过好

在有脑子的人，还不敢过早踩在你头上。"

柳澄撇了撇嘴，眼神看向一个方向："衷心希望这个世界上有脑子的人多一点儿。"

洛水谣顺着柳澄的视线看过去，发现坐在百里朔月对面的楚子巽正看向这边。

"我吃好了，先去实验室，你们也抓紧吃饭，最好吃完回宿舍睡上一觉，午睡有利于身体健康。"北堂墨匆匆搞定午饭，端起餐盘道。

"喂！你竟然急着走！楚子巽在挑衅呢！"洛水谣不满地说道。

"他不蠢，失去能力又是大庭广众之下，放心，他不敢怎么样。"北堂墨推了推眼镜，神情依旧有些黯然，"再说，百里他们还在，不是吗？"

"可是……"洛水谣还想说什么，被柳澄在桌子下踩了一脚，才作罢。

三人目送着北堂墨放好餐盘，独自离开食堂。

"小谣是个笨蛋。"向展笑眯眯地说，"少侠是这么说的。"

说时迟那时快，少侠跳起来"唰"地给了向展一爪子。

"嗯……对不起，"向展委屈地捂着有三道红痕的脸蛋，"不是少侠，是我说的。"

柳澄和洛水谣无语地看着向展满目泪水，不知道该说少侠成精了，还是向展的智商遭到了一只猫的碾压。

"水谣，"柳澄看向身边的好友，觉得有些事应该适当提醒一下，"你最近对北堂的态度很怪，还在为百里沐雪的事迁怒他吗？"

洛水谣挺不满意柳澄的措辞："才没有呢！"

"还说没有，你最近不放过任何一个让北堂墨吃瘪的机会。但玩笑归玩笑，你可别把人伤到了！"柳澄道，"等到北堂真不理你，看你找不着地方哭。"

"我……没觉得多过分啊，还好吧？"洛水谣顿了顿，说得有些没有底气。

"拿别人在意的事开玩笑就很过分了。"

"在意？我没拿百里沐雪开玩笑啊！"

柳澄翻了个白眼，觉得洛水谣已经陷在自己的脑回路里没救了。那边洛水谣还要对柳澄有头没尾的话刨根问底，却感觉自己坐的椅子被人踢了一脚。

原来是吃完午饭的百里澜风，他身后不远处还跟着冥家双子和夏沚初，看得出他们有些刻意保持距离，不想被人发觉走得太近。

"走了走了，有事说给你们听。"百里澜风掩盖不住兴奋，"嗯，北堂呢？又泡实验室去了？"

"嗯哼，"柳澄一口干掉碗里所剩无几的汤，"被某人挤对走了。"

被点了名的某人顶着黑眼圈望着天花板，假装什么都没听见。

百里澜风视线在几个人之间扫过，很快将事情猜出个七八分，毕竟最近洛水谣戗着北堂墨说话不是头一遭了。

"你们啊，最近别总欺负北堂，他压力很大的。"

"我们压力也很大！"跳过来搂住百里澜风左肩膀的冥邪抢话道。

"所以你们要用爱与包容的态度对待我们，没事要请我们吃零食、逛夜市、看电影……"跳过来搂住百里澜风右肩膀的冥幽跟着配合。

"闭嘴。"夏沚初扶额，从嘴角挤出声音。

"好的。"冥幽瞬间闭嘴，并给了还想继续贫嘴的自家兄弟一脚。

"怎么说？"柳澄迅速放好餐盘，背起书包，跟在百里澜风身后。

百里澜风有点儿忌讳地看向百里朔月的方向，见哥哥还在饭桌旁，压低声音道："走走走，换个地方说话。"

一行人穿过食堂和教学楼，来到了校门口的喷泉广场附近。午休时分，这里鲜少有人。

春日已深，阳光渐暖，夏季也不会太远了。

想想可以把去年冬天那套毁人三观的兔耳帽子压在衣柜下面一时半刻不用再拿出来，柳澄的心情便好了起来。

柳澄好奇地特意跑去传达室看了一眼。果不其然，这里成为翻版的校长室。

传达室里没有人，各式漂亮的漫画海报几乎铺满了所有的墙面，手办摆满办公桌，精装画册堆满床角。令人颇感惊悚的是，床头柜子上摆了二十多个马克杯。

"校长似乎真的睡在这里！好歹是一校之长，我以为她在开玩笑！"柳澄感到不可思议，进而担心道，"她把这里占了，那阿酒怎么办？"

"重点有问题吧？你到底在关心我姑姑还是阿酒？"洛水谣叉起腰，誓要把所有诋毁姑姑的存在碾成草芥。

"呃……"

向展忽视了洛水谣的问题。

"阿酒去外面睡旅馆，待遇好着呢，不用担心他。这是少侠听小白说的，哦对了，忘了介绍，小白是……"

"好了好了，可以了，谢谢你。"洛水谣赶紧打断向展的话。

百里澜风见大家不再打岔，便继续刚才的话题。原来午饭时，他在饭桌上听到消息，说叶云枫将手伸向四大家族的速度比大家想象的快得多，目前他已经获得了绝对的信任，力图将校长权力架空，赶出学院。

柳澄指校长室的方向，又指了指传达室："这不已经赶出来了吗？"

"不一样，"冥幽道，"被老师们排挤和被四大家族排挤，可不是一个概念。"

"姑姑的事你们不用担心，"洛水谣倒是自信满满，"天大的事，她也搞得定，谁让她是姑姑啊！"

"说的也是，"百里澜风表示赞同，"我们也确实没有精力管那些，很快大家也会被家里勒令管好自己了。"

"管好自己？"柳澄没听懂百里澜风的画外音。

"就是离你远点儿的意思。"夏泚初一向直白，"能代表叶家的人只有一个。"

"这样啊……"柳澄像是泄了气的皮球一样迅速萎靡下去，被冥幽、冥邪趁机揉乱了额发。

"逗你的！你哪只眼睛看我们是那种唯命是从的好孩子啦？橙子刚刚的表情好蠢！"冥邪哈哈大笑。

之前就听洛水谣说过，百里澜风和冥幽、冥邪从小就不是让人省心的孩子，可没想到这么大的事也敢与家里作对。

"我好感动，简直要哭了！"柳澄热泪盈眶。

"胡说，你已经在哭了，快擦干净，丑死了。"百里澜风嘲笑道。

"你感动得太早了，我可不会跟他们一样为了个笨蛋不顾家人的感受。"夏泚初手里没有捧着一摞硬皮书，显得整个人轻盈瘦弱了一圈，"等着被我嫌弃吧，柳澄同学。"

话虽如此，柳澄还是给了夏泚初一个大大的拥抱。

"你疯了吗？我嫌弃你，还抱我做什么？"

"谁让你最好看！"

"谁让我……"

夏泚初张了半天嘴，愣是说不出一个字。

一边的冥幽却笑得开心："这理由强大得让人完全无法反驳，某种层面上橙子绝对是个天才！"

"拍马屁的层面？"百里澜风哼了一声，"都别闹了，我要说的可不只是这个问题。"

冥幽的笑容收住了，他疑惑地看向百里澜风："还有？明明刚刚……"

"我和我哥到得比较早，他跟我说了些话。"百里澜风信步踱着，像是对自己将要说出口的话极为慎重，半晌才道，"他说，叶云枫将有大动作。"

"大动作？"

百里澜风点了点头，却没有急着为柳澄解释，而是提出了疑问："你们有没有想过，我们校长无论平时思维怎样不着边际，可她向来尊重叶家的理念并严格执行，说她是有些愚忠也不为过。可为什么明明叶云枫通过能力证明了自己确实是叶家人，却一回来就卸磨杀……我是说，过河拆桥？"

注意到洛水谣已经开始挽袖子，百里澜风赶紧换了种说法。

大家同时想到一个答案，可都看了看柳澄，没有开口。

"或许是叶家人……变了？"柳澄低声道。她对自己这素未谋面的家族并没有多少感情，可如果说叶家出了搬弄是非的恶人，她心里总还是不是滋味的。

"结论先别下那么早，别忘了他可以……"夏泚初点了点自己的额角，"在敌友未明之前，我们连想都不该乱想。"

众人沉默起来，都对夏泚初的观点表示赞同。

柳澄发现，如果他们算是一个团队，那么北堂墨和夏泚初，绝对是智囊团的角色。

"那我还要不要说下去？"百里澜风道。

"说，当然说，话说一半还不让人晚上睡觉了！"冥邪道。

"好。"百里澜风从善如流，"听说叶云枫接管学校后，会开始培养自己的……。"

百里澜风的话顿住了，柳澄突然抬起一只手，阻止他说下去。而后，她猛地隔空看向教工楼的方向。

刚刚，她清晰地感觉到，那边有人在看着这里，这种感觉自校庆过后第一天就有了。

"感觉到了？"一个声音从大家身后幽幽传来，原来是刚刚从校外归来，手里拎着大大小小购物袋的辰荒校长。她顺着门口传达室敞开的窗户把购物袋丢在桌子上，压倒了几个手办也浑不在意。

校长揉了揉被袋子勒麻了的手指，走到柳澄身边，搂住她的肩膀，仰起下巴挑衅似的看向教工楼的方向。

"真以为自己多稀罕？"校长拉长调子傲慢无礼且十分夸张，"叶家的血脉不只有你，还有能力更加纯正的柳澄，叶柳澄！"

话音刚落，柳澄那种被人监视的感觉便消失了。

校长依旧摆着慷慨激昂的姿势，嘴角不动小声地问柳澄："他还在看吗？"

"没有了。"

"太好了，"校长瞬间丢掉怀里的柳澄，心疼至极地一溜小跑回传达室，嘴里还嘟囔着，"别砸坏别砸坏，千万别砸坏了我的小心肝儿啊！"

众人无语地看着校长的背影几秒钟。

柳澄终于忍不住，大声问道："校长，您刚刚说我……更'纯正'是真的吗？您掌握了什么依据吗？"

校长头也没回地挥了挥手："忽悠人的，你还真信啊！"

柳澄觉得自己问出这样的话真是蠢透了。

百里澜风的话被岔开，大家忘记了再去打听。不过那并不影响什么，因为第二天，叶云枫的"动作"便展现开了。

"重新分班？"作为班长，夏沚初接过班导李老师递过来的名册，有些疑问，"可我们并没有组织考试呀？"

"不是根据成绩分的班。"面对学生的提问，班导竟然罕见地移开了视线，怎么看都有问题。

"不按成绩？那按什么呢？"

"按照档案。"班导假装推了推根本没有滑落的眼镜，明显不想继续解释下去，"你读一下名单。"

夏沚初粗略地翻看了一下名单，疑惑的神色更明显了。她转过身，清了清嗓，道："下面我读一下需要转班的同学名单，请念到名字的同学来我这里领取资料表，然后去三楼，呃，实验班报到。"

"这名字真土。"洛水谣在柳澄耳边抱怨了一句，"看到了吗？夏沚初的表情特别怪地看了你一眼。"

"看到了，"柳澄点头道，"一定有哪里不对劲。"

没有多余的时间思考，夏沚初已经开始读名单。名单很短，夏沚初很快便读完了。

有百里澜风、夏沚初，甚至还有洛水谣，可没有柳澄。

夏沚初调转名单看了看背面，那里一片空白。

"为什么没有柳……"

"分班结果并不是班导决定的。"班导打断了夏沚初的提问。

夏沚初沉默地翻看着手中的表格，突然发现了什么："老师，这名单有问题，新

班级的学生根本不属于同一个年级，这样的话教学进度……"

班导叹了口气，重申道："分班结果并不是由班导决定的，有异议的同学，建议填好表格后，去问新班级的班导。"

话说到这份儿上，明摆着班导一句也不想多说。被读到名字的同学接过表格，开始填写。

柳澄好奇地凑过去看。洛水谣手中的表格很长，上面几行只是普通的个人信息、自我评价、各科成绩，等等；表格第二页的部分，便变了味道。

上面详细列出了该同学的个人能力属性，几岁开始有所展示，最大效果如何……

"如果硬说被分出去的人有什么共性，"洛水谣大方地在擅长能力一栏，填上了"装神弄鬼"四个字，"那就是我们的能力都比较实用。"

"呵呵，是嘛。"柳澄瞪着"装神弄鬼"四个字，觉得它们特别刺眼睛。

"可名单上没有你，这事儿可大可小。"洛水谣填好表格，几下收拾好书本，站起身将书包背在肩上，"我先去探探口风，有情况午休时跟你讲。"

被点到名字的同学陆陆续续地离开了，教室里一下子空出好些座位。从转学第一天起，柳澄就一直与鬼气森森的洛水谣坐在一起，搞得整个人都阴郁了许多……好吧，这是开玩笑的。总之柳澄看着自己空荡荡的同桌位置，心里有些不舒服。

班导看出班级里的气氛有些低迷，他敲了敲黑板，发出清脆的声响。

"好了，抬头看老师。"他叹了口气，直到确定每个学生都看向他时，才摘掉眼镜丢在桌子上，疲惫地捏了捏自己的鼻梁。

似乎，老师们这段时间过得也很辛苦，柳澄想。

"老师知道，你们这个年龄的学生，总愿意将问题私自揣摩得很复杂。我希望大家不要多心，分出去的同学并不意味着他们多优秀,留下来的你们也不意味着就遭淘汰。在老师这里，依旧会对你们一视同仁。"

柳澄撇了撇嘴，班导也是的，非强调一遍，反而越描越黑，现在就算没瞎猜的人也在瞎猜了吧?

"我们没瞎想，反正柳澄同学不也被留下来了吗？"

不知是谁开了句玩笑，大家立即哄笑起来，笑声里并无恶意，更多的是相互同情的落寞。

柳澄耸了耸肩膀，也跟着笑了起来，因为落魄而得到归属感，也不错。

"班导！"向来话多得不消停的何沛涵高高地举起手，"我能问，是谁做出分

班的决定吗？是校长吗？"

班导有些无奈地看向何沛涵，踌躇了一会儿才回答："不，是叶校董。"

叶云枫？已经是校董了？柳澄暗自挑起了眉。

何沛涵还想再问什么，班导以上课时间已经过半、有事下课私下问为由，不由分说地开始了课程。学生们哀怨一片，显然何沛涵问的，也是大家想知道的。

将近下课的时候，靠近窗口的学生骚动起来。

"是校长！校长和叶……叶校董！他们在操场那边争执起来了！"

学生们"呼"的一声纷纷离开座位，拥挤在窗口边，伸长耳朵试图去听两人的对话，无奈距离实在太远。

柳澄也站起身，询问地看向班导。

谁承想班导动作更快，率先占据了视线最好的一个窗口。

"愣着干吗？看看去啊！"不紧不慢的何沛涵拍了拍柳澄的肩膀。

"看有什么用？太远了什么都听不到。"柳澄兴趣缺缺。

"啧，不是有我吗？"何沛涵见没人注意到这边，对柳澄勾勾手。

两人一起跑出教室，来到走廊尽头一个无人的窗口处。

"不许说出去这事儿跟我有关啊！"她推开窗口，眯起眼睛聚精会神地看向操场那边的校长与叶云枫。

不一会儿，何沛涵开口。

"校长说她不同意，不同意什么，分班制度吗？"她歪着头，又往前探了几分。

"你听得到！"柳澄惊道。

"确切来说是看得到，嘘！"何沛涵示意柳澄不要说话，"啊哈，校长说，只要她还是名义上的校长，没有她的认可，便不允许其他人对学生教育指手画脚；叶校董说，架空她，一切只是时间问题；校长说，你正在把事情推向不可挽回的地步，毁了大家之前的一切努力；叶校董说，他不会后悔，他……嗯，他挺激动的，后面说太快了，看不清。"

"你已经很厉害了。"柳澄由衷地赞道。

"校长又开口了，刚刚她沉默的时间可够长的。她说，让她同意也可以，只要……我的天啊！"

"只要我的天啊？这话逻辑不怎么通顺。"柳澄问。

何沛涵呆愣地看着操场上的两个人，直到他们各自离开，才扭过头来，一脸不可思议地看着柳澄。

"校长同意了叶校董分班的要求，只要他答应一件事。"

柳澄被何沛涵郑重的样子吓到了："什……什么事？"

"让你进入实验班。"

"谁？我？有没有搞错？"

"没有，"何沛涵道，她似笑非笑的表情有点儿幸灾乐祸，"而且叶校董答应了。"

"可我不想去啊！我现在，我现在……"柳澄不肯再说下去。面对何沛涵，她似乎没必要开诚布公。

"你完蛋了你！"何沛涵没有兴趣知道柳澄的秘密，只是恶作剧般的笑起来，"本来班里的人刚才还觉得你也是个落魄的自己人，结果就让校长帮你走后门搞进了实验班！"

"我没有，好吗？你明明知道我没有！拜托沛涵，你是多唯恐天下不乱啊？"柳澄有点儿想掐死面前的姑娘。

"我个人知道你没有啦，但，谁信呢？"

"你不能为我做证吗？"

"当然不！"何沛涵说得理所当然，"一是你会拉我下水，二是我会越描越黑，你觉得我傻吗？"

柳澄被说得哑口无言，不得不说，何沛涵的话在理。

午休的时候，洛水谣等人没有出现，整个下午的课间，他们都没有出现。

柳澄提心吊胆地等着有人来通知她转班的消息，可是一直没有等到。

一下午的课程柳澄听得心不在焉，放学时，她在食堂依旧寻不到朋友们。想到自己接下来将要面临的困境，柳澄越想越窝火，索性胡乱吃了几口东西，就跑去校门口的传达室找校长兴师问罪了。

柳澄走到一半时，黄昏的微风让她冷静了一些，她知道这一切怪不得校长。为了让自己看起来不那么气势汹汹，柳澄顺路拐去校内超市，买了几包方便面带给校长。

校门口的喷泉已经停了。

柳澄伫立在雕塑旁，她还记得上学期期末时，校长和阿酒在这里执意堆一个功夫熊猫的雪人。那时候的柳澄可想不到，短短几个月，任性又折腾得全校师生欲哭无泪

的校长大人，会沦落至此。

"想看喷泉吗？"传达室里，传来了校长的声音，"阀门被我关了，水声吵死个人，根本没法好好睡觉。阿酒竟然还管这个叫白噪声，真是脑子生锈了。"

柳澄失笑，听到校长身处逆境也依旧玩笑般的语调，之前的不满全部都消散了。她大步走过去，顺着传达室敞开的窗子，把方便面递进去。

"搞劳您的，又当校长又当门卫，真是辛苦啦！"

校长撇着嘴看了她一眼："小没良心的，还来消遣校长姐姐。自己进来，门没锁。"

柳澄依言进了门。

传达室本就很小，又被校长各式收藏品挤得满满当当，柳澄都不知道自己该站在哪里。

"过来坐。"校长拍了拍床角，将椅子转过来，面向柳澄。这时，柳澄才看清，她手上一直拿着那条从自己这儿得到的项链。

项链看起来很不一样，柳澄盯着它看了一会儿，才发觉项链还是那条，只不过旧得厉害。吊坠上布满青色和暗红的锈斑，色泽暗淡，仿佛闻得到上面腥臭的铁锈味。

它变回柳澄在佟筱晓家第一次见到的样子了。

"介不介意再戴一下？"校长把项链递给柳澄。

柳澄看着她，确定自己感觉不到半分恶意，才接过项链戴在自己脖子上。

下一秒，如记忆中一样，独眼吊坠又发生了变化，仿佛时间以肉眼可见的速度逆转，锈色褪去，取而代之的是哑色金属光泽。

"虽然明知会这样，但怎么看都觉得很有意思。"校长兴致勃勃地盯着项链，直到它完全停止了变化，才又把它从柳澄的脖子上取下来。

"校长，您知不知道，您这种好像知道很多又死活不肯说出来的样子特别不友好？"柳澄咬牙切齿地问道。

校长失笑，把项链重新贴身戴好："柳澄同学，你又知不知道，自己的处境有多危险？"

"危险？我？"柳澄承认自己并没有想太多，"至于吗？"

"至于。"校长点了点头，"你知道的越多就越危险，我不会在确定你能保护好自己之前，把一切都和盘托出。"她靠在转椅椅背上，放松地转了一圈，"与叶家人作对是一件费力不讨好的事，你不知道任何一个人对你说的任何一句话，是出于自己的本意还是受人控制。这真的很可怕，我没想过，自己这辈子还会再遇到一次。"

校长的话里有很多言外之意，可柳澄没法问下去了。

"对了，有件事我要告诉你，我会让你……"

"进入那个所谓的'实验班'，我知道了。"柳澄抬起手，做了个头大的手势，"为什么要这么做？您这绝对是推我入火坑啊！"

"胡说什么呢？"校长探过身，压低了声音道，"你是这场对弈中，我唯一制胜的筹码。"

柳澄沉默了。在内心深处，她已经完全信任校长了。可当初梦境里父亲的提示，让她多少强迫自己有所保留。

"你需要我做什么？"

"什么都不用做！"校长故作轻松地摊开手，"只要你在他的眼皮底下，让他有所顾虑，就是对我最大的帮助了。"

柳澄点了点头。

校长回身从办公桌下拿出一张柳澄十分眼熟的表格，就是上午洛水谣填过的那张。

"这个给你。"

"我需要填一下吗？"

"填什么？不，"校长翻过表格正对着柳澄，让她看清上面的字迹，"我已经帮你写好了！"

柳澄一眼就注意到，在"擅长能力"一栏，校长写的是："一心一意办错事，认认真真帮倒忙。"

"校长，您是认真的吗？"

"嗯哼。"

"能盼我点儿好吗？"

"盼着呢，嘿嘿。"

柳澄不用动用任何能力和天赋，就能知道，校长大人在说谎。

第八章

走后门的插班生

第二天一早，柳澄独自来到新班级，准备报到。

前一晚，她在宿舍里没有遇到洛水谣和夏沚初。确切来说，所有转班的同学都像从学院中消失了一样，一整天都没有露面。

这个诡异的想法抓挠着柳澄的心，让她极其不舒服。她一边安慰着自己不要多想，一边加快了脚步。

辰荒学院的高中部教学楼只有三层，原本三楼是一间宽敞的音乐教室，教室很大，足以容纳上百人。现在，它却成了实验班的教室。

听说，实验班里只招收高中部的三十几名精英学生。短短一天内，实验班的名号就被学生们传得响亮，无人不以被招入新班级为荣。

实验班，柳澄暗自发笑，这名字无论听多少次都让人忍不住想腹诽。而且，她是真的不想来啊。

走上三楼，四周的环境立即安静了下来，别说老师的授课声，就连学生们翻看书本的"哗哗"声都完全听不到。柳澄开始发慌，害怕自己的猜测成真。她踮起脚，趴在走廊窗口往教室里瞧……

果然，教室里是空的！

这是怎么回事？上课时间他们都去哪了？

教室里的桌椅摆放整齐，桌面上还有零星的书本。看起来，大家像是正在上课时突然有事集体离开。可体育课从不排在上午第一节课，是什么理由让他们离开的呢？

柳澄试图翻窗入内一探究竟，可她的个子偏矮，徒劳地跳了半天也没上去，只好从走廊尽头拖来一张闲置的课桌垫脚，才勉强翻过窗子。落地时她摔了一跤，与窗边的桌椅撞落在一起，十分狼狈。

柳澄在地上躺了半天才缓过劲来。她爬起身，一边龇牙咧嘴地揉着摔疼的屁股，一边感慨："幸好没被人看见。"

话音未落，只听教室前门响起了窸窸窣窣的开锁声。而后，门被一位眼生的女教师打开，后面的学生鱼贯而入。为首的几个人走了几步便停了下来，被柳澄镜头感十足的尊容吓得呆立原地。

看看柳澄一手扶着翻倒的桌椅，一手揉着后腰的样子，再看看敞开的窗户，和窗外的垫脚桌，任想象力再贫瘠的人都想得出，刚刚发生了什么事。

柳澄僵立在原地，与一众人沉默对峙，场面一度尴尬至极。

女教师三十岁左右，肩膀很宽，及腰的长发梳理得体，一身卡其色职业装，眼睛有些突出，浑身上下带着那种不好相处的气势。她似乎是位新教师，并不认得柳澄。她几步上前，上下打量着柳澄。

"你叫什么名字？哪个班级的？老师不愿意乱说话，但你翻窗进来是为了偷东西吗？"

"我……"柳澄有点儿生气，可解释起来又一时词穷，"我说我是来报到的，老师您信吗？"

从明显的怀疑表情上来看，女老师不肯信。

"橙子！哈哈哈，真的是橙子！"高高瘦瘦的冥幽和冥邪从教室外挤进来，一左一右地用力拍打着柳澄的肩膀。

"我就说嘛，橙子一定也会过来的，他们还不信！"

"就是就是，不过这出场方式简直……不能更棒！快给我们签个名！"

人群后的百里澜风和洛水谣笑成一团。

柳澄眯起眼睛看着他们，心想找机会一定要挖个坑把他们所有人一起埋了。

"别拍了！手劲儿这么大，你们绝对是故意的！"

"才不是！"

"你们认识？"女老师问冥幽。

"啊，她就是柳澄，校庆上那个没背好发言稿被校长拖走的蠢姑娘。"

不得不说，冥幽的语言能力惊人，简洁的形容却让女老师瞬间就听懂了柳澄是谁。

"那你来这里……"

"转班，"柳澄赶紧从翻倒桌椅的残骸中找到了自己那张压得有点儿皱的表格，递了过去，"这是我的推荐表。"

"嗯，"女老师接过表格，越看眉头皱得越深，"怪不得这么出格，原来是托校长的关系进来的。"

从这一句话中，柳澄听出了不能更明显的敌意。她好想辩解一句，表格里的东西都不是她填写的。

"我姓杨，从今天起是你的新班导。你现在把同学的桌椅收拾好，自己去后面找个座位。"杨老师环视一圈，道，"你们也是，都别愣着了，全部回到座位上去。"

"是。"

她话中重点是，让柳澄在"后面"找个座位。

柳澄一脸歉意，帮满脸不乐意的同学们把桌椅扶起收拾好，而后来到教室后面……

教室后面只有孤零零的一副桌椅，距离其他人很远，而且桌椅看起来相当陈旧，柳澄甚至怀疑它也曾是走廊尽头那闲置桌椅中的一员。

她第一反应是，这位杨老师不动声色的本事了得，装作不知道自己来历的样子，其实，早就准备好怎么对付自己了吧？柳澄苦笑着摇摇头，被欺负的感觉她并不陌生，但被老师带头孤立排挤，还是头一遭。

此时此刻，柳澄简直要为自己之前十几年的经历而感到庆幸，经验丰富如她，才没有那么容易被打倒。

可是即便这样，要说遭遇这种待遇也心情轻松，那就是撒谎了。

柳澄坐下来，陈旧的椅子发出"咯吱"一声哀鸣，吓得她赶紧扶住课桌。谁承想陈旧的课桌更加脆弱，"咔嚓"一声，断了一条腿儿。

百里澜风听身后声音不太对劲，便回过头，只见柳澄孤零零一个人坐在那里，面前是烂在地上的课桌，立即不爽起来。

他思考了一两秒，而后突然起身，把自己的桌椅拖到教室后面，坐在柳澄身边。

"喏，课桌挤一挤也可以用。"

杨老师被百里澜风的动作吓了一跳："百里同学，你做什么？"

"后面空气比较好。"百里澜风一向擅长说谎。

冥幽、冥邪闻言，立即也跟着把桌椅搬到教室后："我们太好动啦！不想打扰到前面好学的同学。"

接着是洛水谣，她大言不惭地指着柳澄道："老师，不挨着她坐，上课我容易失眠。"

北堂墨和夏泟初的理由比较中规中矩，只说前面的同学太吵，影响自己温书。而向展则一言不发地把桌椅拖过来，拒绝给出理由。

"都别看我，我不是嚣张，只是理由我还没想出来。"向展小声地对朋友们如是说。

"你们都跑来坐成一排，搞得像旁听的校领导一样，老师上课会紧张的！"柳澄感动极了，可嘴里却说笑着。

"你说得非常有道理，可那关我们什么事？"

百里澜风的强盗逻辑让人无从反驳。

"你们！"杨老师气急了，她将教案重重地摔在讲桌上，"你们可是叶校董交代过重点栽培的学生！你们是这所学院的希望！可你们就这样糟蹋自己的天赋！"

柳澄不明白，为什么他们跟自己坐在一起就是糟蹋天赋了。她见杨老师对自己怒

目而视，故作无辜地摊了摊手，而她身边的洛水谣已经舒舒服服地发出轻微鼾声了。

杨老师火冒三丈，正当她还要开口时，教室的门开了。施施然走进来的，是叶云枫。

柳澄能感觉到身边的百里澜风有一瞬间想冲上去，可很快就放弃了。另一边的北堂墨拍了拍他的肩膀，算是安慰。洛水谣被大家的动作吓醒，轻声地抱怨着。

"叶校董，您来得正是时候，您看这些学生……"杨老师看到了叶云枫后，语调转了一百八十度，不好相处的气质不见了，脸上也是笑容可掬甚至有些诌媚。她指了指教室后的柳澄等人，道："这些孩子实在是太没有规矩了。"

"看她那副嘴脸，这家伙根本不是真正的老师，"洛水谣低声对柳澄解释道，"她是叶云枫临时带来帮忙的。"

"他们把学校当成什么了？什么乱七八糟的人都敢来教学生，不是每个人都有资格使用'老师'这个尊称的。"夏汜初十分厌弃地喷了一声，气得手有些发抖，"遇到这些人，我似乎离梦想越来越远了。"

叶云枫微微蹙眉，面上却依旧带着微笑地看向坐在教室后方的众人，这种不笑不说话的态度让人摸不清其底细。

"你们这是……"

柳澄看向左边的百里澜风、北堂墨和向展，他们坚定地看向左边窗外。柳澄看向右边的洛水谣、冥幽、冥邪和夏汜初，他们却坚定地看向右边窗外。为了缓解跟叶云枫对视的尴尬，柳澄镇定地开始低头做眼保健操。

左右朋友们因为憋笑而抖成一个频率。

一直到第三节课都要开始上的时候，叶云枫终于放弃了等待柳澄主动开口。

"算了，不影响正常教学进度就好，毕竟是校长担保进来的，自视特殊，有自己的小团体也是正常的。"

柳澄对叶云枫这种给人拉仇恨的技巧，简直佩服得五体投地。她不紧不慢地做完眼保健操后，对着叶云枫笑得像朵狗尾巴花。

"想惹我生气？我偏不！还要对你笑！有本事打我呀！"柳澄在心里暗暗说道。

这一瞬间，柳澄感觉到大脑一阵轰鸣，像是突然坠入深海，巨大的压力让她的血液逆行……

柳澄尽全力抵御着极度不适，抬头看向叶云枫。

透过叶云枫黏在脸上的微笑，柳澄看到了他眼眸深处的一丝阴狠。

这一刻，柳澄突然明白了，原来之前几次遇到叶云枫时的失常状态，都是因为叶云枫在试图控制自己！

几秒钟后，异样消失，一切迅速得仿佛什么都没有发生过。

"杨老师，出来一下。"叶云枫故作无事地移开了视线，与小碎步跟上去的杨老师一起离开了教室。

他们前脚离开，教室里便炸开了锅。

学生投向柳澄的目光有探究，有好奇，归根结底绝大多数并不算友好。毕竟，在杨老师和叶云枫那样先入为主的引导下，大家实在没法对她建立起好印象。

柳澄叹了口气，她知道现在不是在意那种小事的时候。

"你们这么挺我，我是很感动啦！可大家这么快就与杨老师对立，将来就更被动了啊！"柳澄无奈地劝说着身边的伙伴们，"趁着老师不在，你们该坐哪里坐哪里去！"

百里澜风轻哼了一声，把身子往后仰，头枕在手臂上："少自作多情了，谁说是为了挺你？我可是单纯觉得这边空气好。"

柳澄看着他，知道自己再怎么挤对他也是徒劳的。

"说正经的，你们昨天去了哪里，一整天我都没有找到你们。这班级到底是个什么情况？"柳澄问。

百里澜风等人脸上的玩笑表情立即收了起来，连一边的夏沚初都停下翻书的动作。

"橙子，跟你说，昨天我们集体离校了。"百里澜风道。

"集体离校？"柳澄吓了一跳，"大白天的你们疯了吗？"

"你理解错了，"百里澜风摇头道，"我们不是像往常那样偷偷离校，而是大张旗鼓地在老师的带领下离校。"

"老师？那个姓杨的？"

"是啊！"冥邪凑过来，"那个女人虽然讨厌，但胆大妄为的作风颇得我心。"

冥幽捶了弟弟一拳，数落道："醒醒吧傻弟弟，那是胆大妄为吗？那明明是处心积虑！"

"怎么说？"柳澄问道。

朋友们你一言我一语地说了起来。

原来，这所谓的新班级，是以实现叶云枫的教学理念为目的的。

在校庆上，叶云枫口中所说的叶家人已经做好准备，邀请大家开始融入普通人的

世界。而昨天，叶云枫和杨老师带领同学们真正意义上去外面的世界走了一遭。

"不只是校外！我们去了很多地方！"向展兴奋地报出一连串地名。他怀里的小黑猫也从衣襟里探出脑袋。

"不可能！"柳澄在心中盘算了那几个地方的距离，"那些地方的距离都很远，小半天时间就算你们晚上不睡觉也走不完！"

冥邪显摆似的拍着北堂墨的肩膀，说道："开什么玩笑，忘了我们有谁同行吗？"

柳澄愣了几秒钟，才想到冥邪话中的意义。她更加惊讶地摇着头："他们怎么可以这样大张旗鼓地纵容北堂……对不起，我这么说也许不妥，但是……"

北堂墨推了推眼镜，并没有对柳澄的用词感到反感："我明白橙子的意思，校规上写得明白，辰荒学院历来强调学生要隐藏自己的力量。而昨天这个班级的行为……"

"无疑是把校长的脸打得啪啪响。"冥幽低声道。

"喂！"洛水谣在睡梦中依然可以发出恐吓的声音。

"校长的脸面是小，叶云枫的动作才是大啊。"百里澜风单手托腮，思考着说道，"我想我明白橙子你一定要来这里的理由了。"

"不，你高估我了。"柳澄立即为自己完全摸不到头绪的智商解释道，"我才没想那么多。我之所以在这里，是被校长坑来的。"

"校长？"冥幽、冥邪异口同声地问。

"不是你去找校长要求来这里的吗？"北堂墨问。

柳澄压低了声音，把校长与叶云枫在操场上发生的争执及校门口传达室里校长的嘱托都说了一遍。

几个人互看一眼，都有些搞不懂校长的用意了。

"橙子，你有没有告诉校长，你的力量已经……"百里澜风摇摇手掌，做了个大家都心知的手势。

"没有，但她知道了。"柳澄道。

"那她让你来做什么？自取其辱？或者说好听点儿，磨炼意志？"百里澜风开始有些担心了。

"等等，"柳澄觉得百里澜风把事情说得太严重了，她"咯咯"地笑着，佯怒地捶了百里澜风一下，挤眉弄眼道，"还不到'自取其辱'那种程度吧？"

可惜玩笑没得到回应，伙伴们都用一种同情笨蛋的表情沉默地看着她。

"不……不是吧？你们别吓唬我……"

　　百里澜风叹了口气，他倒是真的希望自己此时此刻是在坏心眼儿地吓唬柳澄："这么说吧，叶云枫鼓励使用能力，并在测试中试图提升大家的能力。你说，如今半点儿能力用不出的你，会遭遇些什么？"

　　柳澄呆住了。

　　"我……我以为，校长让我来只是为了就近监视……"

　　"监视？监视的话这里的任何一个人都可以胜任，特别是小谣。"北堂墨并不认同这一说法。

　　"或者，是为了拿我恶心叶云枫？"柳澄依旧不死心。

　　"呵呵，不肯看清现实的笨蛋，"百里澜风伸手将柳澄的额发揉乱，"不出三天，不，三个小时，你就会明白到底是谁在恶心谁了。"

　　事实证明，百里澜风有一定的预言天赋。

　　没过多久，杨老师便独自返回教室。她不再理会教室后面碍眼的柳澄，开始讲课。在照本宣科毫无激情地讲完一大节人类发展史后，杨老师要求学生们在课间休息后，将桌椅摆放在教室边缘，为教室中间腾出片地方。

　　柳澄这才发觉，这间教室用来打篮球都不嫌拥挤。

　　杨老师拿出名单，说："这节课，我们继续昨天的训练课程，请昨天训练过的同学自己找位置靠教室外缘坐好，不要影响其他同学。请念到名字的同学到讲台前面来。"

　　闻言，百里澜风等人退到一边，只有向展还留在柳澄身边。

　　"我们昨天测过了。"北堂墨这样解释道。

　　杨老师开始点名，一个陌生的高年级女生来到讲台前，为大家展示了徒手发电的本事。

　　"好厉害！"柳澄和身边的向展一起鼓掌道。

　　北堂墨气得扶额："柳澄还笑得出声，这个家伙有没有点儿紧张感？"

　　"应该还是有的，"洛水谣勉为其难地为柳澄辩解，"毕竟你看，橙子的腿在抖。"

　　另一个隔壁班的男孩，展示了让手臂伤口迅速愈合的能力。

　　"向展同学。"杨老师看着名单念道。

　　向展有点儿紧张，第一反应竟然是往柳澄的身后躲去。

　　"上吧向展，如果躲有用的话，我现在就能顺着窗户跳出去！"

　　向展被柳澄的话逗笑了。他做了个深呼吸，缓缓走到讲台前站定。

"你的能力是……"杨老师看向手里的一摞表格，"与动物沟通？"

本就看起来不好相处的杨老师嗤笑了一声，那声音让向展整个人缩小了一圈儿。

"这能耐看起来似乎没什么用处，也许普通人的动物园用得上？"

向展的脸色一红，支吾声音太小，没人听得清。怀里的少侠不轻不重地在他虎口上咬了一口，向展一疼，才稍微大声道："我……我可以翻译少侠的话。"

"嗯，那还真是令人期待。"杨老师言不由衷地说。

向展顿了顿，道："少侠说，你放弃吧，你比人家老那么多。"说完，他还没有意识到自己的话有多让人心里不舒服。

"你说什么？"杨老师发怒了。

"不……不是我说的，是少侠说的！"

"有什么区别？你这能力实在是一点儿用处都没有！"杨老师尖酸刻薄地说。

向展慌了手脚："等等！我还有别的。"

看着向展挨欺负，柳澄心里实在不爽，想着向展明明这么怕老师，之前还执意坐在自己身边，实在是太够朋友了。

"我还可以……对了！"向展看到教室窗台上摆着一盆有些干枯的花苗，有了主意。他几步上前捧过花盆放在脚下，自己也席地而坐，好声好气地对花苗说着什么。

那一瞬间，异变突生。

原来干枯的叶子抖了抖，神奇地变回了充满生机的绿色；花苗以肉眼可见的速度，渐渐生长。它挺直了腰杆，鼓起了花苞，很快，悄然绽放。

杨老师目瞪口呆后，向展没再理会她，将花盆放到一边，自己跑到百里澜风身边坐下。

"大写的霸气！"柳澄毫不客气地笑了起来。

杨老师清清嗓，没事人似的看向柳澄。

"柳澄同学，请你过来。"

柳澄的笑声噎住了，她硬着头皮走过去，此时比向展刚刚还要紧张。好歹向展是真有两下子，而她，与普通人无异。

"你的能力是……嗯。"杨老师满脸嫌弃溢于言表，"这个是你自己填写的吗？"

"不是。"柳澄实话实说。

"嗯，"杨老师点了点头，"起码智商大概是正常的。你开始吧！"

柳澄此时恨不得扯着喉咙大喊：怎么开始啊？

她僵立当场，为了掩饰尴尬而面露微笑。她突然意识到，自己的笑容和叶云枫的实在像得厉害。

"柳澄同学，你开始了吗？"

"我开始了！"柳澄笑得像真的一样，她直直地看向杨老师的双眼，邪恶的笑容像来自一个刚刚知道大人秘密的坏孩子，"我知道了很多东西，需要我说出来吗？"

杨老师不语，恶狠狠地看向柳澄。

柳澄也不肯说话，无声地对峙中，笑得仿佛早已掌握了一切。柳澄紧张极了，她听得到同学们的窃窃私语，清一色是对她怀疑的声音。

"哼，"杨老师终于败下阵来，"很好，你可以回去了。"

躲过去了！哇哦！好险啊！

虽然心里这么想，柳澄面上可是一点儿都不敢松懈。她最后阴森森地看了杨老师一会儿，才从鼻腔里发出冷笑声，离开了讲台。

"这就躲过去了？"百里澜风惊讶道，"以前从没发现，你这么会演戏！"

"还不都是被逼的。"柳澄哭笑不得地说。

这节课拖堂得厉害，午休便被占用得所剩无几。

下午开始的体能训练，差点儿要了柳澄半条命。

柳澄发现，大部分同学虽然看起来普普通通，但实际上敏捷度很好，体能也在常人之上。就连平日里文文静静、没事就跑图书馆的夏沚初，体能都甩出柳澄几条街。

"还有没有天理啊？"柳澄仰天大叫。

"时间太晚了，天理睡着了。"百里澜风解释得十分气人。

相比之下，连杨老师的冷嘲热讽，听起来都没那么可怕了。

如果以为这就是柳澄遭遇的全部的话，不得不说实在是太天真了。

受够一整天精神和肉体的双重折磨后，柳澄在返回教室的路上，脚下一空，从楼梯上滚了下来。

一切发生得太快，连离她只有几步之遥的百里澜风都来不及反应！

柳澄身体向后仰去，跌痛了后腰和腿，在狼狈地翻滚后，柳澄撞上了一个胸膛。

"柳澄同学？"

竟是打算在下午课间再去教室里视察一遍的叶云枫。

柳澄的谢谢还没有出口，在看见对方的面目后，立即生生闭上了嘴。

从近距离看，叶云枫的笑容依旧一点儿瑕疵也没有。

"没受伤吧？"

"没……哎呀！"

柳澄的脚扭了。

叶云枫有点儿无奈地看着额角疼出冷汗的柳澄，对折返回来的百里澜风道："没关系，你们去上课吧，我来送这位同学去医务室。"

他声音温和，态度礼貌，面相又极具亲和力。百里澜风张了好几次嘴都没能将拒绝的话说出口。

在得到柳澄肯定的眼神后，大家终于离开了。

叶云枫一把抱起柳澄，大步向医务室走去。

医务室不远，叶云枫腿长，几步便到了，顺便还赚够了师生的崇拜感。他把柳澄放在软软的长椅上，医生在简单地检查了柳澄的脚踝后，去隔壁取医疗箱。

房间里只剩下柳澄和叶云枫，柳澄低下头，不知该说些什么好。

"柳澄同学，"叶云枫打破沉默，"你也太不小心了。你这样的年纪，应该是机敏灵活的才对啊，关节受伤影响到以后的发育怎么办？"

人家说得句句在理，让柳澄连反驳的机会都找不到。

"对不起。"

"为什么道歉呢？你又没有做出伤害到我的事情。"叶云枫道，"反倒是你，难道不觉得对自己不负责任吗？柳澄同学，我希望你不要托大，好好考虑自己适不适合这个班级。"

柳澄噤了声，原来叶云枫在这里等着呢。

"同学嘲笑你，老师看不起你，你又何必自取其辱、自讨苦吃呢？"

叶云枫的话有一种可怕的魔力，让人不只愿意去倾听，更愿意去服从。如果不是柳澄自己揉捏脚踝的手法太差，引得脚踝一阵刺痛，她几乎就要一口答应下来。

他又在对自己施加影响吗？

"我没关系的，校董，我可以坚持下来。"柳澄道，"并且我相信，要不了多久，我就会成为同学们中的佼佼者。"

叶云枫脸上的表情有些挂不住了。

"好吧，虽然我觉得这很愚蠢，可如果你坚持的话，那么，我祝福你。"

从那冷冰冰的气势来看，这祝福来得并不诚心。

柳澄突然意识到，这种没人打扰的与叶云枫独自相处的模式，不正是她求而不得的场面吗？

"对了，校董，您……"

"什么？"

"我能求您一件事吗？就是百里的……"

本就不耐烦的叶云枫勾起嘴角笑了。这一次，可以看得出他的笑容是发自内心的，只可惜是嘲笑。

"别太得寸进尺，柳澄同学。"说完，他便扬长而去。

校医回来了，将柳澄肿起来的脚踝用纱布里三层外三层地包成个馒头，还让她躺在输液室的病床上，躺够一个小时再起来。

柳澄看着校医的脸，怎么看都觉得眼熟。很快，她认出了对方就是害她蹲在宿舍门口进不去，还强迫自己聊了一宿心理问题的校医。

"是您？"

"当然是我，你认为这所学校能聘用多少个校医？"吴校医不耐烦地把柳澄摁在床上躺好，"这位同学，你是不是看校医太过清闲，所以每学期必然来这边报到几次？年纪轻轻的竟然能滚楼梯扭伤脚踝，这种上了年纪的人都做不出来的事，你到底是怎么做到的？"

柳澄噘着嘴，沉默地听着善良又话多的校医阿姨没完没了地叮咕些注意事项。

最后一节课，就这样躲过去了。

不知过了多久，百里澜风等人紧张地来到医务室探望柳澄。迎来一顿劈头盖脸的数落和鄙视后，大家陷入了沉默。

半晌，百里澜风开了口："柳澄，我建议你还是放弃吧！新班级里的事我们会盯着，求助叶云枫的事我会另找机会，你没必要这么……"

另外几个人没有提出任何异议，显然，他们之前是讨论过这件事的。

柳澄摇了摇头，不知是因为叶云枫的话还是百里的话，她的倔脾气发作了。

"我没事，我可以坚持下来的，你们放心大胆地回去休息。明天一早，我又是一条好汉。"柳澄将小胸脯拍得"啪啪"响。

"另外，今天叶云枫几次试图控制我，你们感受到了吗？"柳澄小声问道。

朋友们面面相觑。

"所以，有些事还得靠我自己。"

百里澜风有些犹豫，看得出，他并不觉得柳澄的决定足够明智。

这种时候，还是女孩子的心思比较细腻。夏汜初见大家都沉默起来，略一思考，打破了有些尴尬的气氛。

"柳澄，你要坚持我们不阻拦，但是你要理智衡量自己的能力，遇到困难要跟我们说。就算随时退出，我们也敬你……嗯，是条'汉子'！"夏汜初难得借柳澄刚刚的话开了个玩笑，"我知道你因为对方同样姓叶而心有顾虑，怕我们没法守住脑海中的秘密。但也不要因为这样，你就把所有的事情自己扛着。起码需要帮忙的时候，你一定要说，大不了只说结论不说理由，说到底……"她有些抱歉地看了洛水谣一眼，"说到底，那只是校长与叶云枫的争锋，就算与你、与你的身世有再大的牵扯，也不该由你去拼死拼活。"

这一点甚至连一向护着自家姑姑的洛水谣都衷心赞同："汜初说的没错，我们的世界要是必须由橙子这种笨蛋来拯救，那我选择和这个世界一起被毁灭！"

话音刚落，洛水谣就被柳澄一记枕头迎面击倒。

第二天一早，柳澄故意耽误了点儿时间，先去校医处复诊。得到脚踝恢复良好，近期不可以剧烈运动的诊断，她才微微拐着脚，缓缓地向三楼实验班教室挪动。

昨天的豪言壮语说起来虽然霸气，但真要赶鸭子上架，还是挺痛苦的。

柳澄站在三楼楼梯口，深吸一口气，丢掉之前生无可恋的表情，让自己看起来元气满满。

加油姑娘！

柳澄大步流星地走了几步，发觉脚还是挺疼的，改作单腿跳跃着走，跳到教室门前。她抬手敲敲门，喊了声"报告"！

杨老师抬头看见柳澄和她脸上刺眼的微笑，有些不爽："还以为你不会来，刚分好两人一组，你看你多不多余？"

柳澄笑得更开心了："那我就在一旁休息吧，反正校医说我的脚还不能剧烈运动。"

"没人让你剧烈运动。"杨老师放下表格和成绩册，招招手，示意柳澄过去，"你来跟老师一组，昨天被你撒谎糊弄过去，今天可没那么简单。"

柳澄一惊，心道她竟然这么快就识破了自己的谎言？不应该啊，难道是经过了叶

云枫的指点？

柳澄心里虽然没谱，面上却没什么变化。

"是，老师。"

柳澄在杨老师身边站定，脑子飞速运转，想着如何应对接下来的刁难。

可惜，此题无解。

她懊恼地看向洛水谣等人，用口型问道："为什么不跟我一组？"

洛水谣两手一摊，压低声音道："还以为你今天要请病假不能来！"

柳澄对着她磨了一会儿牙，终于作罢。就在她思考着一会儿无论杨老师施展何种神通，自己都立即倒在地上装死会不会奏效时，教室的大门再次被敲响。

"报告！"一个懒洋洋、极度欠揍的声音从门口传来，"老师好，我今天转班，这是我的推荐表。"

来人个子不高，生了一副微微下垂的眼角，就算对人友善地微笑，也看起来像是在瞧不起人。

"楚子巽？"柳澄不禁惊呼。

楚子巽同样看了柳澄一眼，厌恶地哼了一声。

杨老师接过楚子巽手中的表格，粗略打量一下，态度要比当初接待柳澄时温和得多。

"楚子巽同学对吧，你先去找个座位把书包放下，然后……"

"然后跟我一组！"柳澄尖声抢话道。

虽然没听懂前因后果，可出于对柳澄的厌恶，楚子巽当机立断地拒绝了这个提议："谁要跟你一组，恶心死了！"

柳澄也不生气，一把将楚子巽拉到一边，低声道："这位病友你先闭嘴，就算想骂人也麻烦听我说完。现在的情况是这样的，这个脑子抽风的实验班总翻着花样试探激发我们的能力。我们都知道你的能力出了问题，不瞒你说，我的也一样。如果我们俩不合作的话，就等着一会儿被人发觉然后出大糗吧！"

楚子巽听柳澄说完，刚刚准备好的一段辱骂早就丢到脑后："你也……怎么可能？我以为你是装的！"

柳澄咬住嘴唇，她知道楚子巽与自己的立场就算不对立，但总归不甚友好，她不该把话说得这么透彻。可是，她转念又想到，就算她说了，多疑的楚子巽也不一定就会相信。

"真真假假的，在乎那些做什么？"柳澄把问题胡乱搪塞过去，"你就说，你是

想被其他人知道你的能力有问题，而且是托关系进来的，还是想跟我一组吧？"

这么简单的问题，楚子巽竟然一脸困苦地思考了好久，柳澄对他的智商表示绝望。

"好！"楚子巽一咬牙，"老师，我可以跟这个白痴一组吗？"

虽然不大乐意，杨老师却没有理由拒绝。

"可以。"

接下来的课程对于柳澄和楚子巽来说，就像是一场滑稽剧。

两人一组的同学们开始了对战，柳澄和楚子巽在底下低声说起了话，商量着如何演绎得更逼真，而柳澄还聊起了八卦。

"哎，楚子巽，你怎么来了？"

"你能让校长帮忙进来，怎么我就不行了？"楚子巽不屑道，"我们楚家还没那么式微。"

"我可没那么说，你也去找的校长？"

柳澄的笑容有些谄媚，这让楚子巽有气也没处发。

"不是。你有意见？"

"没有没有，问题是我被校长坑进来就算了，为什么你也这么想不开？"

"坑进来？"楚子巽显然不相信柳澄的说法，"你没必要套我的话，送我进来的人已经疏通好了，就算没有你配合，老师也不会刁难我。"

"我可没有那个意思，你不想说，我不问就是啦。"柳澄叹了口气，说起了正事，"我能控制人心，所以一会儿你得配合我，假装被我控制住，我让你做什么你就做什么！"

"你……"

"放心啦，最多让你唱个歌跳个舞，不会让你丢脸的。"

"这已经很丢脸了好吗？"

"嘘嘘嘘！"柳澄赶紧示意楚子巽压低声音，以免被人听到，"你呢，要我怎么配合你？"

"啧，我果然还是看你不爽。"楚子巽开始后悔了，"失策了，我的能力根本不适合展示，它只能在人的睡梦中或者配合的情况下影响人的潜意识，影响过程外人也看不出什么。"

柳澄想起了上学期期末时的交锋，她见识过楚子巽的能耐，那可不像他自己说的那么无害。

"你的意思是我要是一时半刻睡不着，或者不肯配合，你岂不是就展示不了了？"

"如果碰上你这种恐龙神经，"他轻蔑地看了柳澄一眼，"我看，就算是在我巅峰时期，也很难控制。"

没有正面回答？那也就是说，楚子巽在人清醒的时候，很难发动梦魇！

"这怎么可能，明明当初你那么轻易地就控制了路过的冥幽、冥邪。他们可是清醒得很，神经也不比恐龙细！"

楚子巽露出受不了的表情："你在说什么疯话？我什么时候控制过冥家那两个家伙？"

柳澄被他这句话完全震惊了。

第九章

与楚子巽休战结盟

午休的铃声响起时，气呼呼的楚子巽第一个冲出教室。他刚走，百里澜风的笑声便忍不住爆发了出来。

教室里的学生渐渐离开，百里澜风才终于敢把憋住的话说出口。

"柳澄你绝对是个天才！"他大力地拍着柳澄的后背，把柳澄拍得差点儿栽倒，"竟然想到跟楚子巽互相搭戏这么棒的点子，还让他跳幼儿舞蹈。最绝妙的是，在他压根没受控制的时候！"

柳澄义正词严地对他说："瞎说，我才不是故意整他。"

"啊，是！"洛水谣一脸受不了地表示赞同，"等到人家试图展示梦魇术时，你一句'昨晚睡多了，现在睡不着'就把人给打发了，你这真不是故意整他？"

"我不是答应了晚上回去睡觉留意噩梦，明天交一份噩梦细节报告了吗？"柳澄辩解道。

"这话令人超信服，是吧老弟？"

"是的老哥，信得五体投地。"

冥幽和冥邪在一边帮腔，可惜他们越帮越忙。

百里澜风笑够了，才郑重地说道："我知道我不该笑他，但我实在克制不住。你看我都是等他走了之后才笑的，这算是进步吧？你们快点儿夸奖我！"

夸奖的话无从出口，众人只好顾左右而言他，生硬地岔开了话题。柳澄拿不准百里澜风将楚家与他的矛盾告诉了大家多少，自然也不便多说。

"楚子巽……嗯……"柳澄想起楚子巽忘记自己曾经攻击过冥幽、冥邪的事实，立即收了声，并不打算把这件事公开。

"其实我已经说了不少不该说的了，虽然信息说不上多重要，但足以证明我对叶云枫有多提防。"柳澄如是想。

如果可以阻止叶云枫对大家头脑的窥视就好了。这一刻她有一种奇怪的感觉，她很好奇自己的力量恢复到了什么程度。

刚开学的时候，叶云枫甚至可以控制她从内心深处不愿意信任校长；而现在几次交锋，叶云枫的控制至多让她头晕，而不是左右她的思维。

就在刚刚，她思考着大家头脑的安全程度时，有一瞬间可以清晰地"看"到每个人的思绪。但只是一瞬间，转眼即逝，随后再想抓住那种感觉就不见了。

柳澄不知道这是不是幻觉，毕竟，上学期期末时，她真真正正倚靠北堂墨的发明，连接过面前几个人的思维。会不会是当初窥探过的大脑，更容易重新"连接"？

这么说自己在重新变强？柳澄皱起眉头思考着。按照这个趋势，自己是不是很快就能保护朋友们，也不再受叶云枫的窥探了？

在那之前，她要试探一下。

柳澄思考的时间颇长，北堂墨心中有了猜测。他富有深意地看了柳澄一眼，没有说话。

柳澄开口道："说真的，我倒是希望我们能与楚子巽交好，我们之间的误会挺深的，现在这种局面，一旦腹背受敌可就完蛋了。"

大家一起看向百里澜风，百里澜风却答应得爽快："没问题，毕竟我确实亏欠他很多，需要我怎么做，我一定配合。"

柳澄松了一口气："也不怕告诉你们，我昨天不全是在骗杨老师。不知道是不是因为紧张而超常发挥，我看到了一些她的……"柳澄及时住了口，"算了，还是不说比较好。"

朋友们互相对视一眼，北堂墨和夏沚初皱起了眉头，很明显，他们有话要说。

"哎呀，走啦走啦，去吃饭啦！"洛水谣推着柳澄离开教室，"再晚汤都冷了！"

柳澄偷偷地看了一眼北堂墨和夏沚初，心里有了计较。开始时，她将关于叶云枫可以窥视大家思绪的猜测说出来，只是为了让朋友们不要因为自己偶尔有些保留而心生不悦。现在看来，这一点也许可以利用一下。

北堂墨和夏沚初的话憋到食堂门口，终于忍不住了。

"橙子，有件事我必须提一下。"北堂墨推了推眼镜，面色十分严肃，"之前沚初不止一次提醒过你，有些事你心里知道就好，不要说出来给我们听。"

柳澄看了看北堂墨，又看了看一边表示赞同的夏沚初："我……"

"本以为你已经在注意了，现在看来有必要更加郑重地提醒你一次，"夏沚初抱起肩膀，有些不耐烦，"那个人是叶云枫，我不知道你的大脑安不安全，我只知道我们的大脑铁定是不安全了。"

"对对对，哎呀，我大意了！"柳澄露出恍然大悟的表情，苦笑地捶了捶自己的脑袋，"真是的，幸亏有北堂和沚初，否则我们这边一个长脑子的都没有，可怎么办啊？"

话音刚落，柳澄便被冥幽、冥邪一左一右地捏住脸。

"说谁没长脑子呢，嗯？"

"说我说我说我呢，我错了我错了，疼……"

好容易闹够了，柳澄揉着脸，问冥幽、冥邪："对了，最近我大概都要跟楚子巽'对戏'，为了知己知彼，嗯……你俩还记得上学期期末时，楚子巽是怎么控制你们的吗？"

"记不太清，"冥幽想了想，说道，"大概就是脑子一晕，便进入梦境了吧。"

"我也不记得，我连自己怎么跑到那里的都不知道。"冥邪补充道，"这个我们可帮不上什么忙，不过如果你要问梦境里的事物，我倒是记得很清楚，要不要听？"

"都闭嘴。"百里澜风黑着脸制止。

"好吧……"柳澄假装失落，老老实实地去吃饭。

其实她并不在意冥幽、冥邪记不记得楚子巽梦魇术的细节，她只是因为得知楚子巽对上学期期末的事记不清楚，而想知道冥幽、冥邪的记忆是不是也出现偏差而已。

也就是说，只要冥幽、冥邪记得自己被攻击过，她要的答案就已经得到了。

现在看来，对那段记忆混乱的似乎只有楚子巽，而楚子巽在那场意外后又咬准了自己夺走了他的力量，甚至不承认他曾对自己说过家中秘闻，这三者之间有联系吗？

下午平安无事，柳澄刻意地接近着楚子巽，虽然吃了不少闭门羹，但也浑不在意。

一晃儿几周过去，周末，柳澄全天窝在宿舍里，好吃好喝地休息，潜心研究自己的能力恢复程度，并让洛水谣给自己当陪练，试图控制对方的大脑。搞得洛水谣缺乏睡眠，一天昏昏沉沉的。

"橙子你似乎真的在恢复，好厉害！"

"嘘，保密保密！"

洛水谣罕见地没有因为不能出去玩而抱怨。这两天北堂墨有事回家，就算她有时间也不知道该去找谁玩。

周一一早，柳澄刚一进教室，便发现了一件了不得的事。

因为已经是夏季，杨老师在教室里并没有披职业装的外套。柳澄一眼便看到，她胸前别着一枚崭新的胸针。

一枚金属质地的独眼图腾胸针。

她在防备了。柳澄暗自心惊，自己扯谎说可以看透杨老师的大脑，结果她戴上了胸针。如果没有意外的话，她可能要发难了。

更重要的是，这也意味着，叶云枫在严密监视着自己，并且极有可能是通过自己朋友们的思维来监视，所以自己那么试探一下是对的。

柳澄浑浑噩噩地回到座位上，在脑子里思考着自己每一步的得失，扫了一眼周围，

她总觉得哪里不对。她问一边脸色阴沉的百里澜风。

"百里，怎么了？"

百里澜风没好气地看她一眼："你仔细看看，不觉得人少了吗？"

"人少了？"洛水谣左右看看，突然意识到，"北堂呢？没来上课？"

"怎么可能？喏。"百里澜风扬了扬下巴，"在前面。"

他所说的"在前面"的意思，是北堂墨和夏沚初不知什么时候，已经将课桌椅搬回原来的位置去，不再与柳澄坐在教室后面。

"他怎么能……什么时候的事？"洛水谣的火气一下子就上来了。

"家里的压力大吧？"百里澜风恼火地说，"周末北堂和夏沚初各自被家里找回去，肯定是发生了什么事。"

话虽这么说，可百里澜风就是不爽。他与北堂墨自小相识，关系要好到从来没红过脸，而这次，对方的态度竟然这么坚定，必然是家里下了死命令。

"你说得对。"柳澄嘴上应和，脑子里却依旧在想着其他东西。等到回过神，见洛水谣越说越激动，已经快要冲过去把北堂墨拎回来了。

"水谣你冷静点儿！"柳澄一把将洛水谣摁回椅子上，"你们听我的，我有个提议。"

"说。"洛水谣气哼哼地挥开柳澄的手。

"从现在开始，你们都回原来的座位上去，不用陪着我。"

"什么？"冥邪道，"橙子你说的是气话吗？"

"我想不是。"冥幽道。

柳澄对冥幽点了点头，说："一来与其你们被各个攻破分崩离析，不如先卖他点儿面子自己分开，形散神不散总好过你们一个个被家里叫回去折磨好。二来大家都回去，显得北堂和沚初也不太特殊，让他们也好过点儿。"

"这种情况下橙子你还为别人着想！"冥邪被气笑了，"平常我叫你笨蛋只是开玩笑的，难不成你真成笨蛋了？"

"玩笑归玩笑，我们三个都被家里折磨惯了。"百里澜风道。

冥幽、冥邪对他这话表示十分赞同。

"我在这里多透明，在家里就有多透明。"向展说。

洛水谣则摊了摊手道："我家才懒得管我呢！"

柳澄却坚定地摇了摇头："你们这次一定要听我的，拜托。"

百里澜风还想说些什么，被冥幽拍了拍胳膊："算了，小百里，既然橙子自有安排，

我们配合就好。"

柳澄对冥幽感激地笑了笑。

"记得，演得像一点儿，无论发生什么事都别理我，不要被老师和其他同学看出马脚。有事……"柳澄想了想，抱过向展怀里的少侠，"有事需要见面，就让少侠帮忙传递消息。"

大家不再多说，很快行动起来，纷纷把桌椅搬回去。很快，后排就只留下孤零零的柳澄自己。

往好了说，跟刚来那阵比，起码她的课桌换了个结实的，柳澄安慰自己道。

楚子巽磨磨蹭蹭地走进教室，正好看到这一幕。

楚子巽吓了一跳，不解地看向百里澜风。在他的印象里，百里澜风这个老对头可恶又阴险，但对朋友一直以来很仗义，这一点还算不错。这次怎么突然这样？楚子巽刚刚疑惑地回到自己座位上坐下来，一边的洛水谣便开始忍无可忍地对北堂墨发起难来。

柳澄在教室后面捂脸，就知道以洛水谣的性格，无论她怎么苦口婆心，这场指责都逃不过去。

洛水谣踢了一脚北堂墨的桌子，"哐"的一声，整个教室都安静了。

"小谣，你这是干什么？"北堂墨疲惫地推了推眼镜，抬头看向洛水谣。

"北堂，你怎么回事？"

"我……"

"太不够朋友了吧？以前我真是看错你了！"

北堂墨摘下了眼镜，用力揉了揉眉心："小谣，事情不是你想的那么简单，你先回到座位上去冷静一下，我们有时间好好谈谈。"

"有时间好好谈？是给你时间编造个更好的借口吧？"洛水谣的声音越来越尖锐，"夏沚初怎样我都能理解，毕竟她跟我们交情浅薄。可是你，你怎么能……"

一边的夏沚初看不下去了，说："洛水谣同学，许多事情是我们控制不了的。你冷静一下，不要再给我们压力了。"

"你们？这么快就是你们了？"洛水谣气不打一处来，"背叛朋友，结起盟来可真够快的。"

洛水谣的话越说越扎心，夏沚初忍不下去了，想要再次开口反驳，被息事宁人的

北堂墨赶紧拦住了。

"少说两句，小谣，上课了，老师在看着你呢。"

洛水谣回头看了一眼站在讲台上的杨老师，哼了一声，独自回到座位上。

自从来到新班级，课程表的变化很大，几乎所有的课程都以实用为主，而且几乎全是由班导杨老师讲授。

洛水谣气呼呼地翻开自己面前的《人类近代史》，而后趴在上面闭目养神。

一团纸轻轻地砸在洛水谣的头上。她看了一眼拿着教科书低头在读的班导，打开了纸团。

水谣，说得太过了，下课赶紧去找北堂好好谈谈。

落款是一只卡通橙子。

洛水谣把字条揉成一团，心里很不是滋味，甚至有一点儿想哭。她何尝不知道自己的反应有点儿过分，甚至是在逼北堂墨远离自己。但是……

但是她在看到他离开自己的那一瞬间，脑子就不听使唤了。

如果他身边坐着的是百里沐雪，那么她还算可以接受，毕竟，百里沐雪比她要先认识北堂墨的。可夏泚初……

为什么连相熟不久的夏泚初，都可以比她更接近他呢?

午休时，满腹心事的洛水谣想回头等柳澄一起走。柳澄却挥了挥手，示意大家不要等她。

洛水谣明显愣了愣，而后转头看向北堂墨。可谁知此时的北堂墨正与夏泚初很投入地说着什么，根本没有注意到她。

抛去因愤怒而先入为主的偏见，洛水谣第一次注意到，并不得不承认，北堂墨和夏泚初两人本都是学霸级的人物，样貌也都好看。无论从哪个方面看，他们都同样优秀，他们两个有共同语言，是很自然的事情。

对比之下，洛水谣觉得自己蠢透了，她现在理解北堂墨被自己挤对的感受了。

等到夏泚初发现洛水谣的异常，推了推北堂墨的手臂，要他注意这边时，北堂墨回过头只看到洛水谣气冲冲离开教室的背影。

把一切看在眼里的柳澄感觉自己头痛欲裂。她最不愿看到的，就是朋友们因为她而受伤。可现在，事态已经开始失控，而最可怕的是，这一切都是她一手促成的。

她唉声叹气地磨蹭到最后收拾好书包，刚打算起身离开，便发现眼前光线一暗，

有人站到了自己面前挡住了视线。

柳澄抬头看去，果然是一脸不怀好意的楚子巽。

"做什么？"

"不做什么，看你众叛亲离挺可怜的，特意过来看看热闹。"

柳澄也不生气，站起身，将书包背到肩膀上。

"相信我，这只是开胃菜，"柳澄绕过楚子巽，向教室外走去，"很快我会更惨的，诸多精彩请拭目以待吧。"

"柳澄你在耍什么花样？"楚子巽紧追了几步。

"没有花样。"

楚子巽明显不肯相信，他不远不近地跟着柳澄，直到食堂。

柳澄独自一人打卡吃饭，平时她与百里澜风，或者洛水谣等人在一起，其他学生并不会多说什么。现在她孤身一人，细碎的议论声明显多了起来。

楚子巽仔细去听，声音杂乱，但可以分为三种：一种是柳澄的原班同学，他们认为柳澄向校长讨要推荐表，明明能力不济不被承认，却仍进入了实验班；第二种是实验班的学生，单纯因为班导和叶云枫的负面引导，而排斥柳澄；第三种是本与柳澄不算熟悉的同学，他们从校庆上柳澄的举动，认定柳澄是个毫无本领、哗众取宠的小丑。

总之，离开了百里澜风他们那个小团体后，整个学院似乎都对柳澄抱有敌意。

"你看那个，她就是柳澄，校庆上丢脸的那个女生。我要是她呀，早就逃回家啦，竟然还有脸硬生生地挤进实验班！"

"追到实验班还死贴着大家族的人不放，现在看看，被瞧不起了吧！"

"就是，听说啊，她根本什么都不会，这一切都是校长的阴谋！"

楚子巽看着身边走过的几个女生，有点儿想替柳澄反驳。虽然他对柳澄了解不多，但柳澄的本事他却是真真正正切身体会过的。

不过还是算了，以自己的立场，突然去为柳澄说话，大家绝对会觉得自己疯了。楚子巽摇了摇头，决定不再理会柳澄的事。可始终因为太过好奇，他时不时地回头去观察柳澄。

这频繁的动作引起坐在他对面吃饭的百里澜风不满，可是，谁在乎呢？

下午上课的时候，天上下起了雨。这是炎热夏季中大家期盼已久的一场雨，雨不

算大，雨水中却带着不属于这个季节的寒意，打在身上冷得发抖。

可是室外体能训练并没有因为天气问题而暂停。

熬到训练结束，楚子巽站在教室门口，脱掉外套用力抖了几下，想把上面的雨滴甩掉，否则穿起来很不舒服。

"请让一让……"

一个阴森的、发着抖的声音从楚子巽身后传来，如果不是大白天，楚子巽简直要以为自己无意之间发动了梦魇。

"柳澄！你干吗大白天的这么吓人？"

楚子巽慌忙往一边闪了一步。身后的柳澄要多狼狈有多狼狈，她的头发被淋得湿透了，额发黏乎乎地粘在脸上；校服外套脱掉拿在手上，外套上面有大片的泥污；整个人冻得发抖，连牙齿都在打战。

"你怎么搞成这样？去投河了？"

"我倒是想投来着，可哪来的河？"柳澄没好气地看着他，小声道，"我动作本来就慢，遇到需要能力帮助的地方就卡住，还没人肯帮我，耽误了点儿时间，雨就下大了……"

楚子巽望了望窗外，果然雨大了许多。

"那你这一身泥？"

柳澄瘪瘪嘴："有个浑蛋伸脚绊了我一下……"

楚子巽简直被气得想发笑，他有一种奇怪的念头，他不希望上学期让他吃过亏的柳澄在别人那里倒霉，最好自己欺负不了的柳澄任谁也欺负不了才好，他才比较有面子。

"下午还有课，你不会打算就这么进教室去吧？"

柳澄苦笑："我也不想啊，可班导不让我回去换衣服。"

楚子巽看了看自己手里的外套，又看看瑟瑟发抖的柳澄那倒霉相，最后看了看教室里坐得端端正正的百里澜风等人，犹豫了起来。

"姓百里的那小子，能管你吧？"

"谁知道呢？"柳澄勉强挤出个微笑。

楚子巽彻底没辙了，他把自己的外套递过去。

"借我的？谢谢！"柳澄感动极了。

"别多心，我只是怕你冻死了，一会儿若再分组没人帮我做戏。还有，"楚子巽嫌弃地上下打量着柳澄，"别说我借你的，就说我把外套搭在外面，被你私自拿来用的。

明天洗好了给我。"

"好的好的好的。"柳澄点头如捣蒜。

裹紧还有余温的外套，柳澄感觉好了一些。她并没有看起来那么强大，如果再冻上一会儿，保准又要去校医那里报到了。

下午第二节课，果然像楚子巽说的，需要像上次那样两人分组测试。

在柳澄和楚子巽等待测试期间，柳澄忙着发抖和打喷嚏，有些沉默。

"柳澄。"

"嗯？"

楚子巽用眼角斜视了柳澄半晌，终于开口道："你的能力真的出了问题？没骗我？"

柳澄把还未干透的额发撩到耳后："楚子巽，你也太健忘了吧？"

"健忘？"楚子巽不明白柳澄在说什么。

"你想想，整个学院敢惹你的人有几个？去年你动我一下，我都能跟你死磕，现在我要是能力还在，半个高中部都能被我屠灭，信吗？"

"不信。"楚子巽略一思考，给出了答案，"不过我相信你不会什么也不做。"

"我的能力出问题了，"柳澄叹息般的低声说，"从上学期期末我们那场交锋后，就出了问题。"

"你是说……"

"你的问题，"柳澄做了个天知地知你知我知的手势，"不怪我，我没有夺取你的力量，确切地说，我压根没那本事。"

"我也这么想过，我是说我赞同你'没那本事'。"楚子巽低声道，而后，他狐疑地看向柳澄，"你敢发誓吗？"

"当然敢！"柳澄像模像样地举起三根手指，"我发誓，如果我对楚子巽的能力做了手脚，就让我……"

"说点儿狠的，我可看着你呢！"

"就让我这辈子一直像现在这么倒霉，被人各种排挤，还没能耐反抗！"

"这誓言够毒，好吧，我姑且信你了。"

"子巽你是个好人！"柳澄假哭道。

"哎？"楚子巽当即不乐意了，"说啥呢？说谁呢？骂谁好人呢？我只是说姑且信不是你阴的我，上学期的仇怨可还没解开呢！"

"我明白我明白，楚大大英明神武，虽然嘴上不饶人，但实际上不会与小人计较的。"

柳澄谄媚的样子让楚子巽不禁发笑，他干咳两声掩饰笑意，偷偷地看向百里澜风，好在对方并没有注意这边。

"不错啊小姑娘，能屈能伸。说吧，有什么阴谋套路等着学长呢？"

柳澄摇头笑道："说阴谋就严重了，套路也说不上。我就是觉得吧，你看，偷取或者说抑制他人能力这件事儿，听着就挺悬的，所以必然不会是什么普及率高的技术。我有个猜测，楚大大你说，会不会坑你和坑我的是同一个人？"

楚子巽皱起了眉头，像是在严肃思考着柳澄的话。

"有这个可能性，细一琢磨，这可能性还挺大。"楚子巽又想了想，否定了自己的想法，"不对啊，我们的情况还是有所不同，我听说你的能力在逐渐恢复，可我的能力一点儿反应都没有！"

"这我也不知道，也许是因为我们能力的类型不同？等等，"柳澄突然意识到了问题所在，"你怎么知道我的能力在恢复？"

"听……听说的。"楚子巽一下子尴尬起来。

"听谁说的？"柳澄略一思考，楚子巽身边，长脑子又消息灵通的人……

"是从你姐那里听说的吗？"

"呃……"

"她听谁说的？"柳澄追问道。

"你管她听谁说的！"楚子巽不耐烦地喷了一声，"你管太多了吧？我只是愿意暂时跟你达成停战协议，可没说把我知道的事情都要和盘托出啊！"

"好好好，我不问我不问。"柳澄在暗地里掐了自己一把，心道这信息来得意外，害得自己乱了分寸，不该在楚子巽没完全放下心防前询问太多。

不过楚子离为什么消息这样灵通？她是从自己同伴这里得到的消息，还是……

"可有件事我不得不问啊，子巽你对上学期期末的事，还记得多少？"

不知是不是刚刚的话引起了楚子巽的防备，他竟然很快听出了柳澄的言外之意："你觉得我知道的事情不是全部？"

柳澄点点头："起码你记得的事情比我少，这点我可以确定。"

"我其实记不得太多，只知道被你袭击了，这之前和之后的事都比较模糊。"楚子巽皱着眉，"让人记忆模糊这种事，难道不是你擅长的吗？"

拜托，那也是叶云枫擅长的好吗？柳澄如是想，却不敢说出口。她还不能确定，

如果引导楚子巽怀疑叶云枫会造成什么样的后果。

"当然不是！"柳澄道，"实际上，我知道的版本，是你袭击了冥幽、冥邪，我们才赶去救场。其间我全程被你牵着鼻子走，其他人则陷入梦魇中出不来，一点儿忙也帮不上。说真的，如果不是你恶人先告状，我几乎都要认为你才是那场对峙中的赢家了！"

"啧，说谁恶人先告状呢？"

"没没没，都是错觉。"

楚子巽现在没心思多跟柳澄计较，他反复思考着柳澄的话，心里实在找不出头绪。

"你说的我记下了，回去让我姐帮我参详参详。"

"你姐？你姐还在学校？"

楚子巽有点儿不自在地挪了挪身子："我爸……是校董。最近留在学校。"

柳澄点了点头，想着要不要再旁敲侧击一下，看看能不能再套出点儿线索，结果却被杨老师的点名打断，该他们测试了。

为了彰显刚刚结盟的诚意，柳澄没有刻意折腾楚子巽。杨老师明显认定了两个人在演戏，随便给个分数就打发两个人走了。

测试过后，柳澄刚刚回到座位上，脚边便被个毛茸茸的东西拱了拱。

"少侠？"

柳澄抱起小黑猫，小黑猫嘴里含着一张字条。

"那是什么？"楚子巽好奇地问道。

"情书。"柳澄脑子转得飞快，迅速给出了最安全的答案，"我写给百里的，被退回来了，要看吗？"

果然，楚子巽的嘴脸瞬间要多嫌弃有多嫌弃起来。

"不看不看，还让不让人吃晚饭了？"楚子巽往后挪了挪凳子，仿佛柳澄手中的"情书"带着强大的精神污染一般，"挺好的姑娘，怎么就眼睛瞎了呢？"

"骗你的，不是情书，要看吗？"

楚子巽将信将疑："不看！"

柳澄假装不高兴地哼了一声，当着楚子巽的面，将字条展开。

柳澄对自己的第一反应是隐藏感到后悔了，楚子巽虽然因为脑子笨而比较好骗。可他生性多疑，再加上一个高智商的姐姐，难免会看出漏洞。柳澄明白，为了稳住楚

子巽，她不能一味地探听而不共享自己掌握的线索。

字条是洛水谣写的，很简短。

向展的"小伙伴"们发现了个秘密，下午6点，校门口集合。

楚子巽和柳澄相互对视一眼。

"我就说吧，不是情书。"

"你们……"

"要一起来吗？"柳澄在楚子巽发问前发出了邀请，"你可以来，前提是不许告诉任何人，包括你姐姐。"

"可是……"

"拜托，你是小男孩儿吗？下楼玩也要跟家长请假？"

柳澄的话刺痛了楚子巽的自尊心："去就去，5点45分，我在你们的宿舍楼下等你！"

站在百里澜风等人的角度来看，楚子巽无疑是不请自来。

柳澄费了些口舌，解释了楚子巽与自己的同盟关系。因为心中有愧，百里澜风并未多话，连想说些什么的冥幽、冥邪也被他拦了下来。

楚子巽有些疑惑地看向自己的老对头，大感事情蹊跷，可为了共同目的，一时忍住了好奇心。

"向展，到底是怎么回事？"柳澄问。

下午6点钟，太阳快要下山，夕阳映照在校门口久不运作的喷泉上。喷泉的喷口因为日久蒙尘而带上了锈迹，看起来自有一股萧条肃穆的味道。

"是小动物告诉我的，说最近百里的哥哥和楚……楚子巽的姐姐，交流频繁，今晚还约到校外见面……"

柳澄惊讶道："我还以为你们碰到了什么大事！敢情我们是来跟踪百里朔月和楚子离的？人家门当户对，又是适龄单身青年，偶尔出去逛个街怎么了？你们不觉得我们这种跟踪行为很变态吗？"

"说什么呢？"百里澜风和楚子巽异口同声道。

"本来我也没在意，可是他们两人的对话里经常提到叶云枫和你，所以我就想……"向展有些怯懦地补充。

"提到叶云枫？这样说来倒是值得我们去看看。"柳澄道。

"当然啦！"冥幽、冥邪才不管去做什么，只要是离校，他们便高兴，"而且这

件事百里朔月对自家弟弟只字不提，这本身就很奇怪。"

大家同时看向楚子巽。楚子巽本不想配合，可看在还算友好的氛围上，妥协了。他想了想，摇头道："我也不知道，姐姐没说过她跟百里朔月有什么交集。"

"那就是了，可既然我们必须离校，干吗要在这里见面啊？"柳澄想起之前几次夜游，"为什么不去亭子那边翻墙了？"

"你当我们没想过吗？笨蛋橙子。"冥邪道，"那边的路不通了，所以我们一起来校门口碰碰运气。"

"翻墙翻不出去你们还想走大门？阿酒什么时候那么好说话了？"楚子巽忍不住挖苦道。

"问题是，现在传达室里那个不是阿酒。"柳澄笑笑，对冥邪挑了挑眉毛，"这主意行得通！"

果然，大家走近学校大门，还没等柳澄跑去打招呼，栅栏门便"吱吱"地缓缓打开了。

大家惊讶地看向传达室，那边的窗户开了条缝隙。校长伸出手，对着这边竖起拇指挥了挥，而后像是什么也不知道般的收了回去。隔着玻璃，柳澄可以看到，校长此时正舒舒服服地靠在逍遥椅上，两只脚跷得老高，漫画搭在脸上，像是睡着了。

众人不动声色地走出门去，柳澄再次发挥了她无视迷雾的本领，迅速带着大家走出校园外围。

向展将怀里的少侠放在地上，少侠在地上嗅了嗅，"喵呜"一声，确定了一个方向。

很快，他们在一处小路边，找到了百里朔月和楚子离的身影。

因为时间尚早，附近几家度假庄园还没开夜场，路边商贩也没有营业，所以这里鲜有路人，算是比较隐蔽。

"太远啦，听不见他们说什么！"柳澄试图悄悄走近，却发现身边的百里澜风没有跟上，甚至把打算跟上来的楚子巽也拉住了，"怎么了？"

"我私下找过北堂，"百里澜风无视身边洛水谣瞬间犀利起来的眼神，"他建议我，在你找到解决方案之前，不该听的少听。"

柳澄愣了愣，她不喜欢这个建议，但不得不承认百里澜风说的没错。沉吟几秒后，她看向楚子巽，不可思议的是，向来愿意与百里澜风唱反调的楚子巽竟然同意了这一提议。也许楚子离告诉过他的不只是关于柳澄的八卦传闻。

"我出来这一趟，知道姐姐确实是与百里朔月私下交谈就够了。至于内容，"楚

子巽思索了一下，对柳澄道，"你去听，回来自己判断下能说多少。"

柳澄点了点头，自己猫着腰，小心翼翼地接近，躲在路边的长椅后。

个子高高、面相沉稳的百里朔月，和萌萌可爱依旧穿着红色斗篷的楚子离，这对组合有些惹眼。

百里朔月停下了脚步，他从背包里拿出一只厚厚的档案袋，递给楚子离。

"这是我妹妹百里沐雪的资料，"百里朔月声音低沉，像是自己也不知道正在做的事情是否正确，"你私下里看好，记得处理，我可不想这些事情被到处宣扬。"

"我不会，你为我保守了那么多年秘密，我也会为你保守。"楚子离打开资料袋，将里面的一摞文件拿出来翻看，"我就在这里看，看完你就拿去销毁。"

她一下子坐在柳澄藏身的长椅上，吓得柳澄大气儿都不敢出。

"你家的事，我没有说出去。"百里朔月道。

"我知道，我相信你。"楚子离埋头在文件里，说得很是随意。柳澄被楚子离与百里朔月不分伯仲的气场吓到了。"毕竟他们都姓叶，我们没法要求彼此太多。"

"那你查他，不是会很危险？"

柳澄竖起了耳朵，他们要查的是谁？柳澄开始有点儿痛恨在中文里"他"和"她"的读音相同了。

"当然会，可他现在要忙的东西太多，可没有心思管我，叶家的能力消耗心神很厉害的。"楚子离仰起头，似乎向百里朔月展示了什么东西，"另外，我有这个。"

楚子离有什么？柳澄扭曲着身子从长椅的缝隙里往外看，可惜什么都没看到，不过好在，她此时可以确定了，既然他们如此忌讳，那么他们要查的一定是叶云枫，而不是近期毫无攻击力的自己。

柳澄有点儿惊讶，她本以为百里朔月和楚子离都是站在叶云枫那边的。

百里朔月轻笑："看来是我的担心多余了，与其担心你，不如担心我自己。"

"那倒也不用，"楚子离阅读资料的速度飞快，纸页被她翻得哗哗作响，"总在他眼前出现的我他都顾不得，更何况是你？"

这样说来，楚子离跟叶云枫走得很近。柳澄觉得这样就说得通了，告诉楚子离自己能力有所恢复的一定是叶云枫！

楚子离和百里朔月表面上站在叶云枫那边，私下却各怀心思地查叶云枫的底细……果然，人心太过复杂，就算是拥有心灵能力的叶家人，也难免在这个问题上吃亏。

"哦？怎么说？"百里朔月道。

　　楚子离翻阅的声音停顿了一下："一是校长，她老人家可不像看起来那样'割地赔款'就罢了，面上一味退让的她最近着实给大家找了不少麻烦；二是柳澄，我不知道她因何失去能力，但总归她开始恢复了，你我都知道这意味着什么，一山可容不了二虎。"楚子离轻笑了一声，"另外，我们的新晋红人可有着不为人知的人脉，天知道他动辄消失一段时间是去了哪里。"

　　"如果一个人压力太大，难免会做出一些过格的事……"

　　"不用诈我，我会告诉你的。"楚子离嘲讽地笑了笑，"如果你弟弟还在跟柳澄那条线，让他小心点儿，柳澄越来越碍眼了。现在学院是叶云枫的天下，搞出点儿意外还不容易？"

　　"你是说……他已经有计划了？"

　　"欸，我可什么都没说，"楚子离笑道，"这可都是聪明绝顶的百里大少爷自己猜到的。"

　　柳澄觉得自己的心都凉了。

　　不知过了多久，楚子离的资料翻看得差不多了。

　　"怎么样，你觉得，是你家那件东西造成的吗？"百里朔月问，虽然他的声音尽可能平稳，却还是听出一丝紧张。

　　"我不确定，但有五成以上的可能，毕竟它被偷走时，我还太小，大概就像现在这么大。"楚子离指着自己 10 岁孩童的脸，开了句玩笑，"而且，现在想起来，那个窃贼，很像现在的叶云枫。"

　　"现在的？"百里朔月注意到对方把这三个字咬得很突出。

　　"没错，这也是我有些不敢相信自己眼睛的原因。十年前的叶云枫，怎么说也应该是个少年人，为什么会是现在的样子……"

　　百里朔月沉默了，他给不出任何建议。

　　楚子离将看完的文件装回袋子，递还给百里朔月。百里朔月单手接过，看左右无人，只轻轻吹了一下，文件袋便有如在液态氮中浸泡过一般，冰冷僵硬，渗着森森寒意。而后，他轻轻一抖手，冻脆了的文件袋便化为碎片。

　　"真是冷血动物呢。"楚子离笑言。

第十章

恐怖的洛水谣

柳澄躲到长椅后，直到百里朔月和楚子离分别离开，才小心翼翼地走出来。

"不错不错，不管怎么说，好在没被发现，毕竟对方是那两个人，而你实力又这么……呵呵，刚刚我们都捏了把汗。"百里澜风等人围了过来，虽然不好直说，但柳澄可以从他们每个人的脸上看到好奇。

柳澄沉默半晌，刚刚听到的信息，无论说哪句都感觉不安全，最终柳澄只好顾左右而言他。

"百里，你哥哥为什么不回学校？"

对于柳澄痕迹太过明显地转移话题，大家并没有戳穿。

"我哥他已经在读大学了，课业比较清闲，上次听他说这周没有几节课，要回家几天处理些事情。"百里澜风解释道。

柳澄"哦"了一声，便再找不到话题，气氛瞬时变得尴尬起来。

回去的路上，柳澄、百里澜风、楚子巽分别沉浸在自己的心事中，加上洛水谣从白天与北堂墨吵架开始，便情绪不佳。可怜的冥幽、冥邪无论怎样拼命炒热气氛，都徒劳无功。

最后他们俩把锅扣在不懂得配合他们讲段子的向展头上。

匆匆作别后，柳澄浑浑噩噩地回到了宿舍，一番洗漱后，柳澄早早地躺在床上，强迫自己冷静下来。

通过今天的偷听，联系之前收集到的线索，柳澄得到了好多了不得的结论。且不说叶云枫和几大家族之间互相依托又互相怀疑的关系，其他确定下来的线索也一条比一条可怕。

柳澄越想越心里发慌，不禁打了个寒战，坐起身，俯身从床边挂着的书包里抽出笔和本，头脑极度杂乱的时候，换种方式思考总没错。

笔尖悬停了几秒钟后，一条条线索在纸上罗列开来。

第一，百里朔月将妹妹不愿示人的详细材料拿给楚子离看，这一切似乎与楚子离家曾经失窃的物品有关，而那个窃贼，很像年龄段不大相符的叶云枫。

第二，百里朔月早就知道楚家的事，他与楚子离互相保守秘密，并达成了什么协议。

第三，面对叶云枫，楚子离拥有一定的自我保护能力。

第四，叶云枫经常消失不见一段时间，去见什么人，这一点他连楚子离也没有告知。

第五，叶云枫因无暇分心而决意处置自己。

　　怎么处置？可别是杀人灭口吧？我的初衷就是找个不欺负人的地方，安安稳稳地读个书，要不要这么刺激啊？柳澄欲哭无泪，最后这条吓得她都没有心思再分析前四条的线索了。

　　要怎么办呢？柳澄重新躺回床上，翻了个身，举着小本子端详，仿佛期待答案自己蹦出来一样。

　　如楚子离所说，在辰荒学院的地界，既然叶云枫已经打点好一切，柳澄掂量着自己现阶段的本事，觉得自己连一丁点儿反抗的能力都没有。

　　那么，要求助校长吗？可校长她怎么看都泥菩萨过江，自身难保啊……

　　所以，只剩下装乖示弱了，如果让叶云枫认为自己毫无威胁可言，也许暂且会放她一马。等到她能力恢复，还真怕他不成？想到这里，柳澄不禁生起校长的气来，如果不是校长非要把她推到那么危险的境地，替校长吸引火力，她也不至于这样危险。

　　校长大概有着自己的考量吧，柳澄转念想着，可能校长做的事更重要也说不定。既然问题已经堆在面前，与其抱怨别人，不如把精力放在想办法解决问题上。

　　柳澄想了想自己与叶云枫碰面的几次，无一不在作死地与人家硬碰硬，突然服软，怎么看都有点儿蹊跷，根本没法让人相信。

　　丢掉小本子，柳澄困惑地把玩着自己垂在耳边的头发。忽然，她想到了，如果自己有什么把柄握在叶云枫的手上，或者有事相求于他，那么一切就水到渠成了！

　　至于相求的事情，她都不用特意去编造，关于救治百里沐雪的事从假期开始便困扰着她。这种基于真实的谎言，根本没法戳破！

　　自己今天听到的内容，往好了想，百里朔月离开学院，距离拉开后，叶云枫很可能没法窥视他的想法；而楚子离又有办法抵御，所以整件事情短时间内是叶云枫无法知情的，这无疑让柳澄的计划成功率大大增加！

　　想好了办法，柳澄心里的一块大石头终于落下，困倦随之席卷全身，连之前没有痊愈的脚踝，也因为白天的体能训练而隐隐作痛。

　　快睡吧，越是困境中越需要保存体力，柳澄如是想。

　　临睡的前一秒，柳澄突然清醒，她从枕头边找出刚刚的本子，翻到写满字迹的一页，最后仔细端详了一遍后，将那一页撕成碎片。

　　在撕纸的同时，她的脑子里突然想到百里朔月只轻轻一吹，便把那么厚的文件袋吹成了薄脆"薯片"，不由得脊背一凉。

以后再见到百里朔月，一定要倍加尊重，低眉顺眼绝不敢喘气的那种。

第二天一早，柳澄课都没上——实验班那种奇葩的课没有什么上的意义，她来到校长室门口，主动堵截叶云枫。

果然，上课铃响没多久，叶云枫便离开校长室，打算去实验班视察。他刚刚打开门，便看见柳澄可怜兮兮地靠着门框等着他。

今天的叶云枫穿了一身得体的黑色西服，正一边走一边整理袖口的扣子。看到堵门的柳澄，他不禁皱起了眉，柳澄就算不是他在这所学院最讨厌看到的面孔，也能排得上前五名。

"柳澄，你有什么事？"因为心情实在太差，叶云枫问得分外简洁，连惯常带着的微笑都忘记挂在脸上。

"有很重要的事，校董，您有空吗？"

"没空，我很忙。"叶云枫拒绝得十分干脆。

"我懂我懂，"柳澄点头如捣蒜，"您忙着，我不捣乱，我就在这里等。什么时候您回来了，请务必听完我的请求。"

叶云枫被柳澄的执着吓了一跳，很明显，他并不是真的急着离开。

"我不认为有事情比一个学生上课更重要。"

"有的，这个就是！"柳澄带着哭腔说。

叶云枫犹豫地看着柳澄，终于侧身让开校长室的门："好吧，既然你坚持，那么进来说。"

"谢谢校董！"

校长室已经变了模样，窗明几净，饰物规整，书架里放着一排排教案，墙上挂着妥帖的字画。这才是正经意义上校长室该有的样子。

"坐。"叶云枫率先坐下，而后指了指办公桌对面的椅子。

柳澄摇了摇头，依旧是一副精神紧张的样子："我不坐，校董您有事在身，我就长话短说，不耽误您的时间。"

柳澄的态度让叶云枫心情舒爽了些："那你说。"

"请您帮帮百里澜风的妹妹好吗？她生病了！"

叶云枫的表情有一瞬间不太对劲，这倒让柳澄有些意外。如果他窥视过百里澜风的头脑，没理由不知道这件事。

"我想你该知道，"叶云枫的态度竟然有一丝丝缓和，"身为校董，我没有那种义务……"

"可只有叶家人有那种能力救她！"柳澄打断了叶云枫的话。

"那么，为什么你不……"叶云枫适时地停住了话语。

"我……我不行的，我的能力出了问题，从上学期期末开始，就再也没好过。"柳澄的声音越来越小，"虽然有时我会变着花样欺骗大家说我的能力还在，其实根本就……"

叶云枫眯起眼睛看向柳澄，半晌，勾了勾嘴角："即便是这样，那么我只能说我很遗憾，还有很多事需要我去做。这所学院很大，多年积累下来的弊病需要有人去纠正。"

柳澄偷偷地在自己腰间掐了一把，疼得要命，眼泪"唰"地就下来了："别人不行的，您帮帮忙好不好？"

叶云枫下意识地拉了拉自己的领口，而后手臂随意地搭在办公桌上，沉吟道："那个小姑娘的病不是一天两天了，你为什么突然着急起来？"

柳澄面上更委屈了，完美地展示了青春期综合征人群特有的神经分兮。她支支吾吾地道："因为，我做了个梦，梦到……"

她不肯说下去了，只低头抹了把眼泪。

叶云枫轻笑一声，算是嘲讽。他的指尖缓慢有节奏地敲打着办公桌，半晌，他突然站起身，在办公室里缓缓地踱了一圈。

柳澄注意到，他在门口停下了几秒钟，像是在观察门外是否有人。

"要我帮你也可以，但是，你要答应我一件事。"叶云枫在柳澄身后停下了脚步。

"好。"

"我还没说是什么事，你就答应？"叶云枫的笑意更深。

"什么都好。"柳澄闭上眼，咬了咬嘴唇。

"我要你当着全校……算了，太刻意，当着全班吧，"叶云枫道，"我不管你什么来头，我只要你当着大家的面，承认自己与叶家无关，自己只是校长找来的棋子，而且并不拥有超能力，我就可以帮你。"

柳澄呆立当场，半分钟后，才缓过神来。这一次，她不再等叶云枫吩咐，自己脱力般的坐在了身边的空椅子上。

"校董，您说话算话？"

"当然。"

　　"我可以承认自己与叶家无关，也可以承认自己没有能力，但其他的……"柳澄低声道，"这毕竟是我求您做的事，我们之间的事不该连累别人。"

　　叶云枫有些不满，但还算可以接受："好吧，我答应你，并看你的表现。"他抬起手，对着门的方向做了个请的手势。在柳澄走到门口时，他突然开口道："你到底知不知道，承认这一切意味着什么？"

　　柳澄顿住了："意味着……什么？"

　　叶云枫摇头笑了，嘲笑中意外地带着些同情："到底是在外面长大的孩子，我建议你再好好想一想。"

　　柳澄的眼神坚毅起来，像是下了什么决定："我知道了。"

　　承认自己哗众取宠又能怎样？柳澄一路快步走下楼梯，心里却在对叶云枫的话做最后的掂量。左右都是身败名裂，对她而言，并不是多值得在意的事情，反正她从小人缘就不好，没什么不适应的。

　　来到教学楼，刚好是第一节课下课，楼前操场上有不少学生。他们只抬头看了柳澄一眼，便别过脸去不做理会。

　　"柳澄！"站在教学楼下的洛水谣看见了她，高声招呼着，"橙子你跑去哪儿了？一早上都没看到你！"

　　柳澄想说洛水谣怎么忘记要冷落自己的事了？可想想又算了，洛水谣最近一段时间为心事发愁，整个人都瘦了一圈。

　　"我……"柳澄仔细感受着，从校长室出来，她便一直有一点儿针芒在背的感觉。叶云枫也许在通过周围的同学监视自己，柳澄半句实话也不能说给洛水谣听，"我去找叶校董了！"

　　柳澄换上一副兴奋的表情："他答应我帮助百里沐雪了！"柳澄抓住洛水谣的手，开心地尖叫起来，"你先别告诉百里，我要给他个惊喜！"

　　"真的？"洛水谣只兴奋了一秒，便拉下了脸，"可是，他怎么可能这样好说话就答应了你？你……等等，我更想知道你答应了他什么？"

　　柳澄支吾了一会儿，才道："我……哎呀，你别管了。"

　　正在这时，上课铃响起，柳澄做出一副庆幸不用回答洛水谣问题的样子，拉着她就往教室跑。

　　"你给我回来！"洛水谣一把挣脱，"快告诉我！"

"可是要迟到了……"

"你都迟到一节课了，现在跟我假装怕这个？"洛水谣一向不是个好糊弄的姑娘。

"快说！"

柳澄叹了口气，做出为难的样子："我会当众承认自己失去了力量，还要说自己不是叶家人。"

"可是，失去力量这种少见的事，你要怎么解释？"

柳澄挠了挠鼻尖："或者，我就直接说自己不是超能力者。"

"你是不是疯了？"洛水谣震惊了，"你想被开除吗？"

"开除？"柳澄动了动眼珠，很快理解了。这里并不是一所普通的学院，普通人是没有资格留在这里的。

等等，开除？

换作平常，柳澄的心里一定会打退堂鼓，因为这场所谓的交易，说到底并没有多少保障。如果叶云枫依照约定，真的救治了百里沐雪还好，否则她被开除就太冤枉了。

可是现在，开除就等于远离是非之地，躲过叶云枫的整治；说得夸张点儿，或许还能留条小命。

问题是这种话她依旧没法拿出来讲给洛水谣听，只好拿百里澜风做挡箭牌了。

"哎呀，不管了，大不了换个学校读，救人才比较要紧。"

"为什么要求他？等你的能力恢复了不也一样可以救沐雪吗？"

柳澄有些失落地低下了头，脸上强颜欢笑："我就是觉得自己恢复无望，才……"

"可你之前说……"

"那是安慰你们的。"柳澄勉强笑了笑，叹口气，不再理会洛水谣，独自向教室的方向走去。

洛水谣震惊极了，她并没有料到柳澄会为百里澜风妹妹的事，尽心尽力到这个地步。她愣在原地，回过神来，柳澄已经离开了视线。

"不行，得拦住那个白痴！"洛水谣头脑里闪过无数种想法，可一个比一个不着边际。她明白，自己并不是那种擅长出谋划策的人，要论动脑筋，在她认识的人中，没谁比得过北堂墨。

可是，洛水谣为难了起来。她与北堂墨自从那次争吵后，再也没有说过话。这是她认识北堂墨以来，两人遇到的最大危机。

洛水谣跺了跺脚，觉得自己真是一点儿都不够朋友，柳澄能为百里澜风做到连开

除都不怕，自己却为柳澄连去找北堂墨帮忙都做不到吗？

想到这里，她拔腿就往楼上跑。

在三楼走廊尽头，洛水谣找到了同进同出的北堂墨和夏沚初。她的脚步顿住了半秒，将心中的不爽碾在脚下，上前同时抓住北堂墨和夏沚初的手臂。

"快来帮帮忙，柳澄要出事了！"

北堂墨和夏沚初被拉得随着她走了几步："出什么事了？小谣你别急，好好说！"

"柳澄她要被开除啦！"

"什么？"

洛水谣语速飞快地将柳澄的话简略复述了一遍。北堂墨和夏沚初相互对看一眼，神情由最开始的震惊动容，到后来若有所悟。

"小谣，"北堂墨沉吟几秒钟，惹得洛水谣急得发疯，"我不知道怎么跟你解释才合适。总之，柳澄的事最好不要再拿来跟我或者沚初商量。"

洛水谣惊讶极了，在她的心里，一直认为北堂墨之所以离开大家，是因为屈于家人的压力，所以不论表面上如何生气，心里已经偷偷原谅他了。可令她没想到的是，当柳澄真正遇到危机的时候，北堂墨不只不帮忙，连听都不愿意听！

或者是，与柳澄的境遇相比，他更期待叶云枫可以依言帮助百里沐雪？

无论怎样，这都让洛水谣气得失去理智。

"北堂你！"

"算了，洛水谣同学，"夏沚初也跟着劝，"我很佩服你对友情的重视，但这件事，实在不是你该管的。如果因为……"

"喀！"北堂墨清了清嗓，夏沚初像是意识到什么一般，生硬地打住了话。

"你们两个！"洛水谣火冒三丈，如果不是时间紧迫，她几乎要忍不住跟面前的两个人好好吵上一架，"本来以为你们两个脑子好使，才先来找你们的，没想到脑子好使的人心却这么黑！好，你们不管，我去找百里他们！"

洛水谣转身要走，却被北堂墨反手拉住。

"你不能去！"

"你放手！"洛水谣奋力想把手臂挣脱出来。

"小谣，你听我一次好吗？"

"你滚开，再听你的，橙子就要被……"

北堂墨突然放了手，这是洛水谣始料不及的。她因为之前用力挣扎而失去平衡，向身后倒了下去！

一阵天旋地转之后，洛水谣揉着摔疼的后腰爬起身，而后发现——

自己竟然在校门口！

为什么会在校门口？难不成是脑子摔坏了？她不是跟北堂墨和夏泚初在走廊里争执着吗？

洛水谣站起身，环顾四周。她并不是出现了幻觉，而是真真正正地在室外，阳光明媚，偶有鸟鸣，空气里充斥着夏日雨后的草木清香……

想到了！洛水谣拍了拍自己的额头，一定是刚刚北堂墨趁着自己用力挣脱，运用他特有的能力，在自己身后打开传送入口，然后突然放手，害自己收力不及跌进了传送入口！

洛水谣不明白，北堂墨为什么会把事情做得那么绝。她不再耽搁，拼命地向教学楼的方向跑去，可是越跑，心却越凉。

虽然只有五六分钟的路程，可洛水谣隐隐知道，北堂墨做事一向稳重，他一定是算准了她来不及回去阻止柳澄，才把她送到这里来的。

想到这里，洛水谣已经在哭了。

原来被他背叛，是这么痛苦的一件事。

洛水谣跌跌撞撞地爬上三楼，她扶着自己的膝盖，剧烈的呼吸让喉咙灼烧般的疼痛。她抹了把眼泪望向教室，却发现教室里明明坐满了人，却鸦雀无声。

已经……出事了？

杨老师像是没看见站在门口的洛水谣一般，她的注意力，全部都放在自己面前的柳澄身上。

柳澄站在讲台前，与她相距不远的是目瞪口呆的楚子巽。看得出，他们两人正在组队练习，可谁知今天的柳澄不按排练好的那套演，上来就摊牌。

"我希望你知道自己在说什么，柳澄同学。"杨老师严肃地说，可任谁都能看得出，她眼睛里充满期待和兴奋，"这种事情可不能拿来开玩笑。"

"我明白，老师，很抱歉，之前都是我在说谎。"柳澄的表情看不出喜怒。

向来表情严肃，看上去就不好相处的杨老师终于笑了，笑得很诡异，大有"天堂有路你不走，地狱无门你自投"的画外音。

柳澄不受控制地打了个寒战。

"既然这样，我想柳澄同学也不用继续上课了，特别是这个属于精英学生班级的课。老师建议你先回去休息，不要影响到他人。我想这也许会给你留下最后的好印象，然后……"她的笑容更深了，"就是等待校方对你处理的通知了。"

柳澄点了点头，对杨老师礼貌地笑笑，而后迅速收拾好书包，离开。

留下云里雾里的百里澜风等人目瞪口呆。

走出教室，与洛水谣擦肩而过的时候，洛水谣突然扑过去，用力地拥抱了柳澄。她的情绪失控了，趴在柳澄的肩膀上大哭起来。

她在为柳澄哭，为北堂墨哭，更是为自己哭。

柳澄被吓到了，她不知道自己离开后洛水谣身上发生过什么，自然也没法理解为什么她的情绪这样激动起来。

"水谣，你……你别哭啊！"

柳澄有个毛病，看到别人哭，就算是毫无理由，自己也会跟着抹眼泪的。

为了局面不演变成两个女生抱头痛哭那么没面子，柳澄咬牙挣开洛水谣的手臂，跑下楼去。

"柳澄！"百里澜风推开桌子，跑到教室门口，可柳澄已经跑远了。

洛水谣哭得更凶了："百里，我们去找橙子好不好？"

百里澜风不多想，爽利地点了点头。

"百里！小谣！"教室中的北堂墨高声喝止着。

百里澜风的脚步顿住了，就在这耽误的几秒钟里，来实验班巡查的叶云枫到了。

"出什么事了，上课时间这样吵闹？"叶云枫一眼便看到站在教室门口哭得不成样子的洛水谣，声音立即不那么严厉了，"这位同学，你这是怎么了？"

不问还好，一问之下，洛水谣的火气值一下子突破了上限。她恶狠狠地盯着叶云枫，周身的气势开始奇怪起来。

地板在微微颤动，杨老师下意识地扶住了讲桌。她以为害她险些摔倒的原因是地面倾斜，可仔细看去又不是。如果非要形容的话，眼前的洛水谣像是一块巨大的磁石，或者说黑洞，吸引着大家向她跑去。

"小谣失控了！"北堂墨慌忙从座位上跳起来跑向洛水谣，"百里，快拦住她！"

百里澜风不明所以，下意识地伸手去拦洛水谣，却被她反手推了一把。

按理来说，洛水谣的力气不大，一推之下不该有多大威力的。可百里澜风偏偏差点儿跌倒在地，他堪堪稳住脚步，感觉到刚刚那一瞬间，像是有人把他的力量全部偷走了。

偷走？百里澜风记得，洛水谣的超能力便是短暂复制他人的力量。

他来不及再思考下去，洛水谣已经出手了。

她翻手，便是一道威力巨大的风刃！

百里澜风明白那道风刃的威力，好在叶云枫大概也知道，他迅速后退，躲开了攻击。

此时，杨老师也反应过来，上前试图从身后制住洛水谣。可洛水谣只是身子一晃，便仿佛穿过了一道隐形的屏障，凭空出现在已经躲开些距离的叶云枫面前。

叶云枫正打算继续躲闪，发现自己的右腿竟然动弹不得。他低头看去，才发现整条右腿都被窗口一盆半秒钟前还病恹恹的绿萝，死死缠在楼梯扶手栏杆上！

那绿萝的生长速度简直吓人。

洛水谣半低着头，阴沉着一张面孔，看不清表情，只看得到在浓重黑眼圈的映衬下，一双极亮的瞳孔。她单腿向身侧跺了一脚，地板上立即凝结起冰霜，并迅速地向叶云枫的方向蔓延！

叶云枫闭上眼，迅速调整状态，再睁开时，双眼一片空洞。

洛水谣看起来像是头部受到了重击一般，猛地一仰头，向后跟跄了一步！

百里澜风冲上前，拦在洛水谣和叶云枫之间，试图阻断叶云枫的视线，可惜作用不大。

"小谣！"北堂墨抓住洛水谣的肩膀，却没法唤醒她的意识。他开始慌了，之前他在书上读到过，被心灵能力者长时间恶意控制，很有可能会伤到一个人的心智。焦急间，他想到之前柳澄说过，距离可以阻断心灵能力者的控制。他试图劈开空间，将洛水谣带走，可谁知力量竟然一点儿也施展不出！

就在这千钧一发之际，叶云枫突然吃痛地哼了一声。他弓起身子，单手捂住右侧的太阳穴，痛苦地摇着头，像是要把一只蜇人的蝎子甩掉。

压迫感瞬间消失，百里澜风拉了北堂墨一把，两人迅速扶着依旧昏沉的洛水谣跑开了。

叶云枫的呼吸有些沉重，刚才那一下真是够他受的。他看向右侧，隔着长长的走廊，柱子后面一定藏着什么人。

"校董，您……"杨老师走上前，试图搀扶叶云枫，却被躲开了。

"我没事。"他几下拆开腿上的绿萝茎叶，并不希望在众人面前露出不济的一面。

叶云枫再次向右侧看去，并想去一探究竟。可他的头疼得实在厉害，别说动用能力，连稍微集中下精神都不行。如果起了冲突，他很可能不占上风，为了安全起见，他只得故作镇定。

"校董，那个洛水谣……"

叶云枫摇了摇头，低声道："那个孩子的关系复杂，别把学生逼得太紧了。"

杨老师似懂非懂地点了点头，吩咐学生们回到教室进行未完的课程。

百里澜风和北堂墨搀扶着洛水谣，来到操场边缘的树荫下，让洛水谣倚在树边坐下来。

"小谣，你清醒些了吗？"北堂墨的眼镜歪了，可是他没有意识到，焦急地推了推洛水谣的肩膀，额角的冷汗都渗了出来。

洛水谣缓缓地睁开眼睛，又很快闭上。

"我没事，只是……累。"洛水谣疲惫地抬起腿，踹了北堂墨一脚，"你滚开，我不想看见你。"

北堂墨尴尬地笑了笑，终于想起去推他的眼镜。

"水谣，你刚刚吓到我了。如果我没看错，你刚刚动用了我的力量、北堂的力量、向展的力量，还有我哥的！"

"哼！"洛水谣虚弱地笑了笑，"好可惜啊，我攒了那么久才收集到的力量，一次都用掉了……"

"没关系，等你恢复了，我们再借给你。"百里澜风安慰道，"不过我哥能不能配合，我可不好说，你上次是怎么搞到的？"

"我需要……"洛水谣的嗓子干得厉害，话说到一半便停了下来，她指了指北堂墨道，"让他说。"

北堂墨赶紧照办。

"小谣需要在他人惊慌害怕的时候，乘虚而入，便可以神不知鬼不觉地借取能力。"

百里澜风点点头："刚刚我确实被吓到了，我很好奇，你是怎么吓到我哥的？"

"说出来你也许不信，"洛水谣嗓音嘶哑地笑笑，"你哥有严重的强迫症。"

百里澜风若有所悟地点了点头，他的视线在洛水谣和北堂墨之间移动着："北堂，你欠我们一个解释，最近水谣为了你的事可操心不少，连黑眼圈都变得更大了。"

"黑眼圈？从我们认识小谣开始，她的黑眼圈就这么大好吗？百里你这话的水分也太大了。"

百里澜风笑了起来。

"百里，我知道你们对我很不满意，可我不觉得现在是解释的时候。柳澄她……"北堂墨顿了顿，"我不知道是不是我想多了，确切来说，我最近几乎是尽全力克制自己不要多想，也许你们也应该这样做。"

"怎样做？北堂，我发现你最近说话越来越玄了。"百里澜风道。

"少听少做少参与，好好做自己就好了。"北堂墨扬了扬手，示意百里澜风看向一边。

百里澜风顺势看过去，原来是下课时间到了，终于摆脱枯燥课堂的冥幽、冥邪、向展、楚子巽四个人正走向这边。

"我先走了，"北堂墨道，"你们几个人太惹眼，既然已经做到这步了，我可不想功亏一篑。"

在四人走到跟前时，北堂墨已经离开了。

"姓百里的，刚刚是怎么回事？"楚子巽劈头便问，"虽然敢对叶云枫出手这件事本身就很蠢，但洛水谣的身手漂亮极了！"

洛水谣没好气地瞪了他一眼。

"与那个相比，我倒是更好奇叶云枫为什么突然住手了。"冥幽好奇道。

"有人阻止了他，"向展拉开外套，让少侠把小脑袋伸出来呼吸一下新鲜空气，"少侠发现的。"他低下头，听着少侠发出一串呼噜声，"另外，少侠还说，柳澄身边那个陌生的气味活动得越来越频繁了。"

"陌生的气味？"冥邪问道，"是谁？"

向展摇了摇头，说："总之，不是叶云枫，也不是楚子巽的姐姐，这两个人的气味少侠都闻过。"

楚子巽有些狐疑地看着向展和一只小黑猫互动。

"这猫是你的脑子吗？"

"是的，少侠是这么说的。"向展想都没想开口就答，说完便对自己的答案后悔了，"呃，我的意思是……"

可惜没人在意他的意思是什么。

百里澜风看向楚子巽，之前一直有些事想询问楚子巽，可苦于立场对立，没有机会。

"喂，楚子巽，问你个事。"

"干吗？你说。"

楚子巽虽态度生硬，但好歹乐意搭话，这是个好兆头。

百里澜风提起柳澄曾经说过，上学期被楚子巽梦魇纠缠时，曾经隔着两栋教学楼试图去窥视楚子巽思维的事，那时她似乎看到楚子巽在与一个她看不到的人对话。

"胡说，"楚子巽摇头道，"我怎么不记得自己什么时候在宿舍里被她袭击过，更别说是什么'看不到的人'了。"

楚子巽皱着眉想了想，说："柳澄不会是只单纯地在跟你们吹牛，污蔑我吧？"

他的样子实在不像是在说谎。

"你都不记得了？你上学期用梦魇术袭击柳澄的事可是闹得全校皆知的。"冥幽道。

"不，跟柳澄发生矛盾的事我当然记得，"楚子巽有些不自在地承认，"虽然输给那种蠢丫头绝对是我的黑历史，但我还不至于不敢去承认。至于你们说的事，我一点儿印象都没有。"

他沉吟半晌，认为大家似乎没必要骗他，说："如果你们说的都是真话，那我的处境可够危险的，记忆总出问题是怎么回事？"

"如果你的这些问题都是出自同一个人的手笔，那么是不是事情就能连接起来了？"

百里澜风话没说完，被冥幽拍了拍手臂。

"别想了，橙子不在，我们连一点儿反抗能力都没有。"

大家沉默地看向洛水谣，很明显，今天的事让大家明白了，与一个心灵能力者为敌是多么可怕的事。

"可让他突然停下来的是谁？"百里澜风自言自语地道。

"与那个相比，我想我们更应该纠结另一件事。"冥邪道。

楚子巽看向他："纠结什么？"

"袭击校董会被如何处置。"

不远处的夏汕初左右张望着，很快注意到了这边。她快步上前，一一看过几个人的脸，最后对洛水谣道："老师们找你过去一下。你，还有百里同学和北堂同学。"

百里澜风点了点头，洛水谣勉强站起身。她恢复了些力气，不像刚才半死不活的样子了。

夏汕初目送着两人离去，张张嘴想说什么，最终忍住了。

冥幽看着夏泚初的样子，有些于心不忍。他让其他人一起离开，自己却掉了队。

"泚初，好啦，别不开心，一切都会好起来的。"他用手肘碰了碰夏泚初的胳膊，虽是嬉皮笑脸，但眼神却很认真。

"好起来？等到一切都好起来，你们还会理我吗？"夏泚初半低了头，道。

"当然会！我们这群人没脑子，不记仇的！"冥幽想了想，觉得自己说错了话，"不不不，我的意思是……呃，我也不知道，反正我不是在说你记仇！"

夏泚初笑了，说："你也去吧，我还有事做。"她扬了扬手里的信封。

"那是什么？"

"是……算了，你不会想知道的。"

她的下一个目的地，是柳澄的宿舍。

柳澄此时，整个人还瘫在椅子上。

刚刚，她竟然在急怒之下，躲在柱子后远程成功袭击了叶云枫！

这实在是……太不可思议了！

柳澄闭起眼睛，仔细感受脑海中的力量。可惜它们依旧似有若无，只有体力透支后的虚脱感分外真实。

可以确定的是，她的能力真的在恢复，虽不稳定，但总算是越发强大。柳澄有些想不通，如果说自己和楚子巽失去能力都是一人所为，为什么她的能力在渐渐恢复，而楚子巽的还毫无起色呢？

柳澄思考了很久才放弃，她跳起身，开始整理自己的行李。毕竟，如果没有搞错的话……

门声轻响，敲得小心翼翼。

柳澄打开门，门外的夏泚初一言不发地递上一只信封。

"泚初？这是什么？"柳澄笑道。

"知道吗，柳澄，我一向特别看不惯你无论什么时候都笑得出来的模样。可这一次，我竟然有点儿佩服你。至于这封信的内容……"夏泚初咬着嘴唇，指着柳澄手中正在撕开的信封。

"你被开除了。"

第十一章

创造被开除历史的转校生

辰荒学院建校以来第一名转校生、辰荒学院建校以来第一名被开除的学生——柳澄，必将在辰荒校史上占有一席之地！

这么想来，柳澄还挺嘚瑟的。

此时，嘚瑟的她正背着比她还重的行李，跌跌撞撞地从宿舍往外走。

早知道这么快就要被扫地出门，开学时就不应该带行李的，拎来拎去有意思吗？柳澄偷偷地在心里抱怨着。

同学们从各自宿舍探出头来，把柳澄落魄的模样看在眼里。有些相熟的面孔似乎想上前帮忙，却被朋友拉扯回去。

一路走得落魄极了。

好容易挨到校门口，柳澄实在是走不动了。她将行李箱丢在地上，一屁股坐在上面，累得上气不接下气。

行李箱被柳澄的体重压得发出一声哀鸣，裂开了一道口子，几件暴力塞进去的衣物滚落出来。柳澄惊叫一声，赶紧跳起来收拾。可是行李箱到底有些损坏，最上面的几样东西无论如何都塞不进去了。

柳澄叹了口气，看向自己手上的物品，竟然是上学期期末时学校配备的冬装帽子。

毛茸茸的白色帽子，还有对假兔耳朵。

兔耳帽因为刚刚跟一堆衣物挤成一团，现在看起来皱皱的。

"怎么这么没精神呀？来，高兴点儿！"柳澄对着那对大耳朵说道。她想起第一次戴上它们时的情景，不禁发笑。她想念朋友们，却并不期待他们来送她，因为那绝对不是一件令人愉快的事。

洛水谣他们现在在做什么呢？他们可以顺利从袭击叶云枫的麻烦中脱身吗？

柳澄这样想着，把手里的帽子胡乱扣在头上。软趴趴的兔耳朵垂下来，让柳澄整个人看起来像一只泄气的皮球。

"快看，这里有一只丢盔弃甲的小逃兵。"

在柳澄发愣的当口，一只手伸过来，将柳澄的帽檐用力拉低，开玩笑地遮住她的整张脸。

"校长！"柳澄抱怨地把帽檐拉高，凶狠地看向捧着马克杯的校长。

"哎，你给腾个地儿。"校长无视了她的凶狠，笑吟吟地踢了脚柳澄的小腿，而后紧挨着她坐在行李箱上，"这么不知道尊老爱幼、尊师重道呢！"

"嘎吱"一声，行李箱裂得更厉害了。

如果打人不犯法的话，柳澄真想揍校长一顿。

"校长，您是特意从'传达室'移驾出来嘲笑我的吗？"柳澄故意把"传达室"三个字说得字正腔圆。

"嘲笑？并没有！"校长耐心地吹了吹杯子里的热麦片，并不在意柳澄的阴阳怪气，"自知之明是个好东西，不是所有人都有，所幸你我都有。"

她喝了口麦片，然后郑重地拍了拍柳澄的肩膀，口齿不清地说："事实证明，女孩子的智商不都遗传自爸爸。"

柳澄听不明白，校长到底是夸她还是贬她，她聪明地选择不去追究。

"走吧走吧，外面的世界山高水远，"校长故作高深地顿了顿，换上一副恶作剧的表情，"可惜山再高水再远，你也是跑得了和尚跑不了庙啊。"

柳澄深呼吸冷静了一会儿，才开口道："校长，我没撕过您的漫画吧？没掰过您的手办吧？没踩过您的抱枕吧？您至于这么恨我吗？"

校长笑得前仰后合，毫无形象，说："胡说什么呢！我可是在好心提醒你，别以为离校就安全了。"

柳澄看向校长，她并不为校长知道了自己的策略而意外。认识这么久，她已经学会了为校长的任何怪异行为找到借口。

毕竟她是辰荒啊……

所以，此时柳澄更在意的是，校长对自己策略的看法。

"校长认为我不该逃？"柳澄转过头去，观察着校长脸上的每一个细微表情。

可惜除了校长的嘴角沾着的麦片渣，她什么都没观察到。

"不，"校长说得斩钉截铁，"严格来说，我本来认为你该逃，就算你不动作，我都打算好送你离开了。可现在看来，你似乎已经有了还手之力，所以倒是没必要……等等，"她突然顿住，像是意识到了很重要的东西，"你不会是……你是那么想的吗？快告诉我你不是！年纪轻轻心机如此之重，信不信姐姐现在就扑杀你？"

柳澄迷茫地看着陷入独角戏，自说自话的校长，说："想？想什么？"

校长眯着眼睛审视着柳澄，像是在观察着她到底有没有说谎。几秒钟后，她似乎放弃了。

"好吧，没事了，去吧，祝你一路顺风！"

"喂！"柳澄急了。

校长一向特别喜欢把别人惹怒，她乐呵呵地把杯子里的麦片喝光，咂咂嘴，道："果

然，才过期半个月，喝不出来。"

"谁问你这个啦！"柳澄哭笑不得。

校长笑够了，才开口说道："如果想要建议的话，我建议你别回家，你的父母不会想知道你被开除这种事的。"

柳澄短暂压制的低落情绪，立即返回。

"就算我不说，他们早晚都会知道的，我总不能一直瞒到毕业吧？"

校长摇着一根手指，说："不要太小瞧校长姐姐，等到我重新占领我明亮宽敞又温暖还能锻炼身体的校长室时，让你回来还不是我一句话的事？"

柳澄怀疑地看向校长，那眼神挺伤人的，可校长完全不为所动。

"我是你的话，就去住旅店……我说，你有足够的房费吗？"

柳澄回忆了一下自己钱包里的数额，诚实地回答道："没有。"

"很好，我也没有，你自求多福吧。"谁知校长更诚实。

柳澄开始觉得自己回归无望了。

"这是我的手机号码，短信秒回。"校长从口袋里掏出便笺，撕了一页写上一串号码，递给柳澄，"虽然知道你会回来的，但还是忍不住多说一句：照顾好自己。"

"没问题！"柳澄回答得干脆利落，"等你班师回朝，还你一个活蹦乱跳的柳澄。"

"不不不，"校长动作夸张地站起身，摇着手道，"不那么活蹦乱跳也行，你现在这么嚣张，连校董都敢袭击，我可吃不消！"

"还是让我爸妈给我转学比较明智，这种地方我才不要再回来了。"柳澄愤愤道。

"别别别，这位小祖宗，请你高抬'贵臀'，"校长把手中的马克杯随意往旁边一放，她赶走柳澄，亲自把行李箱扶起来，"来，校长姐姐亲自送你离开，有面子吧？"

"有。"

"下次有机会，再被开除一次玩玩儿？"

"噼啪"，柳澄似乎都可以听到自己的理智断裂的声音。

"校长，骂人犯校规不？"

"当然不犯，你都被开除了，还要担心什么校规？与那个相比，你应该更担心会不会被我打。"

柳澄的理智又迅速恢复了。

"那算了。"她一向深谙"大丈夫能屈能伸"这个道理。

校长替柳澄拿上大部分行李，一起走出了校门。有校长这种不靠谱的人一路陪同，

柳澄竟然觉得心里的空虚感消失了。她不禁偷偷抿起嘴，觉得自己可能没救了。

面对柳澄完全看不到的校外迷雾，校长顿了顿脚步，突然开口打断柳澄的思绪："知道迷雾为什么对你无效吗？"

柳澄想起朋友们给她的答案，说："因为心灵能力者对……"

"因为它们就是叶家人布下的。"校长如是说。

柳澄知道腹诽自己的家人不大好，可她还是忍不住，说："听你这样说，我并没有觉得多自豪，甚至还觉得他们好无聊。"

校长笑了，听得出，是那种神经紧绷太久终于释放的无奈的笑。

"要说再见了，临走，再帮我一个忙？"

"什么忙？"

其实柳澄差不多可以猜到校长想说什么。果然，她从领口抽出那条项链，递给柳澄。

"来，师傅，给翻个新。"

柳澄无语地接过吊坠来，它没有上次那样旧得厉害，金属的光泽有些蒙尘，也没有之前两次锈迹斑斑。看着手心的吊坠，柳澄的动作稍微一滞，因为那一瞬间，她想到：如果说，楚子离用来抵御叶云枫的就是跟校长和杨老师相同的图腾饰品，那么，他又是请谁帮忙"翻新"的呢？

或许叶家人并没有他们以为的那样稀少，又或许，楚子离比大家预料的更擅长说谎。

真相到底是哪个？

离开辰荒学院后，柳澄拖着行李，坐了好久的车，伴着夜色才回到繁华的市区。

马路上车水马龙，行人神色匆匆，他们焦急、充实，是因为知道自己要去哪里。

可柳澄呢？

这种格格不入的感觉真不好受，特别是在刚刚被扫地出校门的此时此刻。

校长既然建议她不要回家，那么她要去哪里呢？瘪瘪的钱包很快否决了她去旅馆的提议，同学或者朋友家这种不花钱的地方倒是不错的选项，可是提到朋友……

柳澄简直要为自己转学之前的十几年人生感到悲哀了。

除了佟筱晓和韩晓松，她再也想不到其他人。而韩晓松是个男生，性格又那么欠揍，佟筱晓很快就成为唯一的选择了。

半个小时后，柳澄拖着大包小包，死皮赖脸地出现在佟筱晓家附近。

街道还是原来的样子，这里靠近公园，环境静谧，马路算不得宽敞，但贵在清洁干净。

柳澄无意间瞟见路边的一家玩偶店,不禁想起佟筱晓在信里提到的内容。她瞬间打了个冷战,浑身发寒,假期时不该在佟筱晓家看那么多恐怖片。

"你……你不是?"

身后传来疑惑的声音,柳澄回头看去,原来是佟筱晓家微胖的厨娘。她手里拎着大包时蔬,正站在佟筱晓家门口,将蔬菜袋子费力地提在左手,右手艰难地翻找钥匙。

"阿姨,太好了,您还记得我!"柳澄将行李放在一边,快步上前,接过厨娘手中的袋子。

"谢谢,我当然记得。你和那个个子挺高的男孩子,可是我家小姐这几年仅有的几个邀请回家的朋友。"

柳澄尴尬地笑了笑。

"你这是……"厨娘翻到钥匙,打开门,她看了看柳澄风尘仆仆的样子和手中的行李,"遇到麻烦了?"

"有一点儿……当然,我这只是委婉的说法,其实不只是一点儿……"柳澄不好意思地笑着,"阿姨,筱晓在吗?"

"在,快进屋来。"看得出,厨娘很喜欢柳澄。她迅速把菜放下,回手帮忙去拿柳澄的行李,"小姐见到你一定会高兴坏的,晚饭别急着走,阿姨给你好好露一手。"

"谢谢阿姨,那就打扰啦!"

"谁来啦?"

闻声从楼上探出头来的佟筱晓大声问,柳澄赶紧酝酿出最开心的声音回答。

"筱晓?是我啊,柳澄!"

"柳澄!"佟筱晓一声尖叫,快步从楼上飞奔了下来。

柳澄注意到,她穿了一身十分可爱的卡通家居服,依旧是嫩黄色的,几个月不见,竟然长高了一点儿。

"你怎么来啦?学校提前放假?天啊我跟你说,你们那个学校简直是太奇怪了,放假与众不同也就罢了,竟然写信都被退回来!"

佟筱晓从茶几下面的盒子里,拿出一沓信件,说:"你看,这么多呢!除了第一封成功投寄并等到了你的回信外,后面的就再也寄不出去了!"

"是吗?这件事我一点儿都不知道,也许……"柳澄想起了辰荒学院不让学生带手机的规定,"也许是开学之后就封闭管理了?"

"封闭到不接收信件?你们那里简直可怕。"

"谁说不是呢！"柳澄叹了口气，对佟筱晓的说法万分赞同。

佟筱晓拉着柳澄的手坐在沙发上，很是兴奋地聊了起来。

厨娘的动作很快，几乎是一眨眼，饭菜便摆上了桌。

"你们两个小丫头先来吃饭吧！"

柳澄欢呼一声，按说辰荒学院的伙食不错，可吃久了总会腻烦的。

饭桌上，佟筱晓终于问到了关键问题。

"柳小澄，你到底找我有什么事呀？我可不相信你只是单纯地来看我，那样的话，你不至于来不及把行李送回家去吧？"佟筱晓添了碗汤，担心地说，"不会是跟叔叔阿姨吵架了吧？"

"要是那么简单就好啦。"柳澄苦笑，学院的事情她当然不能跟佟筱晓和盘托出，至于要怎么说……

"我被开除了，当然，不是真正的开除，只是一些误会！"柳澄见佟筱晓和厨娘一脸惊讶，赶紧解释道，"校长答应我了，等她把矛盾处理好，就会通知我回去读书的！所以，"柳澄双手合十，"可不可以帮帮忙，收留我一阵子，我的零花钱实在不够我住旅店的。回家的话，我又不想让爸妈为我担心……"

佟筱晓和厨娘对看一眼，柳澄是被领养的孤儿的事，她们早有耳闻。

佟筱晓变得有点儿小心翼翼，像是很怕自己无意间伤害到柳澄的自尊，说："一个女孩子单独住旅店是很危险的，柳小澄你就住在我这里吧。正好这几天我要待在家里，你在这里最好啦。"

"待在家里？为什么？"柳澄想了想时间，不解地问，"现在不是还有课吗？"

佟筱晓苦笑地摇了摇头，说："按理来说是有课的，可是我最近钢琴考级，我爸妈请了家教来教我。"

"你不是说你不学那个了吗？"

"是，可我爸妈坚持让我继续学。"

"耽误课业去学习钢琴？"

佟筱晓看到柳澄有点儿吓到的表情，摇摇手笑道，"对我而言，不去上学倒是没什么的，反正我也不喜欢学校。"

"你最近……还好吗？"柳澄想到佟筱晓和自己曾经一样是个受气包。

也许现在这么说并不合适了，因为在某种意义上，佟筱晓这学期被欺负得更严重。

"其实还可以，韩晓松暗中帮了我好多忙，他没有说，但我是知道的。"佟筱晓推开碗筷，她吃得并不多，"可我还是不喜欢那里，我……"她叹了口气，"如果每个人都像柳澄你这样温和好相处就好了。"

柳澄安慰地对她笑笑，心想如果佟筱晓知道"温和好相处"的自己，今天早上差点儿击碎了在学校里翻手为云、覆手为雨的校董的意识，她的表情会是什么样的。

"韩晓松？"柳澄注意到佟筱晓提到韩晓松时语气里带有感激，"我还以为就他那种拽拽的样子，不会为女生的事情费心呢？"

佟筱晓"扑哧"一声笑出来："我开始也这么认为。你知道吗，他用在掩盖他所做的事上的精力，比暗中帮我的还要多！"

"他这是多不想让人发现在帮你啊！"

"应该说是个别扭的人吧！"

"他长得那么粗犷，没想到内心倒是挺纤细的。"

佟筱晓最后一口果汁差点儿没喷出来。

"不管怎么说，我挺感激的，上次他把一个尾随我回家的小偷揍了一顿。我才知道，自从他发现有人在放学路上找我的麻烦，就每天暗中送我回家。"

这就让人很感动了啊，柳澄支起下巴看着佟筱晓微红的脸蛋，认为还是不要揶揄她比较好。

"也就是说，他每天都尾随你回家？"

"哈哈哈，拜托柳小澄，你这是什么说法啊！"

接下来的几天里，柳澄都赖在佟筱晓家。为了避免与养父母碰面，她能不出门就不出门，整个人宅出了新境界。

佟筱晓答应了柳澄替她保密行踪，只偷偷告诉了韩晓松。于是，这一天，柳澄遭遇了韩晓松的拜访。

如柳澄所想，韩晓松与佟筱晓熟悉了许多，韩晓松不再像之前那么拘谨了。

"看不出啊，"韩晓松大咧咧地往沙发上一靠，笑得要多欠揍就有多欠揍，"柳澄你这种乖怂的好孩子，也会被开除？真是让人刮目相看。"

"乖怂"是什么形容词？柳澄气不打一处来，可还是笑呵呵地接受了韩晓松的"恭维"。

两人东拉西扯地互相挤对着，佟筱晓只是坐在一边，看着两人抿嘴笑。

直到门铃响起，佟筱晓的家庭教师到了。

说来佟筱晓也够辛苦的，明明是普通学生都放学的休息时间，她却还要继续上家教课。

看到佟筱晓去了书房，厨娘也回了房间，韩晓松才收起了玩笑的嘴脸，递给柳澄一个同道中人的眼神。

"说吧柳澄，怎么回事？被你们那种学校开除，你到底干吗了？"

柳澄心说自己失去能力的问题，总不能跟谁都宣扬吧？再说韩晓松从前也没少欺负她，就算现在知道他本质不坏，可还是有点儿心有余悸。

"我偷袭了校董，"柳澄防备地看了一眼书房的方向，找了个算不得说谎的理由来搪塞，"差不多是代理校长的那种。"

韩晓松用了整整一分钟的时间，来思考柳澄是不是在开玩笑。终于，他主动起身，与柳澄握了握手。

"幸会，幸会啊！"

柳澄不禁发笑，韩晓松的窘态让她轻松起来。毕竟，一年前还拿她当出气筒的人，都在跟她开玩笑了，还有什么不能发生的呢？

事实证明，柳澄的想法很对，只不过是太乐观了。

"其实我来，主要就想问问你，上次的事，"韩晓松指了指自己，又指指柳澄，做了个互换的手势，"有什么进展吗？"

他指的是上学期柳澄返校参加考试时发生的意外，那绝对是韩晓松这辈子的心理阴影。

柳澄叹了口气，说："算有，也不算有。"

"怎么说？"

"我有理由怀疑这一切都与那个新校董有关，这也是我偷袭他的原因之一吧。但是，我没有足够站得住脚的证据来指证他。"柳澄有些挫败地说。

韩晓松就算不聪明，也很快想到了问题的本质，说："也就是说，你根本一点儿证据都没有就瞎怀疑人，不好好隐藏着，还出手伤人打草惊蛇了？"

柳澄第一次知道，韩晓松的理解能力也相当出众。

"拜托你别说了，我哭给你看信不信？"

韩晓松泄气地摇了摇头，他不知道柳澄在辰荒学院的特殊地位，自然没有寄多大希望在她身上。这次主动来问，只是听说柳澄回来，单纯好奇心作祟罢了。

两人又互相挤对了一会儿，韩晓松起身，准备告辞。

"不等筱晓上完课？阿姨的晚饭一定有你的一份。"

"不了，米虫你自己当就好，别拉上我。"韩晓松赶紧拒绝。

"是是，我就是一只大米虫，烦请您高抬贵手，出去可别给我乱说啊！"

"我有那么无聊吗？你回不回家跟我有关系吗？还是你觉得我身边有人很关心跟你有关的话题？"

他说得太直白了，连柳澄幽怨的目光都毫不在意。如果不是怕佟筱晓尴尬，柳澄简直要把某人暗中照顾佟筱晓却不肯承认的事拿出来说。

柳澄送他到大门口，拉开门，她刚刚打算说些告别的话，便被门外的人用手帕掩住口鼻，柳澄觉得大脑瞬间麻木了！

"喂！你干什么！"韩晓松人高马大的优势一下子体现了出来。他用力推了一把门外的陌生人，柳澄得以挣脱钳制。她连忙后退几步，大口地呼吸着空气，尽快让自己清醒起来。

门外有五六个成年男人，韩晓松趁着对方被自己一喝之下，动作停顿，狠狠地关起门，并用身子堵住。

"发什么愣！"他回头对依旧靠着墙单手扶住额头，眼神有些飘忽的柳澄喊，"去找人啊！报警！"

"哦，哦！"柳澄连忙点头，她步履艰难地就近跑向厨娘的房间。谁知一推开门，发现厨娘房间的窗户打开了。两个男人跳了进来，一个将厨娘威胁在墙角，另一个正阴狠地看着柳澄！

"你是什么人，你别……"柳澄没有机会把话说完，对方已经冲着她扑了过来！

从刚刚的反应来看，柳澄可以确定，他们是冲着自己来的。柳澄想起，临别时，校长半开玩笑地对她说"跑得了和尚跑不了庙"……

难不成，指的就是这个？

就算她离开辰荒学院，叶云枫也不打算放过她？

柳澄的心沉了下去，校长建议自己不要回家，是不是因为不想她连累身为普通人的父母。可没听出画外音的自己，竟然跑来佟筱晓家，现在害得人家受了牵连，实在是蠢透了。

一时分神，柳澄一下子被抓住手臂，再想挣脱，力气却与对方相差悬殊。

"柳澄！"韩晓松惊呼一声，力气泄了，大门一声巨响，被门外的几个人撞开。

"唔！"抓住柳澄的陌生人突然吃痛地哼了一声，松开了钳制柳澄的手臂。半秒钟前，他的手臂上凭空出现了一道深可见骨的伤口！

怎么回事？柳澄吓得脚下一个踉跄，摔倒在地，后脑勺狠狠地磕在纯实木的茶几上，顿时意识一片模糊。

迷蒙中，她听到一声惊叫，似乎是佟筱晓的。

别伤害她！柳澄在心里尖声高喊着，这一刻，她连自身的安危都忘记了。别伤害佟筱晓，也别伤害韩晓松，还有厨娘阿姨，他们只是无关的路人，不该卷入超能力者的危机……

不知道是不是自己的幻觉，柳澄觉得陌生人在看到佟筱晓之后，便停住了动作。几个人相互递了个眼神，似乎对佟筱晓十分忌讳。

而后，他们似乎决定速战速决，向柳澄的方向围拢了过去。柳澄害怕极了，她想后退，可偏偏连支起身体都很困难。

最靠近的陌生人对她伸出手，试图抓住她的衣领。正在这时，柳澄觉得眼前的事物发生了扭曲，那种感觉，就像是移走眼前的透明事物一般。

"怎么……"

下一秒，一个一袭黑衣的女孩凭空出现。她手拿一把匕首，刃上还有些许殷红。昏昏沉沉的柳澄看不清她如何动作，便将她面前的人击倒，而后只是一转身，女孩又消失了！

这是怎么一回事，自己出现幻觉了吗？

钝痛、麻木和眩晕后，柳澄的后脑开始剧烈地疼痛起来，痛楚不只来自脑后的皮外伤，更多来自脑海深处。

在这场诡异的僵持过程中，突然有一阵飓风冲入房间！飓风过后，大家发觉，脚下升起了深灰色的迷雾。

陌生人相互对视了个眼神，慌忙离去。

门外的人依次冲了进来，是百里澜风、洛水谣、向展和楚子巽。

楚子巽看着委顿在地的柳澄，狠狠地抽了自己一巴掌。

"又手欠！又手欠！干吗出手啊！管她死不死的干吗啊？"

柳澄勉强坐起身，捂着疼痛难忍的后脑勺，不忘反驳："你们不会是带来个傻子

吧？"

"说谁傻呢？"楚子巽炸毛了。

"等等，你们怎么来了？"

"叶云枫关了我们禁闭，你觉得，我会老老实实地让他关着？"百里澜风笑吟吟
地说。

死里逃生与朋友们久别重逢的欣喜，冲淡了柳澄之前的紧张感，她忘记了，这里
不是辰荒学院，这里不只有他们。

"柳澄你跟这些人认识？这……这是怎么回事？"书房门口的佟筱晓和跟在她身
后的家教老师目瞪口呆。

"哎呀，这下惹麻烦了。"向展吓了一跳。

"等等，筱晓你别怕，你先听我解释……"

"解释什么啊，不该知道的东西知道多了，对她对你都不好。别婆婆妈妈的，"
楚子巽对着柳澄点了点自己的太阳穴，"给她个痛快。"

"可我……"

"你可真够迟钝的，我都开始恢复了，你敢说你没有？"楚子巽不耐烦地道。

"对啊，刚刚那阵灰雾是你……"柳澄后知后觉道。

"柳澄，你觉不觉得你应该先解决其他事？"楚子巽抱起手臂。

柳澄为难起来。她看向惊恐的佟筱晓，又看向紧张兮兮的韩晓松。

"好啦橙子，知道你觉得这样对不起朋友，可你也要想想，你的一念之差会不会
害了朋友。"洛水谣道。

几分钟后，大家离开了佟筱晓家。

出于保护，柳澄终于选择修改了佟筱晓、厨娘阿姨、家教老师的记忆，除了韩晓松。

几个人此行的目的地，正是韩晓松家。

"你们稍微相信下人好不好，说了不会说出去就不会说出去的。如果怕惹麻烦，
我还把房子借给你们住宿干吗？好了，到了，最近我爸妈不在家，你们可以随意使用
房间，但别搞得太乱，我最讨厌收拾房间。"

"不用担心，我们明天就走。"柳澄道。

"嗯，你们在这儿聊，我上楼去，以免听多了你再后悔。马路对面有家超市，要
吃什么自己去买，我可不招待。"

虽然话说得不中听，但韩晓松整体上还是体贴的。

"喂，你信他？"百里澜风见韩晓松离开房间关上门，才开口问。

"信。"柳澄点了点头，"准确来说，他有一段很重要的记忆，就算不信他，我也不会对他的记忆做手脚。"

楚子巽笑得不怀好意："还以为你只是单纯好心，柳澄你也学坏了啊。"

柳澄瞪了他一眼，顿了顿才道："现在，该你们说了。"

百里澜风深吸一口气，打算打开话匣子，便被洛水谣一记胳膊肘撞到了一边。

"先处理北堂的事，先处理北堂的事，北堂的比较急！"

柳澄本还想问，有没有谁看到那个不知道是不是自己幻觉中的黑衣女孩，可看着洛水谣这副急切的模样，她实在插不上嘴。

洛水谣从书包里拿出了一件事物，那东西通体散发着幽蓝色的光芒，竟然是上学期期末时北堂墨发明的异能司南！

"这是做什么？"

"异能司南是有记忆的，它曾经丢过，记得吗？北堂找回来了！"洛水谣把司南往柳澄的怀里一送。柳澄注意到，她对北堂墨的称谓又亲切了起来，"你曾经用它连接过北堂，现在还可以这么干，甚至距离这样远都没有问题。北堂让你趁着叶云枫的能力没有完全恢复，通过司南连接他的思维，并把他帮助过我们的记忆删掉！"

"这么久了他还没有完全恢复？"柳澄想问为什么这么做，可很快便想到了答案。

"北堂帮我们离开时，把他关于你的猜测都说了。橙子，你这步棋走得绝啊！"百里澜风由衷称赞道。

"嘿嘿，"柳澄半开玩笑地承认了，"叶家人嘛，心灵能力者就是内心戏多，这是病，得治，没办法，你们照顾下病人。"

"这种人就不能夸。"楚子巽嘟囔着。

虽说还有好多话要问，可柳澄还是觉得正事要紧。她回忆了一下之前使用司南时的经历，单手覆在司南上面。

司南粗糙的纹路摩擦着指尖，一股熟悉的感觉蔓延上来，司南光芒大盛，一时间满室幽蓝。

柳澄很快顺着司南的记忆，找到了北堂墨。

他此时正独自坐在图书馆后的围廊边，胳膊放在栏杆上，头枕在上面小憩……不，不是独自，身边还有盖着大衣缩成一团的夏沚初。

都过了就寝时间，他们躲在外面干吗？

"北堂，真的要躲在外面一夜吗？"夏沚初问。

北堂墨点了点头，将快要滑落到鼻尖处的眼镜摘了下来，放在一边，说："我还记得一切，说明橙子还没有出手，躲在这里要比宿舍更安全。"

夏沚初沉默了一会儿，才道："说真的，北堂，我第一次猜测柳澄的用意时，还以为是自己想多了，直到发现你也是这么想的。"

北堂墨低声发笑，说："我也以为是自己多想了，只是抱着试一试的心态去配合一下。谁知道……"

"谁知道她竟然真的是在扮猪吃老虎。"夏沚初勾了勾嘴角，"令我更惊奇的是，楚子巽竟然也跟着大家离开了。"

"楚子巽虽然嘴上不饶人，但心思纯正，不是个恶人。"北堂墨声音有些模糊，像是带着困倦，"他下意识地出手帮助洛水谣，再想要脱身，就来不及了。"

"嗯，"夏沚初做出郑重认可的样子，"听你的意思，好像是因为他太笨，当不了坏蛋。"

"不，我什么都没说。"

"敌对多年的楚子巽跟着百里走了，冥幽和冥邪却留了下来。"夏沚初的声音里，有一些失望。

"你觉得他们为什么留下来？"北堂墨揉了揉眼睛，之前的困倦嗓音消失了。

"是为了……家里？"

"家里的压力？"北堂墨轻轻一哼，"那种你我都顶得住的压力，冥家的那两个家伙会怕？他们从会走路开始就是远近闻名的捣蛋鬼了。"

"你的意思是？"

"他们留下，是为了保护你。"他注意到夏沚初脸上的微红，补充道，"大概还有我。"

两人渐渐不再说话，柳澄轻轻地叹了口气，入侵到北堂墨的潜意识里，把他偷偷帮助百里澜风等人逃走的记忆抹去；而后，同样处理掉夏沚初的记忆。

当初，她故意说出自己能力恢复的谎话，意图证明叶云枫对自己的监视。而后，她顺势说出北堂墨和夏沚初对她的重要性，直接导致北堂墨和夏沚初被家里施压，离开了柳澄身边。

柳澄并不是真的想他们离开，她的初衷是北堂墨和夏沚初太过聪明，又对她了解，容易识破她的计策。而他们的头脑对于叶云枫而言又是透明的，所以就算无心，他们

也能变相地将自己的计划呈现在叶云枫面前。

而后的一系列意外是柳澄始料未及的。

她竟然被开除了。

北堂墨将计就计，和夏沚初想出了两人继续站在叶云枫那边，并任由柳澄借助司南窥视自己大脑的方法，变相远程地监视着叶云枫。

总之一句，就是柳澄无意间下了一步好棋。

退出司南后，柳澄抹了抹额角的汗水，发现大家都在看着她。

"你的能力什么时候恢复的？"半晌，百里澜风问出了大家最关心的问题。

"并不是完全恢复了，只是差不多吧！"柳澄道，"本来是一点点地恢复，有时候还会倒退一些，可刚刚磕到头，一下子就恢复了不少！"

"原来外伤就能让你的能力恢复，早知道大家就打你一顿好了。"洛水谣做出一副失望的样子。

"子巽，你什么时候开始恢复的？"柳澄将司南放到一边，问。

"具体我也不知道，今天上午，我就突然很奇怪地恢复了大半！"楚子巽嫌弃地咂咂嘴，欲言又止，"本想既然恢复了，合作关系就此告一段落，没想到还是被卷了进来，真够倒霉的。"

联系之前北堂墨的话，柳澄猜想，他想说的大概是出手帮助洛水谣吧。百里澜风和洛水谣偷偷地对了个眼神，露出嘲讽的笑容。

"可你不是说过，你的能力在别人清醒的时候，很难把人拉进梦魇中吗？为什么刚刚……"

楚子巽吓了一跳，说："那不是因为他们正陷在你的控制中，让我有机可乘吗？"

柳澄想了想自己当时的状态，实在不能确定自己到底有没有使用能力。

"算了，那你们有没有看见一个穿黑衣服的女孩子，她救了我！从前我也看到过她，可也没有这次真实。我还以为……那都是我的幻觉！"

百里澜风、洛水谣、楚子巽三人一致摇头，只有向展点头如捣蒜。

"刚刚就一直想说，可是没插上嘴，"他激动地说，"她就是少侠很久之前一直在说的跟在你身边的人，一个气息很像猫的女孩！"

"你看到了？看到她去哪里了吗？"

"她哪也没去，一直跟你在一起。"

柳澄突然想起校长说过一些在当初看来摸不着头脑的话，莫非指的就是这个？她

被这恐怖片儿一样的对话吓得汗毛竖立，惊叫道："你说什么？她一直跟着我？"

向展点了点头，说："她的气息就在这个房间里。"

"可是她在哪儿？她……她好像会隐身！"柳澄环顾四周，生怕自己漏过哪个角落。

"我有个猜测，"百里澜风道，"你或许可以命令她出来试试。"

"百里你在逗我吗？"柳澄哭笑不得，"让她出来就出来，她怎么会那么听话？那姑娘，听到了吗？有人在污蔑你的智商，快出来啦！"

木质门板四周的景物晃动了几下，那个身着黑衣的女孩出现了！

"怎么可能！"柳澄被吓得差点儿跳起来。

"叶家的守护者当然会听叶家人的指令，"百里澜风笑吟吟地看着一惊一乍的柳澄，"你这是被守护者认可了啊！"

那黑衣姑娘看起来比柳澄要小一点儿，长了一张白白净净的娃娃脸，眉眼清淡，身子很瘦，身姿轻盈。难怪向展说，是个气息很像猫的女孩子。

"你……你是谁？"柳澄从没听说过叶家还有守护者，战战兢兢地问，"你会隐身？"

"我是墨染，"黑衣姑娘声音有些微哑，像是太久不说话有些不适应，"那不是隐身，只是隐藏在自然中不被发现的木属性而已，少主人。"

还是隐身啊……其余四个人的想法瞬间统一。

"可……可是你为什么跟着我？"

"是校长大人的意思，我必须保护您，这是我们守护一族的责任。"

柳澄愣住了，她还没从身份的转换中适应过来。

"校长说过，只要您意识到我的存在，我就可以听您吩咐了。下一步我们该怎么办，少主人？"

柳澄看向面前的墨染，能力恢复一些后，她可以轻易地看穿一个人是否对她说谎话。很明显，面前的姑娘绝无二心，忠诚得让她汗颜。

"也许我们该联系下校长？"

第十二章

守护角力之战

第二天一大早，一行六人便准备离开了。

临走时，柳澄郑重地拜托了韩晓松，务必照顾好佟筱晓。

"她会有什么麻烦？她什么都不记得了。"

韩晓松觉得柳澄的担心很是多余，可柳澄并不这么认为。她还记得那几个袭击她的陌生人面对佟筱晓时的异样神情。另外，如果佟筱晓真的与超能力者毫无瓜葛，当初在她首饰盒里发现的那条独眼图腾项链又是怎么来的？

"我并不想隐瞒，也许有一天，我会用比较温和的方式将这一切告诉她。"柳澄无奈地叹了口气，"而不是像昨天那样，把她吓坏了。"

她留下了自己的电话号码，请韩晓松多留心，一旦有事发生，第一时间告诉自己。

"我们这边没问题，"韩晓松有些不耐烦，开始挥手赶人了，"担心你自己吧。"

没有北堂墨同行，赶路成了一件痛苦的事。他们本决定先去洛水谣家的小屋，却又半路改了主意，打算去百里澜风家躲避，顺便看看百里澜风的妹妹。

赶到车站后，他们没有急着上路，而是找了家快餐店吃些早餐。

终于得空，柳澄问出了自己比较在意的问题："百里，你哥还在家吗？"

"我哥？大概在吧。"提到百里朔月，百里澜风有点儿郁闷，好不容易跟哥哥建立起还算融洽的关系，很可能又要打水漂儿了。"我没打算让你们见面，最好偷偷地看一眼沐雪就跑，不知道我们一路披荆斩棘逃离学校的壮举有没有传到家人的耳朵里。"

"我妈大概会杀了我。"向展吞了口口水，想想都觉得害怕。

"对不起，"柳澄自责起来，"如果不是我急于逃脱，就不会惹得水谣出手，你们也不会……"

洛水谣给了柳澄一记胳膊肘，说："你怎么不说若是你从一开始就没选择转学过来，就什么事儿都没有了？"

柳澄仔细思考了一下，觉得洛水谣说得挺有道理的，没想到又挨了她一记胳膊肘。

笑闹够了，柳澄偷偷伸手进书包里。那里装着北堂墨的异能司南，她有事没事总要去试着窥视下北堂墨的大脑。刚刚她从北堂墨那里得到了一个消息，校长与叶云枫起了正面冲突。

"校长还没回你电话？"楚子巽突然问了一句。

"嗯。"柳澄点了点头，她有点儿担心了。

坐在柳澄身边的墨染拍了拍柳澄的手，以示安慰。墨染是个比向展还缺少存在感的姑娘，就算现在她不会刻意隐藏自己，却依旧惜字如金。

"我没事，别担心。"柳澄强迫自己笑出来。

昨夜，她将自己知道的一切都告诉了大家，既然她已经有能力保护大家的头脑，那么便没必要再事事隐瞒。事实证明，把所有的线索集中在自己手里，这种做法虽然安全，但也有太多弊病。比如思维局限，就算她再能窥视他人的想法，也无法模拟他人的思考模式。

楚子巽沉吟半晌，开口道："既然这样，大家就在这里分道扬镳吧！"

"什么？"柳澄一时不敢相信自己的耳朵。

"很夸张吗？"楚子巽摊手道，不知什么时候开始，他的下垂眼也不那么讨人厌了，"我们当初不是说好，合作关系只维持到能力恢复？"

话虽这么说，柳澄还是试图寻找借口让对方留下。

"可你都帮助水谣逃出来了，回去要怎么解释呢？"

她知道，让楚子巽彻底原谅百里澜风还没有那么快，可她依旧希望，如果可以，借此契机让百里澜风和楚子巽别再那样敌视。

"当然是赖在你的头上，说自己被你控制了什么的。"楚子巽早就准备好了说辞。

"叶云枫有那么好糊弄？"洛水谣提出质疑，"我猜，你是不是说谎话，他一眼就能看出来。"

楚子巽哼了一声，用下巴指了指柳澄，说："不是有她吗？既然她能通过那个奇怪的东西远距离知道北堂墨的情况，应该也能保护我的想法不被叶云枫窥视吧？"

此话一出，大家同时沉默了。

"怎么，我说的有问题？"楚子巽有些不高兴。他知道自己在这个小团体中十分特殊，但被差别对待还是让人很不舒服。

"从操作性上看，没有问题，"半晌，百里澜风道，"只不过，你知不知道，那样做意味着什么？"

楚子巽一时无语。

"意味着，你的大脑于我而言，全天二十四小时随时随地都是透明的。"柳澄给出了解释。

"北堂墨也是？"

"我们大家都是。"洛水谣道。

楚子巽并没有表现出一丝惊讶："就算我不入伙，现在就不透明了吗？"

柳澄有点儿尴尬地笑笑，说："没有，出于尊重，我不会轻易在他人不自愿的情

况下窥视他人的大脑。"

"我该夸你有职业道德吗？"楚子巽嗤笑了一声，似乎并不在意柳澄的原则，"为了我的个人安全着想，我可以暂时放弃隐私，接受你的保护。"他点了点自己的脑袋，"有些事，我必须跟姐姐谈谈，她说我家中曾经失窃……可是我从来都不知道这件事！她不能总拿我当作小孩子！"

"真的？"百里澜风惊道。

"有这么个'测谎仪'在，我骗你有意思？"楚子巽没好气地说。

"可你有没有想过，只要你被我的异能司南追踪过记忆，之后你问出来的答案可能瞬间就被我知道了？"柳澄道。

楚子巽认真地看向柳澄，道："你也好，校长也罢，你们再讨厌再不正经，也是真心为辰荒学院好的吧？跟那种来历不明的人相比，我宁愿相信你。"他注意到了一边的百里澜风，稍稍为自己掏心掏肺的话感到后悔，"不，我是说……我的事在你这里，除非攸关生死大局，否则你不许说出去，特别是对他！"他指着百里澜风，毫不客气地说。

"谁稀罕。"百里澜风哼了一声，口气却并没有往日的敌意。

"行了，我要回去了，记得下次见面戏要做足，"他对柳澄点了点头，道，"你的那个什么司南，要怎么用？"

虽然快餐店左右桌都没有人，可为了保险起见，柳澄还是让楚子巽把手伸进她的书包，在书包的掩盖下，用司南完成了连接。之后，楚子巽便离开了。

气氛有一点儿奇怪，人与人之间的关系就是这样，一学期前的大家，谁会想到与楚子巽坐在一起，能这么和睦相处呢？柳澄绞尽脑汁想着说点儿什么才不尴尬，手机便响了起来。

"是……是校长！"

"快接！"

柳澄迅速地摁下接听键。

"喂，喂？校长吗？"

"是我，少废话，现在闭嘴听我说。我打听到了一些事，电话里说不清，你快接我去百里家，然后你们也快点儿过来！"

柳澄被抢白的一愣，校长的话说得飞快，隔着电话都想象得出对方焦头烂额的样子。

"校长您等等，我们现在在我家附近，无论是离学校还是百里家都很远呀！"

电话对面的辰荒校长头痛至极地长叹一声，说："说你是榆木脑袋我都怕榆木怪半夜砸我家的玻璃，你动动脑子好不好！北堂那孩子什么天赋用我提醒你？"

"可是北堂现在在……"

校长再一次发出恨铁不成钢的哀鸣，说："之前还觉得你挺机灵的，到底还是个傻子，遗传这东西真没地方说理……你现在，去控制北堂墨，先送我去百里家，然后再去接你，明白？"

"明……明白了。可校长您怎么知道我能控制……"

"姐姐有什么不知道啊？你以为我那些同事都是真心反我啊？快去快去，我现在在食堂一楼北门。"校长不再多说，当即挂断电话。

柳澄有点儿抱歉地看向洛水谣，说："不知道脑子如果洗得太勤快，会不会变傻？"

没有听到电话内容的洛水谣眨眨眼，她没搞懂柳澄说的是谁。

十分钟后，他们顺利地来到了百里家的大门口，并在百里澜风的带领下，蹑手蹑脚地偷摸进百里沐雪的房间。

送走双眼放空、完全不知道自己是谁、自己在哪里的北堂墨，柳澄打量了一眼早已躲在百里沐雪房间里等着的辰荒校长，被她的尊容吓了一跳。

"校长，您怎么搞成这副样子？"

"年轻嘛，玩得起。"

匆匆赶来的校长脸上有块擦伤，头发也乱糟糟、带着焦味，眼睛却亮晶晶的，一点儿也不像吃了败仗的样子。原来，她因为处处与叶云枫针锋相对，双方已经撕破了脸。这一次闹得比较大，叶云枫与支持者们联手击败了她。

"沐沐，醒醒。"

百里澜风轻轻地推着妹妹。可百里沐雪睡得极沉，无论如何都叫不醒。

仔细看去，她的皮肤白得吓人，眼窝很深，带着那种久病卧床特有的颜色，一丝活力都没有。上次见面时，虽然也有病容，但绝对没这么夸张！

"别白费力气了，"校长走过去，查看了一下百里沐雪的状态，"如果我没猜错，这孩子近三天一直在沉睡，不信你可以去问问家里的人。"

百里澜风将信将疑："您怎么知道？"

校长笑呵呵地指了指自己脸上的擦伤，说："你以为这是校长姐姐自己踩空了楼梯摔下来伤的吗？肯付出毁容代价自然是换到很了不得的线索啦！"

百里澜风静静地看向百里沐雪，等着校长说下去。

"如果我没猜错的话，百里同学，你妹妹的能力是猎取他人的能力为己所用，并使自己变强吧？"

百里澜风先是一愣，而后点头。

"因为她很小就生病了，所以她能力的事，知道的人很少。"

校长点了点头，像是终于放下心来，说："这就都对上了。"

"那……那您知道我妹妹身上到底发生了什么事吗？柳澄的能力可以救她吗？"

"曾经是可以的，现在不行。"校长道，"你妹妹不是单纯地神志受损，而是有人恶意夺取了她的能力。"

"夺取？像我那种？"洛水谣疑惑道，"可我从来伤害不到原能力的宿主啊！"

"不一样，你那是阶段性复制，百里沐雪是据为己有。"

"为什么要夺取我妹妹的能力？"百里澜风心疼地看向病床上的妹妹，愤怒了。

"为了变强，为了赢，确切来说，是为了赢你们面前的这位。"校长指着柳澄，做了个隆重介绍的手势。

"为了赢我？"

"可那个人是怎么做到的？"百里澜风问。

"一种催眠术。"

校长表示，她听说有一种催眠术可以夺取他人的能力，但催眠的力量并不能持续太久，所以要使用其他伎俩，来使得催眠效果持久。

"也就是说，有人夺取了百里沐雪的能力，用来吞噬他人的能力使自己变强……"柳澄艰难地总结着，"那么，我和楚子巽这种能力突然消失的情况，是不是也中了这个人的招？"

"猜对了一半。"校长点点头，"据我推测，楚子巽同学确实中招了，而你没有。"

"可我明明……"

"不，"校长打断了柳澄的话，"你的能力从没有彻底消失，只是时强时弱。"

柳澄用了几秒钟，才将校长的话消化掉。

"可是，为什么？"

校长看向墨染，示意她加以解释。

"少主人，叶家人会在成人礼当天，遭受能力的反噬。其反噬表现各不相同，能力短暂消失是比较常见的，至于多久可以恢复，要看个人天赋。"墨染道。

"等等，成人礼？可我生日不是在……"柳澄顿住了，她反应过来，作为一个被收养的孤儿，她的生日是个谜，"可我为什么在恢复过程中，能力也时强时弱？"

校长尴尬地清了清嗓，说："那是因为这个，"她挑出自己领口的吊坠，对着柳澄摇了摇，"每次你赋予它祝福的力量，对你的能力都有短暂性消耗。"

"当时内忧外患，四面楚歌，校长您却在没事儿消耗我的能力玩儿？"

校长不理会柳澄哀怨的眼神，继续对百里澜风解释道："一般而言，这孩子所中的那种催眠，想要解开，只要依靠自身逐渐长大而变强的意志就能苏醒。所以袭击她的人通过某种手段，使她的心理年龄无法长大，从而永远无法解开诅咒。"

"而楚子巽的能力消失，则是因为你们百里家近几年使用各种方式救治百里沐雪，多少使得催眠产生了裂痕，我推测，那个小偷为了使得催眠更加强大，才偷走了楚子巽的梦魇术，用梦魇术为催眠加固。"

"那么，楚子巽的能力恢复，是不是意味着百里沐雪战胜了梦魇术？"洛水谣问。

"不，那是因为你们袭击了叶云枫，特别是柳澄那一击，够劲儿！"校长拍了拍柳澄的头，显得极其自豪，"叶云枫的能力减弱，百里沐雪下意识地开始反抗，他便拘不住楚子巽的力量了。楚子巽的能力恢复，百里沐雪的昏睡，都是因为这个。"

"校长，"百里澜风道，他的声音有一点儿颤抖，仿佛对方的回答是他最后的希望，"您的意思是，我妹妹还能恢复，是不是？"

"是。"校长将百里澜风紧张的模样看在眼里，不再忍心开玩笑，而是直白地说道，"百里沐雪的心智不是不增长，而是异常缓慢。恰巧呢，你们伟大的校长姐姐我可以控制时间，你们知道这意味着什么了吧？"

所有人动作一致地摇头，包括一直像神游天外的墨染。

"啧，真没成就感。"校长非常不满意地咂咂嘴，"我是说，我，可以加快时间流动，使得百里沐雪的心智快速成长。这从理论上可以解决问题，但保不准会留下心理阴影，比如百里沐雪醒来后，坚信自己已经五六十岁了之类的。"

百里澜风可管不了那么多，两害相权取其轻。相比心智永远是个小孩子的妹妹，他宁愿要一个少年老成的妹妹，于是他立即请求校长帮忙救治百里沐雪。

"好说，你不说我也会这么做，等到百里沐雪收回了自己的力量，我看叶云枫还拿什么嚣张。"校长阴险地笑了几声，牵动了脸颊上的擦伤，"嗞嗞哈哈"地吃痛着，不敢再做这么夸张的表情了。

她在床边坐下，单手覆住百里沐雪的额头，身体向前倾，直到脸颊贴在对方的脸

"哥！是我啊！我是澜风！"百里澜风声嘶力竭地喊着，他用力招架着哥哥的手腕，可那把匕首还是越来越近了，"哥，醒醒，求求你了，快醒醒！"他几乎是在祈求了。

匕首猛地刺了下去！

说时迟那时快，墨染摸出自己腰间的匕首，咬牙掷了过去！千钧一发之际，两把匕首碰撞在一起，金属的那把匕首砸碎了冰晶的匕首。

百里澜风一愣，柳澄趁着这个机会，再次发起攻击，试图唤醒百里朔月的神志。可惜，百里朔月实在是太机警了，他单手卡住百里澜风的脖子，另一只手凝起冰墙。

冰墙迅速将两人笼罩了起来，连个缝隙都没有。柳澄想尽办法都找不到侵入的途径。

"怎么办？怎么办？怎么办？"

从刚刚的架势来看，受人控制的百里朔月绝对会对百里澜风下得去杀手！柳澄吓坏了，她拎起一边的椅子，用力砸向冰墙。

巨响过后，柳澄震得虎口发麻，冰墙却一点儿事都没有。

"柳澄！"校长的声音从百里澜风创造的风柱中传了出来。不知道是不是柳澄的错觉，她觉得那风似乎弱了不少，"用你的力量攻击，你赢过他一次不是吗？打破那层冰墙不会比击溃叶云枫的意志更难，想想那次是怎么做的！"

"可……可我记不得了，当时太紧张所以……"

"现在的情况同样危急！别被恐惧打倒，冷静下来，柳澄，你可以的！"

柳澄低下头，双手用力摁住额角，闭上双眼，冷汗涟涟。

"我是怎么做的、是怎么做的、怎么做的……"柳澄的大脑飞速运转着。她想起当初在学校走廊里，看到叶云枫对洛水谣步步逼近，她当时……

她当时将注意力高度集中起来，愤怒、恐惧、不甘，和保护朋友的迫切期盼，糅杂成一种攻击的欲望。

那欲望在脑中盘旋，四处碰撞，最终拧成一条燃烧着火焰的长鞭，如一条盘旋舞动的火龙！

攻击，就是现在！柳澄猛地睁开眼，长鞭在空气中甩出震慑般的声音，而后一举将那道冰墙击成粉末！

"成功了！"洛水谣惊呼一声。

狂风自冰墙中涌出，冰晶吹得人睁不开眼睛。待到风势平息，大家定睛看去，才发现，在冰墙之中不知经历了怎样的争斗，百里澜风赢了。

百里朔月单膝跪地，一只手撑在地面上，大口地喘着气，却被百里澜风的风刃制住，

连起身也做不到。

"柳澄，快！"百里澜风见冰墙粉碎，欣喜道。

柳澄点了点头，不敢磨蹭。她势如破竹般的侵入了百里朔月的大脑，挟风雷之势，摧枯拉朽般毁去了百里朔月脑中不属于他的思想力量。

虚弱的百里朔月，一点儿还手之力都没有。

片刻之后，他的眼神清明起来。

"我这是？"百里朔月跌坐在地，他左右环视，很快明白了自己在哪里，"我的脑子好乱……"

"已经没事了，你好好缓一缓。"柳澄倒是认为，能这么快厘清思路的人已经是强大到夸张了。

见百里朔月恢复，百里澜风长出一口气，身后的风柱也渐渐平息。

"谢了，橙子。"

柳澄此时很是后怕，她脱力般的靠在身后的书桌上，疲惫地笑道："谢我做什么？明明你自己搞定的。"

"不，"百里澜风十分确定地摇了摇头，"如果不是你及时阻止我们，谁知道会发生什么。"

百里朔月抬头看看面前的弟弟，又看向柳澄，难得地勾起了嘴角。

"我想我大概知道发生了什么事了，"他伸出一只手，任由百里澜风把他拉起来，而后拍了拍他的肩膀，"我想我这个当哥哥的必须收回我当初说的话，我得承认，你的能力在我之上。"

得到哥哥突如其来的肯定，百里澜风被吓了一跳，说："哥，你脑子还不清醒吧，要不要橙子再帮你看看？"

百里朔月笑而不语。

"与那种事相比，我更想知道哥你是怎么中招的？"

百里朔月的笑容瞬间收了回去，说："是楚子离。"

他说："她背叛了我，或者说，她更有可能从一开始就没打算跟我合作。关心则乱这四个字，从开学至今我对你说过无数次。可说来好笑，我自己却栽在上面。"

柳澄还想继续打听，却被校长的声音打断。

"呼……搞定了！搞定了！"

大家同时看去，只见校长收回了手，虚脱般的站起身，额角布满汗水。而床上的

百里沐雪依旧昏迷不醒，可脸上的颜色好看了许多。

"真的？"百里澜风和百里朔月异口同声道。

校长点了点头，说："她还需要一段时间恢复，但校长姐姐我可以用名誉担保她没事了……反正，她没事就对了。"

兄弟俩同时放下心。百里朔月抬头看了看破了个大洞的天花板，正午的阳光顺着破损处照进来，洒在百里沐雪的脸上，让她下意识地皱紧了眉头，低声嘟囔着什么。

那阳光实在刺眼。

"澜风，你带客人们换个房间坐坐，我叫人收拾收拾这间屋子。沐雪不能再住在这里了。"

百里澜风点头同意，校长却抬手阻止了。

"别麻烦啦，既然百里沐雪没问题了，自然力量也会被收回来，不趁着这个机会痛打落水狗，再给他机会布好局可就不妙了。"

"我得马上回学校，"她站起身，拍拍手指着柳澄道，"别人我不管，你得陪我回去。"

虽然柳澄觉得自己现在身心俱疲，累得只想好好睡上一觉，可她还是立即点了点头："好。"

"少主人去哪里，墨染就去哪里。"

"我就算不帮橙子，也要回去帮姑姑的。"

"我……我也去，虽然台词没想好。"向展有点儿害怕地看了看自己的手掌，又偷偷看向身边的墨染，"就是……百里，你家有创可贴吗？"

百里澜风从百里沐雪的床头柜急救箱里找到了向展要的东西。

"你们两个都受伤了，"百里澜风指的是向展和墨染，"留在这里休息一下好了，至于橙子那边，我跟着走一趟。"

"现在的问题是，怎么回去。"校长挠了挠下巴，思索道。

百里朔月突然道："如果没有意外的话，北堂墨送我回来的通道应该还没有封锁，你们可以走那个，直接回学院去。"

几分钟后，校长带着柳澄、洛水谣和百里澜风，返回了学校。

令大家惊奇的，是叶云枫依旧稳稳当当地坐在校长室里，陪在他身边的不是大家以为的楚子离，而是一脸惶恐的楚子巽。

"这倒是奇了，我以为你会为了安全选择离开。"校长倚着门框，以一副胜利者

的姿态说道。

"我的确想那样做，但总该跟你告个别。"

叶云枫微笑着，一如他以往的每次微笑，礼貌疏离，柳澄自认为看不透他，即便她有叶家人特有的能力，可依旧看不透他。

"我以为留在你身边的应该是那个演技特别棒的女孩。"校长指着叶云枫身边的楚子巽道。

"留在我身边？"叶云枫笑意更浓了，"你认为他是我找来的帮手吗？不，很遗憾，你猜错了，他是人质。"

话音刚落，书架的阴影后走出一个人，正是他们之前的班导杨老师。她一言不发地搭了一只手在楚子巽的肩膀上。

"奉劝你们不要轻举妄动。"

校长直起身，态度认真起来："你用学生来威胁我？"

叶云枫做了个无可奈何的表情，说："谁让他背叛我呢？也许你们的小伎俩很有用处，但可惜的是，这小子跟他姐姐不同，他说谎的本事实在太烂了。"

"你在说什么，我姐她……呃！"楚子巽的话被未知的力量打断了。他张着嘴，只能费力地呼吸，再说不出一个字。

下一秒，叶云枫突然看向柳澄。

"就算不用能力，我也知道你在想什么，小姑娘。"他语调阴森了起来，"我承认你的能力在我之上，也承认如果你想，只要费点儿力气，你就可以控制这里的每一个人。可我跟你保证，你控制的速度绝不会快过她杀掉这小子的速度。"

柳澄抿了抿嘴，她不想拿楚子巽的性命开玩笑。

"你想怎么样？"校长沉下了脸，"我们不能贸然进入普通人的世界，普通人的世界也没有准备好接纳我们。你明明知道你的做法会毁了我们，也毁了异能界，可你为什么……"

"不是那样的！明明我们还差一步就成功了。是你们，胆小又惧怕牺牲的你们毁了这一切！"叶云枫的声音激动了起来。

"没错，我们的确惧怕那种牺牲，"校长嗤笑一声，"那种牺牲别人成就自己的牺牲。"

叶云枫突然哑住了。

"叶云枫，作为这方面的专家，我必须提醒你，时间不是任人打扮的洋娃娃。改变过去，我们都是在玩火。还有，如果说你还有什么地方错得更厉害，那就是……"

校长沉吟半晌，像是在努力压制住自己激动的情绪，"你不该背叛他。"

柳澄小声地嘀咕着："校长当初说的不是可以改变未来，但不能改变过去吗？"

"这就是过去！"校长道。

跟在校长身后的柳澄等人看看这个又看看那个，纷纷觉得自己突然听不懂中文了。

可叶云枫听懂了。

他罕见地放低姿态，对校长说："可以挽回的，辰荒，我保证一切都可以挽回，让它发生吧。"

校长却冷笑着摇头，说："知道吗，你的所作所为，是在否定我存在的意义。你是我的话，会任由它发生吗？"

"也就是，没得商量了？"叶云枫的语气冷了起来。

"没得商量。"校长斩钉截铁，毫不退让。

叶云枫与校长无声地对峙了很久。终于，他点了点头，站起身来。

"那就算了。"

他身后的窗帘被狂风吹得鼓动起来，巨大的噪声在窗外响起。

"天啊，直升机！"洛水谣惊呼道。

叶云枫从窗口一跃而下，杨老师似笑非笑地看了大家一眼，而后把楚子巽狠狠推开，也跟着跳出窗口。

柳澄赶紧上前搀扶住楚子巽。谁知他挣扎着开口喊道："快走，她在我身上做了手脚！"

柳澄被他极力推开，还没等搞清状况，就被身后的校长拖出了校长室："你救不了他！"她把柳澄和洛水谣丢在走廊，自己再反身想冲进校长室。

谁知百里澜风早她一步冲了进去！

"百里澜风，你等等！"

校长话音刚落，校长室便扭曲了起来。它像是被什么外力，极力挤压变形，钢筋水泥的墙壁，像纸折的玩具一般发出脆响，烂作一团。

"百里！楚子巽！"柳澄发出惊恐的喊声。可洛水谣死死抓着她，不让她靠近。

半塌的房间里突然狂风大作，风鸣声尖锐如鬼哭狼嚎，却没有一丝风溢出来。

"这是……"柳澄惊呆了。

"这小子了得，"校长突然感叹，"用急速的风打造白洞的效果，从而抵消空间扭曲的压力……可是，他毕竟之前消耗得很厉害了。"

"空间扭曲？"柳澄的话音刚落，整个校长室轰然倒塌。

"天啊！百里！"

楚子巽从废墟里钻出来，用力咳嗽了几声，喊道："快！在这里！百里澜风被压住了！这小子是得了失心疯吗？竟然……"

竟然不要命地救他。

柳澄浑身发抖地闭着眼，仔细感受废墟中的气息。还好，百里澜风还活着，神志清醒，伤得应该不重。

楚子巽一边挖，一边看向直升机离开的方向，呆住："怎么会？不应该啊！"

柳澄知道现下不是纠结他的话的好时机，可她听得出，楚子巽一定是看到了了不得的东西。

"什么不应该？"

"我……我看到直升机上的那个人，非常像我父亲……"

柳澄手上的动作顿住了。她没法用"你是不是看花了眼"或者"会不会是你姐姐的人偶"这种话去反驳。毕竟这么大的事，如果楚子巽不是有十足的把握，是不会说出来的。

可楚子巽的父亲，不是早已死去了吗？

"在这里！快来帮忙！"一边的洛水谣终于挖到了百里澜风，招呼着两个人帮忙。

很快，百里澜风住进了医务室。医生说他的腿伤到了骨头，需要好好休养，不然会留下后遗症。

校长并没有给任何人解释，她重新搬回了校长室，把实验班的学生又分回原班，却保留了实验班教室，供学生们交流使用。

直到期末，叶云枫都没有再出现。

各大家族也好，老师校董也罢，都假装什么事都没发生。

可柳澄心里知道，有些事情在悄悄地发生着改变。但愿，这是好事。

而楚子巽还在追查着直升机上出现的那个身影……

——本季完——

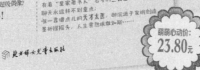